KONSTANTIN SACHER

UND ERLÖSE MICH

Roman

TEMPO

TEMPO Bücher erscheinen im
Hoffmann und Campe Verlag.

1. Auflage 2017

www.hoca.de
Gesetzt aus der Minion Pro
Satz: Pinkuin Satz und Datentechnik, Berlin
Druck und Bindung: CPI books GmbH, Leck
Printed in Germany
ISBN 978-3-455-00175-4

HOFFMANN
UND CAMPE

Ein Unternehmen der
GANSKE VERLAGSGRUPPE

1

Danke. Danke, dass ihr meinem Aufruf gefolgt seid. Ich bin euch sehr dankbar. Eure Hilfe ist sehr wichtig für mich. Nicht, dass ich nicht alleine klarkommen würde. Ich komme auch ohne euch aus. Aber mit eurer Hilfe wird es einfacher. Ihr denkt jetzt sicherlich: *Was will der eigentlich von mir!?* Ich erkläre es euch.

Ich sitze hier irgendwo, wo, möchte ich nicht sagen, und schreibe an euch. Weil ich wissen muss, was ihr denkt. *Aha, er muss es also wissen. Und warum sollte ich es ihm sagen?*, denkt ihr jetzt sicher abfällig. Zumindest einige von euch denken das. Ihr würdet vielleicht auch gerne einmal wissen, was so manch einer zu euren Fragen sagt. Dazu kann ich nur sagen: Fragt doch! Ich bin sicher, euch hört jemand zu. Ihr wollt ja auch lesen, was ich euch schreibe.

Falls doch nicht, dann wäre jetzt der richtige Moment, um auszusteigen. Es ist nur ein Angebot. Wenn ihr nicht interessiert seid, dann legt das Buch zur Seite und rührt es nicht mehr an. Dann bin ich für euch gestorben. Ich kann euch nicht mehr ansprechen, keine Chance. Und übel nehmen kann ich es euch auch nicht. Ich kenne euch ja gar nicht. Also bitte, alle, die sich jetzt schon genervt fühlen: Legt das Buch weg und tut uns beiden einen Gefallen, indem ihr es sein lasst. Eure Antworten würden sowieso nichts taugen.

Darum geht es mir nämlich. Ich will Antworten von euch. Ich muss wissen, was ihr von mir haltet. Ich habe so viel über mich nachgedacht, ich bekomme einfach trotzdem kein klares Bild. Ich muss wissen, ob ihr mich missachtet. Ich muss wissen, ob ihr mich für ein egoistisches Arschloch haltet. Ob ihr denkt, dass es mir nur um mich geht.

Was? Das kann er doch nicht ernst meinen!

Doch. Ich kann das ernst meinen.

Und ja, ich bin derselben Meinung, der sicher auch viele von euch sind, nämlich dass es Quatsch ist, danach zu fragen, ob man als Mensch ein Egoist ist, denn alle Menschen müssen ja egoistisch sein, sonst könnten sie nicht überleben. Man selbst steht immer im Mittelpunkt. Unweigerlich. Ja, da habt ihr, oder ich sollte besser sagen, da haben wir recht.

Mein Punkt ist aber ein anderer. Ich möchte nicht wissen, ob ihr mich nach euren Maßstäben für einen Egoisten haltet oder ob ich nach den Maßstäben der meisten Menschen ein Egoist bin. Ich möchte von euch wissen, ob ich mich selbst für ein unverbesserliches, egoistisches Arschloch halten soll. Ein Arschloch, bei dem alles um es selbst kreist. Also müsst ihr euch in mich hineinversetzen. Deshalb erzähle ich euch alles. Ich möchte mir damit natürlich auch etwas von der Seele reden. Womit dieses ganze Vorhaben schon wieder selbstsüchtig ist. Ich möchte eure Lebensenergie haben. Ihr sollt sie darein investieren, mein Buch zu lesen, damit ich mir im Klaren bin.

Andererseits – und auch das meine ich jetzt ernst –, so egoistisch ist das gar nicht. (Passt jetzt gut auf, denn es geht schon los mit dem Verstehen, wie ich so bin und wie ich so denke!) Denn wenn es mir besser geht, dann bin ich auch besser in der Lage, anderen zu helfen. So läuft das. Aber das ist natürlich alles noch ein wenig unreflektiert.

Meine Fragen an euch lauten: Was soll ich von mir halten? Bin ich so sehr Egoist, dass ich nur noch mich selbst sehe? Und damit ihr mir helfen könnt, werde ich euch erzählen, was ich so getan und erlebt habe in letzter Zeit. Noch mal: Danke schon im Voraus für eure Hilfe! Bitte schickt eure Antwort möglichst bald, nachdem ihr fertig gelesen habt, an *binicheinegoist@gmail.com.* Denn sonst, wenn ihr die Fragen nur für euch beantwortet, habe ich ja nichts davon, und das geht nicht. Bei aller Liebe zum Schreiben – und die ist wirklich nicht gering – denke ich doch: Wer etwas schreibt, der will auch etwas davon haben, und sei es nur das Bewusstsein, weitergekommen zu sein und etwas geschaffen zu haben. Und da wären wir jetzt ja schon mitten im Thema. Aber Stopp! Ich möchte anders anfangen. Ich erzähle etwas, das mir vor etwa zwei Jahren passiert ist.

Tik tak, tik tak. Die Uhr schlägt unaufhörlich, aber eigentlich schlafe ich noch und sollte die Uhr nicht hören. Ich höre sie trotzdem. Sie macht *tik tak, tik tak* und gibt mir das schlechte Gefühl, etwas zu verpassen. Ich weiß nicht was. *Scheiß Uhr! Was willst du? Was fuckst du mich ab? Ich schlafe und höre dich eigentlich gar nicht.* Außerdem, was für eine Uhr tickt hier eigentlich? Ich habe nur Digitaluhren. Diese Wecker, die sogar die Temperatur anzeigen können und die Luftfeuchtigkeit. Nur ticken können sie nicht. Ich schaue mich um. Wo tickt es? Ich sehe die Uhr. Es ist eine große, bestimmt 1,70 Meter hohe, schwere, braune Holzstanduhr. Wieder macht es *tik tak, tik tak.* Ich starre auf die Uhr, und dieses Mal macht es nicht *tik tak.* Es macht *fick fuck, fick fuck, fick fuck*, und sie sieht nicht mehr aus wie vorher. Das Ziffernblatt färbt sich rosa, und die Zeiger sind auf einer Klitoris festgemacht. Das Ziffernblatt ist eine Muschi. Eine schöne Muschi, um genau zu sein. Mein ganzer Ärger verschwindet. Ich kann nur noch auf die Muschi schauen. Sie ist rasiert. Kein Härchen ist zu sehen, aber dafür glänzt es feucht zwischen den Lippen, und der Spalt ist leicht geöffnet. Als wäre es noch nicht lange her, dass dort etwas herausgezogen wurde. Mein Kopf bewegt sich immer näher an das Ziffernblatt der Uhr heran. Ich will die Muschi küssen und ihr den Schleim aus der Ritze lecken. Doch obwohl ich mich auf sie zubewege, komme ich ihr nicht näher. Ich schaffe es nicht, auch nur einen Zentimeter näher an sie heranzukommen. Sie bleibt unerreichbar. Die Zeiger bewegen sich weiter und werden jetzt immer schneller. Ich bekomme Panik. Ich muss da ran. Ich atme schnell und flach. Schweiß rinnt mir auf die Stirn. Ich habe meine Hand in meiner Hose und meinen Penis in der Hand. Er ist fest und groß. Rechts und links ist keine Uhr mehr zu sehen. Ich sehe nur weiße Wände und einen riesigen, hässlichen, weißen Kleiderschrank.

Ich bin in meinem Schlafzimmer. Es war ein Traum, und die Uhr und die Muschi und mein Versagen, das alles hat gar nicht stattgefunden. Das beruhigt mich im ersten Moment. Aber auch nur im ersten Moment. Dann fällt mir ein, dass das gar nicht stimmt. Die Uhr und die Muschi mag es nicht gegeben haben, in echt. Aber das Versagen, das gibt es. Ich habe noch immer meine Hand an meinem Penis. Sie liegt dort, geformt wie eine leere Muschel. Ich lege die Hand gerne so hin. Dann habe ich das Gefühl, dort ist alles gut und warm und sicher. Und wenn dort, also zwischen meinen Beinen, nicht alles gut und warm und sicher wäre … es gibt nicht vieles, was schlimmer sein könnte. Aber in diesem Fall ist ja alles gut, und ich drehe mich zur Seite. Dabei reibe ich mit der flachen Hand von oben über den Penis. Es macht mich selbst geil, wie schön hart und groß mein Penis ist. Wäre die Muschi aus dem Traum jetzt in Wirklichkeit hier, ich könnte ihn sofort in sie stecken. Obwohl – nein, das stimmt nicht.

Ich konnte keine Frauen mehr ficken. Das klingt jetzt vielleicht ein wenig komisch, aber es war so. Und ich konnte es auch nicht ändern, zumindest damals nicht. Deswegen war mein Versagen wirklich, und nur die Muschi und die Uhr waren Erfindungen meiner Phantasie.

Ein Jahr vor diesem Traum hatte ich mit meiner Freundin Schluss gemacht, und danach konnte ich keinen Sex mehr haben. Ich weiß nicht, was das sollte. Immer wenn ich mit zu einer Frau nach Hause ging – zu mir ließ ich sie aus Prinzip nicht kommen –, lief erst mal alles super. Doch dann passierte es immer wieder.

Wie als ich mit Sandra mitgegangen bin. Wir kannten uns schon ein bisschen und mochten uns auch. Sie war nicht sehr attraktiv, aber irgendwie fand ich sie trotzdem geil. Aber ich wollte sowieso alle Frauen ficken. Vielleicht lag es auch daran. Egal. Sie findet mich geil und ich sie. Also ziehen wir uns aus und küssen uns überall. Mein Penis steht steif nach oben. Dann soll es richtig losgehen, ich meine das eigentliche Ficken. Sobald es also richtig losgehen soll, wird alles weich, und nichts geht mehr. Ich ärgere mich, ich schäme mich, und ich werde sauer. Aber das macht es nur noch schlimmer. Sandra ist sehr verständnisvoll, oder sie tut zumindest so. Was soll sie auch anderes machen. Ich bin ja nun mal in ihrer Wohnung, und sie könnte mich zwar mit den Worten »Sorry, aber du bringst es einfach nicht, bitte geh jetzt« rausschmeißen, aber dafür ist sie zu nett und zu höflich. Also versucht sie es mit Blasen und Lecken und Reiben und allem, was ihr so einfällt. Es wird aber nicht besser. Und dann, als mich das alles so nervt, dass ich nicht mehr stillhalten und dieses Programm über mich ergehen lassen kann, lege ich sie auf den Rücken. Ich lecke sie erst ein bisschen, und dann versuche ich, während ich mit dem Kopf zwischen ihren Beinen bin, mit der Zunge an ihr Arschloch heranzukommen. Es gelingt mir nicht wirklich. Aber der Geruch und die Vorstellung, ihren Arsch zu lecken, lassen meinen Penis wieder härter werden. Ich drehe sie um und ziehe sie an der Hüfte hoch, sodass sie vor mir kniet. Ich bin in der besten Position, um sie von hinten zu ficken. Aber das habe ich nicht vor. Ich lecke ihren Arsch. Sie zuckt ein wenig zurück. Wahrscheinlich schämt sie sich ein bisschen vor sich selbst. Aber sie scheint es zu mögen. Nach dem Zurückzucken kommt sie wieder in meine Richtung. Ich presse meine Zunge jetzt fast in ihr Loch hinein, und sie macht leise Lustgeräusche. Ich nehme meinen rechten Zeigefinger und reibe über das Loch, dann stecke ich ihn ihr langsam, damit sie nicht zu überrascht ist und sich an den Gedanken gewöhnen kann, hinein. Sie zuckt wieder kurz und lässt dann locker. Mein Finger in ihrem Arsch turnt mich so an, dass mein Penis wieder ganz hart und groß ist. Ich schiebe den Finger ein bisschen rein und raus, jetzt will ich sie ficken, am liebsten in den Arsch, aber das traue ich mich nicht, also drehe ich sie wieder rum und will mich zwischen ihre gespreizten Beine legen. Sie flüstert mir etwas zu und drückt mich ein Stück weg, ich höre aber nicht darauf und schiebe mich wieder zu ihrer Muschi. Dann sagt sie es noch mal, und dieses Mal so laut, dass ich es nicht überhören kann: »Wir müssen noch ein Kondom benutzen.«

Sie greift nach links zu ihrem Nachttisch, und im gleichen Moment wird es bei mir schon wieder weicher, und ich fange an, mich zu ärgern. Als sie mir das Kondom in die Hand drückt, versuche ich noch ein, zwei Mal alibihaft, es mir überzuziehen, aber ich weiß schon vorher, dass es nicht halten wird. Also sage ich leise vor mich hin: »Es klappt nicht, es tut mir leid.«

Sandra ist enttäuscht, bleibt aber nett und streichelt mir meinen Rücken, während ich mich zur Seite drehe, um einzuschlafen. Ich tue nur so und döse vor mich hin. Als ich merke, dass sie eingeschlafen ist, stehe ich auf und gehe.

What the fuck?!, denkt ihr? Ja, das habe ich auch gedacht, beim ersten Mal, als mir das passiert ist. Aber bei Sandra hat es mich eigentlich schon nicht einmal mehr überrascht. Ich erzähle euch das, damit ihr einen Eindruck davon bekommt, in was für einer Situation ich damals war. Das passierte, wenn ich mit Frauen schlafen wollte. Ich konnte sie nur in den Po oder ohne Kondom ficken. Jede Form des Normal-in-Anführungsstrichen-Sex hat mich nicht genug erregt. Das war beispielhaft für alles, was ich so gemacht habe, nachdem Sarah und ich uns getrennt hatten. Es hat mich nicht erregt.

Obwohl ich sagen muss, dass ich diese Abneigung gegen Kondome schon immer hatte. Abneigung ist eigentlich zu schwach ausgedrückt. Ich hasste Kondome. Mal ehrlich: Was kann es Beschisseneres geben, als sich ein Stück Kunststoff dazwischen zu stecken, wenn zwei Menschen das Schönste machen wollen, was es auf der Welt gibt? Ich wartete nur darauf, dass irgendjemand anfangen würde, zu verbreiten, man solle sich beim Masturbieren eine Folie zwischen die Haut und das Geschlecht legen. Tücher, die man beim Lecken über die Muschi legen soll, gab es ja schon. So habe ich gedacht.

Ich möchte nicht, dass ihr jetzt denkt, mir würde einer abgehen, wenn ich Sexgeschichten von mir aufschreibe, und dass ich euch deswegen von mir erzähle. Das ist wirklich nicht der Fall. Es geht mir nur darum, dass ihr nach und nach einen Eindruck von mir bekommt; einen echten Eindruck. Und für die Zeit vor zwei Jahren, von der ich gerade erzählt habe, war dieses Ereignis des missglückten Sex mit Sandra erstens symptomatisch und zweitens beispielhaft. Wirklich. Denn vieles von dem, was ich tat, hing noch mit der Beziehung davor zusammen, die nun schon drei Jahre her ist. Aber ich will noch nicht davon schreiben, was mit dieser Beziehung so war. Ich finde es immer noch sehr anstrengend, darüber zu reden, schreiben macht es zwar ein wenig einfacher, aber eigentlich ist es ja ein bisschen wie reden, wie mit sich selbst reden. So bleibt es unangenehm. Ich schreibe lieber später von dieser Beziehung. Nur so viel für den Moment: Es hing damals alles damit zusammen, auch das mit dem Sex.

Ich muss aber auch noch einen anderen wichtigen Punkt gleich erwähnen.

Ich bin ein gläubiger Mensch, ja ich scheue mich nicht zu sagen, dass ich ein sehr gläubiger Mensch bin. Nicht so, wie es sich wohl die meisten vorstellen, wenn man von sehr gläubigen Menschen hört. Also dass ich jeden Tag stundenlang bete und über der Bibel meditiere. Ja, das hätte ich vielleicht dazu sagen sollen, ich bin ein gläubiger Christ. Wobei das Christsein zwar die Basis für meinen Glauben gelegt hat und auch weiterhin die Basis ist. Ansonsten tue ich mir aber einigermaßen schwer damit, zu sagen, ich bin ein sehr gläubiger Christ. Obwohl es stimmt.

Was mich stört, ist, dass jeder denkt, ein gläubiger Christ würde jeden Morgen in die Messe rennen, mindestens einmal am Tag den Leib Christi essen, einen alten Mann in roten Schuhen für den Stellvertreter Gottes auf Erden halten, Sex vor der Ehe verurteilen, Nichtchristen für Ungläubige halten oder zumindest in den häufig bis sehr häufig besuchten Gottesdiensten in Zungen reden. Oder die Menschen denken, als Christ müsste man jederzeit ein ordentliches und anständiges Leben führen. Nichts von alledem ist der Fall. Zumindest nicht bei mir.

Aber ich bin trotzdem Christ. Ich verstehe es bloß ganz anders. Das Abendmahl etwa ist für mich was Positives. Es ist ein gemeinschaftliches Erlebnis und die teilnehmende Gemeinde ist danach im besten Fall gestärkt. Aber daran zu glauben, dass dabei mehr passiert, das gelingt mir nicht. Ich meine, es wäre doch wirklich eine merkwürdige Idee von Gott, die Menschen das Verzehren seines Sohnes feiern zu lassen, damit sie in einen bestimmten Zustand des Heils versetzt werden; was auch immer das überhaupt heißt – Heil. Ich glaube überhaupt nicht, dass die Menschen etwas Bestimmtes tun müssen, damit Gott sie in einen Heilszustand versetzt. Die Menschen sind ja seine Schöpfung, und dass Gott zum Schlechten schöpft, das glaube ich nicht. Über den Papst muss ich eigentlich gar nicht reden. Der ist lächerlich, das ist klar. Ein Mensch als Stellvertreter Gottes. Bullshit. Was soll das? Obwohl ich seine Meinung zum Thema Kondome lange verstehen konnte. Gott will es sicher nicht, dass zwei Menschen beim Sex … aber das hatte ich ja schon. Und kein Sex vor der Ehe? Warum sollte Gott den Menschen etwas verbieten wollen, was ihnen gut tut und sie fröhlich sein lässt?

Damit wir uns verstehen, die ganzen Dinge, die ich gerade genannt habe, haben für mich nichts mit meinen Glauben zu tun. Gott ist *für* die Menschen, nicht *gegen* sie. Und er unterscheidet auch nicht zwischen ungläubigen und gläubigen Menschen. Ich meine, was sollte das für ein Gott sein, der nur Menschen aufnimmt, die an ihn glauben. Obwohl das ein wenig komplizierter ist, denn vielleicht muss man schon glauben – zwar nicht, damit Gott einen annehmen will, denn das will er sicher, aber damit er einen überhaupt annehmen kann. Wobei das wieder darauf ankommt, was es heißt, dass man von Gott angenommen ist. Das ist jetzt zu kompliziert.

Nur um das noch abzuschließen: Ich rede niemals in Zungen und kann nicht verstehen, wie manche Leute glauben können, dass es Gott sei, der in einigen Leuten erscheint und sich darin offenbart, dass er diese Leute wirres Zeug brabbeln lässt, was nur sie verstehen. Ich hätte es gerne gehabt, dass der christliche Glaube der Grundstock meines Lebens wäre. Aber ich habe es nie geschafft. Jetzt ist es zu spät. Immer kamen so viele Dinge dazwischen, die mich davon abgehalten haben, mich so zu verhalten, wie ich finde, dass sich ein gläubiger Christ zu verhalten hat.

Ich erzähle euch das nur, damit ihr versteht, was ich meine, wenn ich sage: Ich bin ein gläubiger Christ. Es geht mir auch weniger darum, dass ich Christ bin, als darum, dass ich gläubig bin. Gott und der Glaube an ihn ist so eine Art Grundidee in meinem Leben. Merkt euch das. Was genau das heißt, darauf muss ich noch einmal zurückkommen.

Eines noch: Ich habe die ganze Zeit von dem Gott gesprochen, also von Gott mit männlichem grammatikalischem Geschlecht. Eigentlich rede ich aber auch gerne von der Gott. Obwohl ich von linguistischer Emanzipation und Gendern und so weiter nicht viel halte. Aber beim Wort Gott ist es mir irgendwie wichtig, dass es, also das Wort, nicht auf ein Geschlecht festgelegt wird. Und sei es nur grammatikalisch.

2

Ich sollte noch mal anders beginnen. Es hilft euch, mich zu verstehen.

Ich wurde geboren. Damit beginnt ja eigentlich jedes Leben. Außer man wird per Kaiserschnitt in die Welt geholt. Wird man dann eigentlich überhaupt geboren? Nicht eher rausgeschnitten? Müsste dann im Pass nicht eigentlich *Rausschneidungsort* statt *Geburtsort* stehen? Egal … Es tut mir leid, dass ich so leicht vom Thema abkomme und eure Geduld auf die Probe stelle. Aber denkt daran, dass es euch zu einem guten Menschen macht, wenn ihr weiterlest! Ihr helft mir damit! Mir!

Also, ich wurde geboren, ganz normal ohne Kaiserschnitt, und bin in einer kleinen Stadt in der Nähe einer großen Stadt aufgewachsen. Ich möchte hier nicht die richtigen Namen verwenden, damit ihr nicht herausfinden könnt, wer ich bin. Also natürlich sollt ihr herausfinden, wer ich bin und wie ich bin, aber ihr sollt nicht herausfinden, wer ich wirklich bin. Meinen Namen, den möchte ich für mich behalten. Ich werde nämlich, das habt ihr aber vielleicht auch schon bemerkt, vieles erzählen, was privat ist, und deshalb wäre es mir unangenehm, wenn ihr wüsstet, wie ich heiße und so. In dieser kleinen

Stadt in der Nähe der großen Stadt habe ich die ersten neun Jahre meines Lebens verbracht. Und es ist nicht viel passiert, was euch dabei helfen würde, zu beurteilen, ob ich ein Egoist bin oder nicht. Deswegen erzähle ich nur kurz, dass es wirklich schön war, dort, in dieser Kleinstadt. Ich habe einen Bruder, der ist älter als ich, und mit ihm konnte ich spielen. Wir hatten einen Garten, der war schön und grün. Dort konnten wir herumtoben, und wir hatten, obwohl unserer Mama eigentlich immer für uns da war, für die wenigen Ausnahmen eine tolle Babysitterin. Sie hieß Jennifer. Jennifer ist zwar ein schrecklicher Name, aber Jennifer war überhaupt nicht schrecklich. Jennifer war groß, blond und hatte, was mir damals noch nicht aufgefallen ist, was ich aber später auf Fotos gesehen habe, einen wunderbaren Hintern und tolle, große Brüste. Ich glaube, sie war auch die erste Frau, nach meiner Mama, in die ich mich verliebt habe. Aber damals war ich ja noch sehr jung, und deswegen kann man wahrscheinlich nicht wirklich davon sprechen, dass ich verliebt war. Aber bei diesen Brüsten und vor allem – ihr merkt schon, dafür habe ich eine Schwäche – bei diesem Po. Mir wird jetzt beim Schreiben schon ganz heiß, obwohl ich ja nur an ein Foto von ihr denke. Es muss herrlich gewesen sein, damals als so kleiner Kerl. Ich konnte bestimmt einfach an ihren Po und ihre Brüste fassen, und sie fand es lustig. Ich kann mich nicht erinnern, ob ich das gemacht habe. Meine Mama hat mir nie von so etwas erzählt, aber ich hoffe sehr, dass ich es gemacht habe. So eine Chance kann man sich nicht entgehen lassen. Schade, dass ich hier kein Foto von Jennifer einfügen kann, sonst würdet ihr verstehen, was ich meine.

Meine Eltern waren schon ein wenig älter, als es die meisten Eltern sind, wenn sie Kinder bekommen. Aber sie sahen trotzdem noch sehr gut aus, wie ich finde. Überhaupt sind eigentlich alle in meiner Familie ziemlich hübsch. Ich meine jetzt nicht die ganzen Onkel und Tanten, da sind auch einige ziemlich hässliche dabei. Aber meine Mama, mein Papa, mein Bruder und ich, wir sind alle ziemlich hübsch. Obwohl ich – und das schreibe ich jetzt nicht, um anzugeben, sondern weil es einfach so ist – noch besser aussehe als die anderen. Ich bin der Schönste. Ich habe auch außerhalb meiner Familie noch nie jemanden getroffen, den ich schöner fand als mich.

Zurück zu meinen Eltern. Meine Mama war schon über vierzig, als ich geboren wurde, und mein Papa sogar noch zwei Jahre älter. Sie ist anlässlich der Geburt meines Bruders, der vier Jahre älter ist als ich, aus ihrem Beruf ausgestiegen. Seitdem könnte man sie als Hausfrau bezeichnen. Aber ich finde, dieser Begriff passt eigentlich nicht zu ihr. Sie ist viel zu klug und zu schön und auch zu belesen, um eine dumme Hausfrau zu sein. Ich meine damit jetzt nicht, dass alle Hausfrauen dumm sind. Aber ich kenne doch einige, die sind typische Hausfrauen, die stricken und häkeln und kochen und putzen und so einen Quatsch. Und die sind wirklich alle dumm. Sehr dumm. Und ich möchte meine Mama nicht mit diesen Frauen auf einer Stufe wissen, deswegen finde ich nicht, dass Hausfrau zu ihr passt. Eigentlich ist sie Künstlerin. Sie könnte nicht davon leben, und sie ist auch keine großartige Künstlerin, aber, wie ich finde, doch eine gute Künstlerin. Sie hat letztes Jahr zwölf Bilder verkauft. Und die kosten zwischen 1000 und 5000 Euro. Das ist nicht so billig. Wie es dieses Jahr ist, weiß ich nicht, weil ich ja keinen Kontakt mehr habe seit mehreren Monaten. Wie es dazu gekommen ist, erzähle ich später.

Meine Mama ist immer sehr nett zu mir gewesen. Nicht, dass ich verhätschelt worden wäre, aber es hat mir an nichts gefehlt. Und mein Papa, der ist auch immer nett gewesen. Nicht zu hart und nicht zu weich, aber eben auch so, wie Väter meistens sind: ein bisschen unnahbar. Er hat immer viel gearbeitet. Ich weiß gar nicht, ob er unbedingt Karriere machen wollte, aber er hat sie auf jeden Fall gemacht. Das könnte daran liegen, dass er sehr schlau ist und begabt. Diese Begabung ist zu einem Teil auch auf mich übergegangen. Ich bin auch ziemlich schlau. Aber mein Bruder, der ist noch ein ganzes Stück schlauer als ich. Er ist wirklich sehr schlau. Alles, was er macht, fällt ihm leicht. Zumindest erweckt er immer den Anschein, denn es ist jetzt nicht so, dass wir viel über Gefühle geredet hätten. Obwohl wir eigentlich immer ein gutes Verhältnis hatten. Ich weiß nicht, wie es ihm jetzt geht. Auch zu ihm habe ich den Kontakt abgebrochen. Ich habe ihm aber eine Postkarte geschrieben, um zu sagen, dass ich noch lebe. Da konnte er dann an der Briefmarke und dem Stempel sehen, in welchem Land ich bin. Wir waren einmal zusammen hier, also nicht nur in dem Land, ich meine, in dem Ort, kurz nach meinem Abitur haben wir den Surfern im Pazifik zugeschaut und Ceviche und Hummer gegessen. Er könnte mich also schon finden, wenn er wollte. Aber er denkt wahrscheinlich, dass es besser ist, wenn man mich in Ruhe lässt und ich mit den Dingen alleine klarkomme. Das denken die Leute ja immer. Besonders in meiner Familie wird gerne so gedacht. Ich sollte beim Thema bleiben, und ich wollte euch ja erst einmal von meiner Kindheit erzählen, damit ihr einen Eindruck bekommt, warum ich geworden bin, wie ich geworden bin.

In diesem ersten kleinen Städtchen, in dem wir gewohnt haben, da ist eigentlich nicht viel passiert. Mir ging es gut. Wir sind von dort, als ich neun Jahre alt war, weggezogen. In eine andere kleine Stadt in der Nähe einer größeren Stadt. Die größere Stadt war nicht ganz so groß wie die vorhergehende größere Stadt, aber ich glaube, man kann sagen, sie war genauso wichtig. Wie auch immer man die Wichtigkeit von Städten misst. Gefühlsmäßig würde ich das so sagen. Diese neue kleine Stadt war – oder ist es bestimmt immer noch – eine besondere kleine Stadt. Aus dieser Stadt kommen wirklich sehr viele reiche Leute. Oder andersherum, *in* diese Stadt kommen wirklich sehr viele reiche Leute. Beides stimmt wahrscheinlich, weil reiche Leute ja lieber unter sich bleiben, kommen die reichen Leute in die Städte und Gegenden, in denen schon reiche Leute wohnen. Und diese kleine Stadt war, was das betrifft, ein deutschlandweiter Superlativ. Einige würden bestimmt sagen: *Moment mal, die und die Stadt ist doch viel reicher.* Das mag sein, aber mir kam sie immer wie der absolute Superlativ vor. Der guten Stimmung halber können wir uns allerdings auch auf einen Elativ einigen: Die kleine Stadt in der Nähe der größeren Stadt, in die wir gezogen sind, als ich neun Jahre alt war, ist eine, was die Bewohner angeht, sehr reiche Stadt.

In dieser Stadt bin ich also aufgewachsen. Die Leute dort sind nicht nur sehr reich, sie sind im Großen und Ganzen auch sehr unsympathisch. Es ist wahrscheinlich nicht fair, zu sagen, die sind alle gleich, aber ich habe keine Lust, fair gegenüber diesen Menschen zu sein. Die sind wirklich alle unsympathisch. Man kann, glaube ich, gar nicht anders werden, wenn man aus dieser Stadt kommt. Ich meine, das sieht man daran, dass sogar ich es bin. Obwohl ich weiß, dass etwas unsympathisch ist, mache oder sage ich es trotzdem so, und das liegt daran, dass ich aus dieser Stadt komme. Glücklicherweise bin ich nicht *nur* so, denn sonst müsste ich die Ausgangsfrage gar nicht stellen, dann wäre schon klar, dass ich ein Riesenegoist und noch dazu ein unsympathischer Idiot bin. Dennoch, ich habe mich eigentlich immer wohl gefühlt unter all diesen Leuten. Das liegt sicher daran, dass ich zu ihnen gehört habe. Wenn man zu einer Gruppe von Leuten gehört und anerkannt ist, dann merkt man gar nicht, wie unsympathisch dieses ganze Gehabe eigentlich ist. Solange man auf der richtigen Seite steht, merkt man gar nicht, was das für eine Scheißtruppe ist. Am besten erzähle ich euch mal ein bisschen was von diesen Leuten aus dieser reichen Stadt, damit ihr beurteilen könnt, ob ich recht habe oder ob die Leute dort eigentlich supernett sind und ich mich irre. Das könnte ja sein.

Also, wenn man aus diesem Städtchen kommt und jung ist, dann gibt es nur zwei Arten, sich zu kleiden. Welche man wählt, hängt nur davon ab, ob man ein Mädchen oder ein Junge ist. Die Auswahlmöglichkeit ist also gleich null. Denn ob man Mädchen oder Junge ist, das kann man sich zwar heute theoretisch aussuchen, aber eben auch nur theoretisch. Es gibt natürlich wie überall ein paar Abweichler, Querulanten oder Aufmüpfige, die sich nicht an die Kleiderordnung halten. *Aber die sind Abschaum, weil Unterschicht, und interessieren mich nicht.* Das stimmt natürlich nicht, ich habe gerade den einen Teil von mir sprechen lassen, der eben ganz ein Kind dieser kleinen reichen Stadt ist. Ja, das ist sowieso eines meiner Grundprobleme, dass ich immer diese zwei Seiten habe. Aber das merkt ihr vielleicht noch.

Ich duze euch die ganze Zeit, fällt mir gerade auf, ich hoffe, das ist in Ordnung. In der kleinen Stadt von der ich gerade erzähle, da wird nicht so schnell geduzt. Und man sollte sich auch daran halten, sonst kann man ganz schnell unten durch sein.

Zurück zu den Kleidern. Es gibt zwei Arten, sich zu kleiden. Die Jungen tragen Hemd, wenn sie noch wirklich jung sind, dann immer mit Polopferd auf der Brust, wenn sie ein wenig älter sind, dann mit den Initialen an der Stelle, die unter der Hemdtasche wäre, hätte das Hemd eine Tasche, was es aber nicht hat. Je nachdem, ob sie sich gerade besonders wild fühlen oder nicht, stellen sie den Kragen auf. Selbst von einem Oberhemd oder Herrenhemd oder wie auch immer man diese normalen Hemden nennt, jedenfalls nicht nur vom Polohemd. Aber im Sommer kann man zur Abwechslung auch mal Polohemd tragen. Zum Hemd wird dann entweder Chino oder Jeans getragen, das Hemd aber selbstverständlich in der Hose, es soll ja schon ordentlich aussehen. Die Schuhe sind wieder je nach Altersklasse verschieden. Bei den Jüngeren sind es Timberland-Segelschuhe und im Winter Timberland-Stiefel, und bei den Älteren sind es irgendwelche rahmengenähten Lederschuhe, die mindestens 200 Euro gekostet haben.

Das ist so viel nun auch wieder nicht, denkt ihr jetzt.

Das wollte ich erreichen, damit ich jetzt schreiben kann: pro Schuh, nicht pro Paar. Schon ein bisschen teuer, oder?

Wie sich die Mädchen kleiden, das könnt ihr euch jetzt sicher denken, das muss ich jetzt nicht erzählen. Das gibt es ja nicht nur hier, nur dass hier eben alle so sind und nicht nur ein paar. Es langweilt mich sowieso sehr, über Kleidung zu reden. Ich erzähle euch lieber eine kleine Geschichte aus meiner Jugend.

Wir waren eine Truppe von fünf Jungs. Alle glücklich und mit jeweils zwei Fünfzigmarkscheinen ausgestattet. Das war ziemlich viel Geld damals. Wir fuhren mit der S-Bahn in die größere Stadt. Wir waren sechzehn, ich nenne uns mal Maximilian, Hubertus, Benedikt, Karl, und die fünfte Person war ich. Wir fuhren also mit der S-Bahn in die Stadt, denn wir waren eingeladen von einem Bekannten. Er war auch erst sechzehn, aber er hatte irgendeine übermäßige Begabung und deshalb schon sehr viel Geld verdient. An diesem Abend feiert er deshalb eine Party in der Präsidenten-Suite eines der besten Hotels der Stadt.

Es gibt Champagner umsonst, alle anderen Getränke muss man selbst bezahlen. Als wir reinkommen, sehen wir unseren Gastgeber, er heißt Julian, im Esszimmer der Suite stehen, gekleidet wie ein Polospieler. Er grinst uns mit einem breiten Lächeln an und winkt uns zu sich.

»Schön, dass ihr da seid! Es gibt Champagner, so viel ihr wollt. Greift zu«, sagt er und fährt sich mit Daumen und Zeigefinger von oben nach unten über die Nase.

Max holt fünf Gläser, und wir trinken sie in einem Zug leer. Danach sagt er: »Schau dir an, wie billig Sila heute wieder aussieht, wie eine Nutte aus Polen.«

»Woher weißt du denn, wie Nutten aus Polen aussehen?«, fragt Karl.

»Polnische Nutten haben immer blondierte Haare, viel zu viel Schminke drauf und sehen einfach billig aus.«

»Aha, und was unterscheidet sie dann von anderen Nutten?«

»Nichts«, sagt Bene, »alle scheiß Nutten sind scheiß Nutten. Nur zum Ficken geboren.«

Wir lachen und trinken das nächste Glas Champagner auf ex. Hubertus und ich setzten uns nach einer Weile und vielen Gläsern mehr auf eines der Sofas, die es in der Suite gibt, und fangen an, mit Eiswürfeln zu werfen. Ein paar Leuten, der älteste auf dieser Feier ist vielleicht achtzehn, es ist ein Prinz sonstwas, war der Champagner nicht stark genug, und sie haben Wodka und Red Bull bestellt. Dazu gibt es die Eiswürfel. Wir fangen also an, mit den Eiswürfeln auf andere Partygäste zu werfen. Erst zum Spaß und ziemlich leicht, dann etwas fester. Doch das gibt zu schnell Streit, und wir wollen nicht rausfliegen. Also ändern wir unser Ziel. Wir werfen aus dem Fenster auf Passanten. Vorher nehmen wir uns aber noch zwei Longdrinkgläser und machen sie randvoll mit Wodka.

»Red Bull nur für die Farbe«, sagt Hubsi.

Wir trinken ziemlich schnell. Wir schauen aus dem Fenster und sehen eine Gruppe junger Leute auf der anderen Straßenseite.

»Wer besser trifft, hat gewonnen«, sage ich.

Wir nehmen jeder einen Eiswürfel, zielen und feuern ihn auf die Gruppe. Meiner trifft genau ins Schwarze, das heißt den Kopf eines der Mädchen der Gruppe. Sie schreit laut und hält sich die Trefferstelle. Einer von ihnen, ein großer und recht stark aussehender Typ, sucht nach der Herkunft des Geschosses.

Er sieht uns und schreit: »Ey, ihr Wichser, was soll der Scheiß!«

Wir lachen und Hubsi ruft zurück: »Wir können dich nicht verstehen, du musst ein bisschen näher kommen.«

Und ich schmeiße gleich noch einen Eiswürfel und treffe dieses Mal den Großen. Der hat jetzt genug und rennt in unsere Richtung über die Straße. Als er unter uns steht und irgendwas hochschimpft, nimmt Hubsi eine der Champagnerflaschen und gießt ihm eine große Ladung über den Kopf. Er schreit vor Wut und rennt in Richtung Hoteleingang.

Ich nehme das Zimmertelefon, rufe den Concierge an und sage: »Irgendein Prolet hat uns von der Straße aus beschimpft und gedroht, hochzukommen, wenn wir nicht runterkommen. Wir fürchten uns ein wenig. Wenn der reingelaufen kommt und uns sucht, dann müssen Sie ihn unbedingt wieder rauswerfen.«

»Ich werde ein offenes Auge haben, mein Herr.«

Hubsi und ich setzen uns vergnügt wieder auf die Couch und beobachten Max und Karl. Sie sind wirklich schon sehr betrunken und kommen auf uns zu gewankt.

»Aufstehen, mitkommen!«, sagt Karl.

»Fick dich, du Penner«, entgegne ich.

»Los, steht mal auf und kommt mit, wir müssen pissen und haben keine Lust aufs Klo zu gehen. Wir wollen da vorne in den Schrank pissen. Und ihr sollt aufpassen, dass niemand kommt.«

Wir stehen auf und folgen den beiden in den einen Flur der Suite. Er führt anscheinend in eines der Schlafzimmer. Nach etwa fünf Metern kommt ein Schrank auf der rechten Seite. Es ist ein begehbarer Kleiderschrank. Karl und Max gehen hinein, und Hubsi und ich schauen, dass keiner kommt. Wir hören es plätschern. Als die beiden fertig sind, muss ich auch, also wechseln wir die Positionen. In dem Schrankzimmer ist schon ein richtiger kleiner See. Als ich wieder rauskomme aus dem Schrank, sind die anderen schon weg. Aber es kommt jemand in den Flur gelaufen. Ich erschrecke und überlege, was ich machen kann, aber es ist schon zu spät. Es ist Bene, ich bin erleichtert.

»Die anderen haben gesagt, ihr habt die ultimative neue Toilette entdeckt. Saugeil. Ich muss nämlich scheißen.«

Ich mache ein Geräusch, das etwa so klingt, als würde man einen Rülpser runterschlucken, und grinse ihn an.

»Aber schnell«, sage ich, »bevor jemand kommt.«

Er geht in den Schrank, ich höre Furzgeräusche, und es fängt auch gehörig an zu stinken.

»Los, lass uns hier verschwinden«, sagt Bene, als er fertig ist, und will mir mit seiner rechten Hand über die Wange streicheln. Ich schlage seine Hand weg.

Wir gehen schnell wieder in das Hauptpartyzimmer. Max, Hubsi und Karl grinsen uns an, als wir ihnen entgegenkommen, aber sonst scheint niemand etwas gemerkt zu haben. Wir nehmen uns fünf Gläser Champagner und trinken sie auf einen Sitz. Wir trinken noch ein paar Runden. Auf einmal rennt Hubsi zum Fenster, und wir hören die Kotze auf den Bürgersteig platschen. Als er zurückkommt, sagt er, dass er gehen möchte. Er ist zu besoffen. Wir entscheiden, dass wir auch gehen, aber Karl ist gerade nicht da.

»Macht nichts«, sagt Max, »fünf passen eh nicht ins Taxi.«

Wir finden, dass er recht hat, und gehen schnell, bevor Karl wiederkommt. Unten auf der Straße halten wir ein Taxi an. Als wir gerade einsteigen wollen, muss Hubsi wieder kotzen.

»So kann ich euch nicht mitnehmen, euer Freund kotzt mir das ganze Taxi voll.«

»So ein Quatsch«, sage ich, »der hat sich jetzt ausgekotzt.«

»Ne, sorry Jungs, aber das geht nicht.«

»Willst du uns verarschen«, sagt Max jetzt, »du beschissener Taxifahrerprolet?«

»Mach die Tür zu, das muss ich mir nicht gefallen lassen, du kleines Arschloch.«

»Drecksprolet, dir ist schon klar, dass du nur ein scheiß Taxifahrer bist und meine Uhr mehr kostet, als du in einem gottverdammten Jahr verdienst«, brüllt Max jetzt. »Du mieser kleiner Prolet. Wenn ich will, kaufe ich mir dein Leben. Siehst du meine Uhr? Hä? Das ist eine fucking Rolex. Du und dein scheiß Opeltaxi – viel zu armselig für uns. Wir fahren nur Porsche, Alter! Und du beschissener Taxifahrerprolet willst uns nicht mitnehmen? Was denkst du, wer du bist? Was ich anhabe, ist mehr wert als dein Leben«, schreit Max jetzt in die geöffnete Beifahrertür hinein.

Wir lachen. Der Taxifahrer greift den Innengriff der Beifahrertür, sagt noch: »Armer, kleiner Idiot«, reißt die Tür zu und fährt ab. Im Wegfahren stimmen wir auf die Melodie von *Schalala* unser Lieblingslied an. »Wir sind was Besseres, schalalala, wir sind was Besseres, schalalalala, wir tragen Rolex und ihr nicht!«

Ihr seht schon, nett war ich damals nicht gerade. Man kann sagen, ja gut, in oder vor der Pubertät, da weiß mal vieles noch nicht. Und dazu kann ich nur sagen: Stimmt. Dennoch wusste ich schon, was ich alles so tat. Und dass es nicht nett bis absolut asozial war. Ich habe euch bisher eigentlich nur von Seiten von mir berichtet, die euch vermutlich nicht sehr sympathisch vorkommen. Vielleicht sollte ich mal etwas erzählen, was auch ein wenig klarmacht, warum ich überhaupt daran zweifle, dass ich ein Egoist bin, und ob es so schlimm ist, wie es sich anfühlt. Und warum ich nicht einfach sage: Ja, ich bin ein Egoist, kein Zweifel.

Ich meine, ich bin ja nicht umsonst weg. Habe alle Zelte abgebrochen und mich in die Einsamkeit verzogen. Als ich noch in Deutschland war, da ging es mir richtig scheiße. Ich wollte nur noch weg. Weg von diesem Leben, das ich bisher geführt habe. Diesem Leben, das mich zwischen Egoisten und Christen zurückgelassen hatte. Und zwar so zurückgelassen hatte, dass mir der Glaube keinen Halt gab, sondern im Gegenteil den Schmerz über das eigene schlechte Verhalten noch verstärkt hat.

Versteht ihr das? Die Hölle ist das Gewissen. Wenn man merkt, es ist zu spät, um gut zu sein, dann ist man schon mittendrin in der Hölle. Dann ist Gott nicht mehr die Liebe, dann ist Gott Hass. Der Hass auf die, die es nicht schaffen, zu lieben – und ich gehöre dazu.

Natürlich richtet Gott nicht über die Menschen. In dem Sinne, dass Gott sich auf einen Thron setzt und anfängt, die schlechten und die guten Taten aufzuzählen, und wer mehr gute als schlechte hat, der hat Glück gehabt und darf in den Himmel. Das ist natürlich Quatsch. Gott kann den Menschen nicht verurteilen, denn Gott ist selber schuld an allem, was der Mensch tut. Gott hat den Menschen gemacht, hat ihm alles gegeben, was er hat, das Gute und das Schlechte, wie könnte sie, Gott, also den Menschen für etwas verurteilen, das sie ihm selbst gegeben hat. Alles, was ich habe, habe ich von Gott. Und sei es die Charaktereigenschaft, die mich einen einsamen und verbitterten Menschen sein lässt, oder die Mutter, die mich gebar, oder die Krankheit, die einmal zu meinem Tode führen wird. Alles, was ich habe, ist von Gott, denn alles, was ist, ist von Gott. Gott kann also gar kein großer Richter sein, der mit Gesetzbuch zu Gerichte sitzt, es sei denn, er – in diesem Fall passt er besser –, es sei denn, er ist ein Riesenarschloch. Diese Möglichkeit kann man zwar nicht ausschließen, aber sie widerspricht meinem Denken. Und außerdem, wäre Gott ein Riesenarschloch, dann könnte ich mich auch nicht darauf verlassen, dass er sein Versprechen einhält, mich ins Paradies zu schicken, weil ich mich nach seinen Regeln verhalten habe. Aber das ist natürlich genauso ein Quatsch wie das Gericht.

Wie kam ich jetzt drauf? Ach so, ich wollte erklären, warum der Glaube, als ich weggegangen bin, keine Stütze war für mich. Lasst es mich so sagen: Ich habe schon oft in meinem Leben darüber nachgedacht, ins Kloster zu gehen, aber es dann nie gemacht und auch nicht mit letzter Konsequenz in Erwägung gezogen, weil ich ein Feigling bin. Wäre ich im Kloster, könnte ich nicht nachts saufend um die Häuser ziehen und bumsen, was ich bekommen kann. Und wenn ich im Kloster wäre, dann könnte ich meinen roten Porsche nicht fahren und auch die teure Kleidung, die ich habe und liebe, könnte ich nicht tragen. Aber ich könnte mich bilden, ich könnte mich um andere kümmern, ich könnte mich auf die Beziehung zu Gott, die jeder Mensch irgendwo in sich hat, einlassen. Und zwar voll und ganz. Ich könnte das tun, was ich mir schon oft als die Erfüllung aller Träume ausgemalt habe. Aber ich müsste mich dafür entscheiden, auf so vieles andere verzichten. Ich könnte es nicht. Ich bin nicht gut genug in der christlichen Praxis. Ich bin nicht gut genug in der Übung, es wirklich zu wollen.

Immer will ich vieles gleichzeitig. Gut sein und trotzdem den Reiz des Bösen kosten. Wäre ich konsequent und könnte sagen: Aus, Schluss, Ende, ich will nicht mehr, dann könnte er mir helfen. Aber selbst damals, selbst jetzt, kann ich es nicht in letzter Konsequenz. Immer noch nicht. Deshalb konnte mir der Glaube keinen Halt mehr geben, als ich losgezogen bin. Und deshalb suche ich Rat bei euch.

Gott kann mir nicht helfen. Für ihn bin ich die logische Konsequenz seiner Schöpfung, aber das bringt mich nicht weiter. Ich möchte wissen, ob es gut ist, diese Konsequenz zu sein, und das könnt nur ihr mir sagen, die ihr auch Ergebnis und nicht Auslöser seid. Auch ihr seid alle nur das folgerichtige Werden einer vergangenen Schöpfung.

Es könnte ja sein, dass es mich schon ein bisschen sympathischer macht, dass ich überhaupt darüber nachdenke, was es ausmacht, das Egoistisch-Sein. Es gibt sicher genug Egoisten, die denken darüber nicht nach.

3

Das Elend kam mit der ersten großen Liebe. Das hört sich jetzt ein wenig pathetisch an, ich weiß, aber es war wirklich so, dass ich bis dahin keine Ahnung davon hatte, was es für schlimme Dinge in der Welt gibt. Obwohl das nicht ganz richtig ist. Ich wusste zwar davon, aber ich wusste nicht, wie es sich anfühlt und was es heißt, das Schlimme nicht nur zu kennen, sondern auch zu fühlen. Ich muss sagen, diese Jahre vor dem Elend, die waren schon sehr schön, eine Art Paradies. Natürlich verklärt man die Dinge im Nachhinein immer so, als wäre das, was schön war, noch viel schöner, und das, was scheiße war, gar nicht so schlimm gewesen. Selbstschutz, normal. Könnte also auch sein, dass meine Erinnerung nicht ganz glaubwürdig ist. Aber das kann ich ja nicht wirklich beurteilen. Überhaupt: Was zählt eigentlich? Das, was war, oder das, was ich in Erinnerung habe? Damals war das Echte Wirklichkeit, aber heute ist das Falsche die Wirklichkeit, denn das Echte ist in Vergessenheit geraten.

Jedenfalls: Das Elend kam mit der ersten großen Liebe. Wie bringe ich euch das am besten nahe? Ich brauche eine Geschichte, die zeigt, dass es eine schöne Liebe war und dass sie mich zu einem besseren Menschen gemacht hat, davon bin ich überzeugt. Und die auch zeigt, dass sie mich – in der Uni würde man es Propädeutikum nennen – eingeführt hat in das Elend.

Es war ein Tag im Sommer. Ich war noch sechzehn Jahre alt. Meine Freundin Sarah und ich, wir waren sehr glücklich.

Die erste große Liebe, aber bisher hat noch keiner zum anderen »Ich liebe dich!« gesagt. Wir waren eben auch noch sehr jung. Mindestens drei Mal, meistens vier Mal in der Woche haben wir uns getroffen. An dem Tag bin ich wieder einmal zu ihr gefahren. Wir wollten eigentlich nichts Besonderes machen. Einfach ein wenig in ihrem Zimmer herumsitzen und kuscheln, uns küssen und nahe beieinander sein. Miteinander geschlafen haben wir noch nicht. Sicher, ich war schon wahnsinnig gespannt, wie das sein würde, aber ich hatte sie auch so gerne, dass ich es nicht eilig hatte, ich war mir sicher, dass wir noch lange und viel Zeit haben werden, um Sex zu haben.

Wir sitzen in Sarahs Zimmer und hören Musik. Ihr Zimmer ist eher klein und liegt genau neben dem Schlafzimmer der Mutter im ersten Stock der Doppelhaushälfte. Es ist keine kleine Doppelhaushälfte, aber auch keine große. Im ersten Stock gibt es neben dem Zimmer der Mutter und Sarahs Zimmer noch ein weiteres. Es ist das Zimmer von Sarahs Bruder. Und es gibt ein Badezimmer. Der Vater und die Mutter von Sarah schlafen nicht in einem Zimmer. Sein Zimmer ist im Dachgeschoss, und sein Hauptaufenthaltsort ist im Keller. Was genau er dort macht, das weiß ich nicht.

Wir sitzen also in Sarahs Zimmer und hören Musik.

Es klopft. Es ist die Mutter, sie möchte eigentlich nur wissen, ob wir etwas mit ihr zu Abend essen möchten. Trotz dieser eigentlich harmlosen Frage liegt eine unverkennbare Spannung in der Luft.

Sarah sagt: »Nein, wir gehen nachher einen Döner essen.«

Die Mutter geht wieder. Fünf Minuten später klopft es wieder. Es ist die Mutter.

Sie sagt: »Wollt ihr wirklich einen Döner essen, das ist doch ungesund, und ich koche auch etwas Leckeres. So eine Reispfanne, wie du sie gerne magst, Sarah.«

»Ich mochte deine Reispfanne noch nie. Die ist viel zu verkocht, und außerdem machst du immer diese Maggi-Packung da rein, das ist voll eklig. Wir gehen einen Döner essen.«

»Was soll das heißen, du mochtest meine Reispfanne noch nie? Ich habe die immer für dich gemacht. Extra vegetarisch, nur für dich. Ich bemühe mich immer, dass es dir schmeckt. Aber das ist ja auch nicht einfach. Du isst ja auch so wenig.«

»Ja, Mama, aber darum geht es gar nicht. Ich mag die Reispfanne nicht, und wir gehen einen Döner essen.«

Ich sitze daneben und fühle mich schlecht, weiß nicht, was ich tun soll. Ich möchte mich auf Sarahs Seite stellen, aber ich möchte auch vermitteln. Ich sage gar nichts. Die Mutter fängt an, zu weinen. Sie tut so, als wollte sie es verbergen, dabei möchte sie, dass Sarah es sieht. Sie zieht die Tür ziemlich heftig zu und geht in ihr Zimmer nebenan.

Jetzt ist Sarah traurig. Ich nehme sie in den Arm und weiß nicht, was ich sagen soll. Also streichle ich ihr einfach über den Rücken. Ich habe das Gefühl, dass es etwas bringt. Sie lächelt mich an, und wir legen uns in der Löffelstellung aufs Bett. Ich küsse ihren Kopf von hinten. Nach fünf Minuten klopft es wieder, und im gleichen Moment geht die Tür auch schon auf. Die Mutter steht in der Tür.

»Sarah, kommst du bitte mal, ich möchte mit dir reden.« Man kann es an ihrer Stimme und in ihrem notdürftig trockengewischten Gesicht erkennen, dass sie noch mehr geweint hat.

»Mama, ich möchte jetzt nicht. Ich habe doch gerade Besuch.« Sie sagt es nicht ruppig und nicht abweisend, eher ängstlich, als ob sie ahnen würde, auf was es hinauslaufen wird, wenn sie jetzt mitgeht. Aber sie weiß auch, dass sie den Lauf der Dinge nicht verhindern kann in dieser Familie, wenn sie nicht mitgeht, dann wird das Gleiche passieren, nur anders. Die Mutter schaut entsetzt, es sieht aber sehr gespielt aus.

»Was habe ich dir getan, dass du noch nicht einmal mit mir reden möchtest. Bin ich so böse? Dein Besuch hat sicher nichts dagegen, oder?«

Was soll ich sagen? Ich nicke. Sarah steht auf und geht aus dem Zimmer. Sie schließt die Tür hinter sich. Die beiden gehen in das Nebenzimmer. Die Wände sind ziemlich dick, ich höre nur Fetzen und spüre trotzdem die Spannung, die sich durch alle Wände und alle Stockwerke zieht, sie ist immer da in diesem Haus. Es geht natürlich darum, dass die Mutter doch immer da gewesen sei und dass sie Sarah doch liebe und dass sie sich nichts vorzuwerfen habe. Sarahs Antworten sind so leise, dass ich nicht höre, was sie sagt. Die Mutter stampft ein paarmal laut auf und wirft irgendetwas auf den Boden, sodass es scheppert. Ich höre, wie jemand die Treppen aus dem Keller nach oben kommt. Es ist der Vater. Er ruft nach oben.

»Gudrun! Was soll das? Was schreist du so und machst so einen Lärm? Lass Sarah in Ruhe.«

Die Mutter macht die Türe ihres Zimmers auf und schreit die Treppe runter ins Erdgeschoss, wo der Vater jetzt steht.

»Rainer! Was willst du? Du hast mir gar nichts zu sagen!«

»Und wie ich etwas zu sagen habe! Ich bin der Mann in diesem Haus. Ich habe hier das Sagen.«

Aber er bewegt sich nicht von der Stelle, und obwohl er sehr laut spricht und sich Mühe gibt, überzeugend zu klingen, ist er nicht überzeugend. Es klingt armselig. Und alle wissen das. Er hat hier nichts zu sagen.

»Du? Du hast hier etwas zu sagen? Du möchtest Respekt? Dann tu etwas dafür, dass du respektierst wirst. Geh zurück in deinen Keller!«

Sie zieht sich ihren Hausschuh aus, es ist so eine Art Birkenstock-Sandale, und nimmt ihn mit der rechten Hand auf.

»Verpiss dich!«, schreit sie und wirft die Sandale nach ihm.

Er dreht sich weg und geht wieder in den Keller.

Sarah ist währenddessen wieder in ihr Zimmer gekommen und hat die Tür zugemacht. Sie sitzt jetzt neben mir und weint. Ich weiß wieder nicht, was ich sagen soll, und lege wieder den Arm um sie. Sie schaut mich mit diesem wunderschönen und lieben Gesicht an. Sie sieht so unschuldig aus, niemand würde glauben, dass sie so viel Scheiß mitmachen muss. Sie sieht noch so jung aus. Ich nehme sie etwas fester in den Arm und schaue ihr ganz tief in die Augen.

»Ich liebe dich, Sarah! Es wird alles gut, ich bin hier und bei dir, solange das so ist, kann nichts passieren. Ich liebe dich!«

Jetzt fängt sie noch stärker an zu weinen, und ihre Tränen durchnässen mein Hemd an der Schulter. Sie drückt sich ganz fest an mich und sagt nichts. Aber das muss sie auch nicht, ich weiß sowieso, was sie denkt.

Wieder klopft es. Dieses Mal ist es der Vater, der sich hinter der Glasscheibe in der Tür abzeichnet. Sarah hat zwar von innen Poster über die Scheibe geklebt, aber die Schemen sieht man trotzdem. Sarah sagt: »Was willst du?«

»Ich fahre jetzt zum Döner und wollte fragen, ob ich euch was mitbringen soll.«

»Nein, wir wollen nichts, danke.«

»Aber ich könnte euch auch Pizza holen oder Pommes vom Döner mitbringen.«

»Nein, wir wollen nichts, wirklich. Danke, Papa!«

Er murmelt noch etwas Unverständliches, und dann geht er wieder die Treppe runter. Er bemüht sich dabei, sehr leise zu sein, als versuche er zu verhindern, dass seine Frau in ihrem Zimmer etwas davon mitbekommt, dass er nach oben gekommen ist.

Sarah und ich sagen nichts. Wir halten uns einfach im Arm und atmen leise, als wollten auch wir möglichst unentdeckt bleiben. Ein bisschen später hören wir, wie unten die Haustüre zugeht und ein Auto losfährt. Im

Zimmer nebenan ist auch wieder Bewegung. Die Tür zum Flur geht auf. Wir halten den Atem an, als könnten wir so verhindern, dass sie zu uns kommt. Aber es klopft.

»Sarah?«

»Lass uns in Ruhe, Mama!«

»Warum bist du denn so unfreundlich? Habe ich dir etwas getan? Hast du etwas gegen mich?« Sie fragt das wirklich.

Sarah sagt: »Mama, lass mich in Ruhe. Ich will alleine sein.«

»Aber du hast doch Besuch.«

»Ja, *wir* wollen alleine sein. Lass *uns* bitte in Ruhe.«

»Warum bist du immer so gemein zu mir? Was habe ich dir getan?«

Sie sprechen durch die geschlossene Tür. Die Mutter drückt die Türklinke runter und versucht, die Tür zu öffnen. Aber Sarah hat abgeschlossen.

»Warum hast du abgeschlossen? Das habe ich dir nicht erlaubt!«

»Weil ich alleine sein möchte und du sonst einfach hier reinkommst.«

»Ich kann immer in dein Zimmer kommen, wann ich will. Ich bin deine Mutter. Ich habe immer alles für dich getan, und du sperrst mich aus. Habe ich das verdient? Wie behandelst du mich eigentlich?«

»Mama, bitte lass uns einfach in Ruhe!«

»Lass mich rein. Ich lasse mich nicht aussperren!« Sie klopft gegen die Glasscheibe und rüttelt an der Tür. »Lass mich rein!«

Sarah fängt wieder heftig an zu weinen und drückt sich an mich. Wir sitzen die ganze Zeit auf dem Bett. Das

Zimmer ist nicht sehr groß und die Türe nur ungefähr eineinhalb Meter von uns entfernt. Die Mutter schlägt heftiger gegen die Tür und weint sehr laut. Außerdem ruft sie irgendwelche Dinge, die ich aber nicht verstehe. Ich habe ehrlich gesagt ein wenig Angst. Ich flüstere Sarah »Ich liebe dich« ins Ohr, weil ich nichts anderes weiß und weil ich irgendwie glaube, dass es sie beruhigen könnte. Sie ist wie gelähmt und sagt gar nichts mehr und tut gar nichts mehr, sie weint noch nicht einmal mehr. Sie schaut nur mit ihren lieben, traurigen blauen Augen leer vor sich hin.

Es macht einen lauten Schlag, die Glasscheibe bricht, und die Mutter steht plötzlich vor uns. Auch sie hört für einen Moment auf zu wüten.

Es ist ganz still. Nur für Sekunden. Blut tropft von ihrer Hand. Keiner bewegt sich.

Dann sinkt sie auf den Boden und schluchzt wie ein kleines Kind. Sarah ist sehr erschrocken und will aufstehen, um ihrer Mutter zu helfen. Ich versuche, sie zurückzuhalten, weil ich Angst davor habe, was passiert, wenn sie ihr näherkommt. Sie macht sich los und geht den Schritt auf ihre Mutter zu, sie will sich bücken, um nach der Hand zu sehen. Aber die Mutter macht eine heftige abwehrende Bewegung.

»Lass mich. Wenn ich erst bluten muss, damit sich meine Tochter für mich interessiert, dann will ich lieber sterben. Ich bleibe einfach hier sitzen und sterbe. Ich bin doch sowieso allen egal. Lass mich in Ruhe.«

Sarah ist wieder wie erstarrt. Sie geht an ihrer Mutter vorbei, indem sie einen großen Schritt über die zwischen Scherben und Blutflecken auf dem Boden kauernde Frau macht. Sarah schaut aus dem Flur auf mich und winkt mich zu sich. Ich stehe auf, mache auch einen Schritt über Sarahs Mutter. Als ich genau über ihr bin, reckt sie ihren Kopf nach oben und schaut mir in die Augen. Ihre Augen sind blutunterlaufen und ihre Wimperntusche ist so verlaufen, dass ihr Gesicht ganz schwarz verschmiert ist. Sie sagt aber nichts. Und schon bin ich über sie hinweg und folge Sarah die Treppe nach unten. Wir ziehen unsere Schuhe an und unsere Jacken, und bevor wir die Haustür durchschreiten, geht Sarah noch einmal zurück in den Flur und nimmt den Hörer des Telefons ab, das dort steht. Sie ruft den Notruf an und erzählt kurz, aber präzise, was passiert ist. Es klingt sehr gefasst, beinahe routiniert.

An diesem Sommernachmittag ist das Elend in mein Leben gekommen. Elend nicht in dem Sinne, dass es mir danach immer schlecht ging, aber Elend in dem Sinne, dass ich nun wusste, was es heißt, Elend zu spüren. Sicher war ich auch schon vorher einmal traurig und habe mich schlecht gefühlt, aber begriffen, wie nah das Leben und der Tod, das Gute und das Böse beieinanderliegen, habe ich dort zum ersten Mal. Ich habe nie mehr aufgehört, darüber nachzudenken. Und von da an hatte ich immer ein schlechtes Gewissen, wenn ich nicht bei Sarah war. Wir haben uns nach diesem Nachmittag erst mal nur noch bei mir getroffen. Immer wenn ich etwas ohne Sarah gemacht habe, immer wenn ich mich mit meinen Freunden getroffen habe oder alleine war oder sonst etwas stattfand, bei dem Sarah und ich nicht zusammen waren, dachte ich, ich lasse sie alleine mit diesen Verrückten. Ich lasse sie dieser Mutter schutzlos ausgeliefert. Ich weiß nicht, woher diese Hybris kam, zu glauben, dass ich sie beschützen könnte, aber ich dachte es.

Wir trafen uns also immer häufiger, und unsere Beziehung wurde immer enger. Wenn es mir schlecht ging, dann, weil es Sarah schlecht ging, wenn es mir gut ging, dann, weil es uns beiden zusammen gut ging. Es war sehr selten so, dass es mir einfach gutging, weil ich etwas Schönes machte. Meistens musste ich dann daran denken, wie es ihr vermutlich gerade ging, und dann war es wieder schlecht.

4

Von da an schlug, glaube ich, das zweite Herz in meiner Brust. Ich meine, vorher war ich ja auch noch ein Kind. Ich hatte noch gar nicht angefangen, richtig zu denken, über mehr als mich selbst nachzudenken. Das Schlimmste, was mir passiert war, war, dass mir mit vierzehn der rechte obere Schneidezahn von einem Freund aus Versehen halb ausgeschlagen worden ist. Dieser Zahn war ein ganz wenig schief und hatte sich deshalb ein bisschen über den linken Schneidezahn geschoben. Ich fand mit vierzehn, dass das wirklich ganz wunderbar aussieht. Ein minimaler Anteil Verwegenheit in meinem sonst perfekt ebenen Kindergesicht. Mit vierzehn hielt ich mich sowieso für den schönsten Menschen der Welt. Ich weiß gar nicht, wie ich auf diese Idee gekommen bin. Aber ich war davon überzeugt, dass ich schöner bin als alle anderen. Ich dachte auch, wenn ein Flugzeug abstürzt, in dem ich sitze, dann könnten zwar alle sterben, aber ich würde nicht sterben. Als jedenfalls mein verwegener Zahn nicht mehr da war, da war ich Tage und Wochen lang traurig. Ich dachte, meine unglaubliche Schönheit wäre beschädigt. Mit diesem Freund habe ich, glaube ich, nie mehr geredet. Als ich über den Zahn hinweg war, so nach einem halben Jahr, da war seine Familie weggezogen. So haben wir uns nie versöhnt, obwohl wir vorher wirklich gut befreundet gewesen sind.

Könnt ihr euch vorstellen, wie groß der Schock gewesen ist, an diesem Nachmittag bei Sarah zu Hause? Jedenfalls habe ich von da an darüber nachgedacht, dass es nicht nur mich und mein Empfinden gibt in dieser Welt, sondern auch das von anderen Menschen, und dass es nicht nur darum gehen kann, mein Leben so schön wie möglich zu gestalten und mir alles zu nehmen, was ich bekommen kann. Nicht dass ich daraus irgendwelche Konsequenzen gezogen hätte. Aber es war immerhin ein Anfang. Obwohl, ein wenig habe ich mich schon in meinem Verhalten verändert. Mir fällt etwas ein, was ich euch erzählen kann, um das zu beschreiben.

An einem Abend, als ich sechzehn war, hatten mein Bruder und sein Freund Peter die Idee, nach Pennern zu suchen und sie dann zu vertreiben. Sie waren einen trinken und kamen auf dem Rückweg zufällig an einem vorbei, der vor einer Kneipe im Hauseingang lag. Sie sind hingegangen, haben ihm einen Phantasieausweis vor die Nase gehalten und gesagt: »Wir sind vom Sicherheitsdienst der Stadt. Sie dürfen hier nicht liegen. Verschwinden Sie!«

Als sie wieder nach Hause kamen, schaute ich gerade Fernsehen. Meine Eltern waren nicht da. Peter erzählte mir aufgeregt, dass sie jetzt der städtische Sicherheitsdienst wären. Ich lachte, als er beschrieb, wie ängstlich der Penner abgezogen ist. Nachdem wir noch ein bisschen was getrunken hatten, bekam Peter wieder Bock, noch mal loszugehen. Warum auch immer, ich war sofort dabei. Ich meine, das war so offensichtlich asozial, und ich war nicht einmal richtig betrunken, wisst ihr? Jedenfalls sind wir noch mal losgegangen in Richtung Kurpark.

Aber der Park ist menschenleer um diese Uhrzeit. Es ist immerhin schon halb drei, und wir sind hier bei uns in unserer Heileweltstadt. Ich habe noch nie bewusst einen Obdachlosen bei uns gesehen. Mein Bruder verliert die Lust und will nach Hause. Wir beschließen, auf dem Rückweg noch eine letzte Runde durch ein Neubaugebiet hinter unserem Haus zu gehen. Als wir durch eine Straße gehen, in der viele Häuser noch Baustellen sind, leuchtet Peter mit meiner Maglite-Taschenlampe, die ich ihm gegeben habe, in die leeren Fensteröffnungen. Auf einmal sehen wir einen Schatten. Wir halten alle die Luft an und lauschen in die Nacht.

»Lass uns reingehen! Das ist wer«, sagt Peter.

Ich verliere sofort den Mut und sage nichts. Aber Peter geht einfach vor. Die Tür unten ist zwar schon eingesetzt, aber offen. Die Treppe nach oben beginnt direkt dahinter. Wir hören von oben ein Geräusch. Es hört sich an wie ein Flüstern. Fuck, denke ich, hier ist wirklich jemand und zwar nicht nur einer.

Ich flüstere Peter ins Ohr: »Lass uns gehn, da sind mehrere. Ich hab Schiss.«

Anstatt zu antworten, richtet Peter den Lichtstrahl der Lampe in Richtung des ersten Stockes und ruft laut: »Sicherheitsdienst! Wer auch immer hier ist – bleiben Sie, wo Sie sind, wir kommen zu Ihnen.«

Im selben Moment fängt er an die Treppe hochzugehen. Ich laufe langsam hinterher. Mein Bruder kommt als Letzter nach. Ich höre Peter von oben reden.

»Was tun Sie hier? Sie haben kein Recht, hier zu sein. Wir sind vom Sicherheitsdienst, von der Stadt beauftragt, die Straßen und Wege und natürlich auch die Baustellen sicher und sauber zu halten! Stehen Sie auf und verlassen Sie diese Gegend!«

»Nicht deutsch gut«, höre ich eine Frauenstimme. »Nur schlafen. Bitte.« Sie zittert eindeutig.

Ich stehe jetzt hinter Peter und kann sehen, wen wir hier verscheuchen wollen. Es ist eine Frau, noch nicht so alt, und sie ist eigentlich schön. Aber ihre Kleidung ist alt und dreckig, und sie blickt entsetzt. Neben ihr hocken zwei Kinder und sagen nichts. Die Frau hat ihre Jacke zwischen ihre Kinder und den kalten Steinboden gelegt. Ich weiß nicht, wie alt die Kinder sind, aber sie sind noch klein. Keine Babys und auch keine Kleinkinder mehr, aber noch nicht lange.

Peter fängt wieder an zu reden: »Sie dürfen hier nicht schlafen. Sie haben hier nichts zu suchen. Aufstehen und Weggehen! Los!«

Die Frau schüttelt den Kopf und murmelt etwas in einer Sprache, die ich nicht verstehe. Ich bekomme auf einmal ein richtiges Scheißgefühl.

Ich weiß nicht mehr genau, wie sehr ich das im ersten Moment reflektiert habe, zu dem Zeitpunkt. Aber so dumm, nicht zu erkennen, wie scheiße das war, was wir gemacht haben, kann doch keiner sein, oder? Nicht mal mit sechzehn.

Als ich euch gerade davon erzählt habe, hat mich die

weinende Frau für einen Moment an Sarahs Mutter erinnert. Aber das ist Schwachsinn. Diese Frau, hat geweint, weil wir versucht haben, ihr alles zu nehmen, obwohl sie gar nichts hatte. Wir haben sie getreten, obwohl sie sowieso schon auf dem Boden lag und jeden Schritt, den sie tat, nur kriechend tun konnte. Sie war allein in einem fremden Land, in dem sie die Sprache nicht sprach, und stellte sich vor ihre Kinder, im Angesicht eines beschissenen Wichsers mit Stiefeln und Stabtaschenlampe. Sie hatte so gar nichts mit Sarahs Mutter gemeinsam. Sarahs Mutter war einfach nur ein zwar bemitleidenswertes, aber schwaches, feiges und egoistisches Wesen, ein Opfer ihrer eigenen Schwäche. Diese Frau aber war stark und mutig und eine Heldin. Naja, das habe ich damals natürlich nicht so gedacht. Nur ein Scheißgefühl habe ich bekommen. Ein wichtiges Detail der Geschichte fehlt noch.

Ich habe dieses Scheißgefühl, will etwas zu Peter sagen. Aber meine Zunge klebt an meinem Gaumen.

»Peter, lass es bleiben. Sie versteht dich sowieso nicht. Lass sie. Wir gehen«, höre ich die Stimme meines Brudes.

Peter dreht sich zu meinem Bruder um: »Machst du einen Rückzieher? Nur weil sie ein bisschen rumheult? Spast, echt!« Peter will wieder auf die Frau einreden.

Wieder mein Bruder: »Peter, ich habe gesagt, lass es. Und wenn ich sage, lass es, dann meine ich, lass es. Und jetzt gehen wir. Los. Nicht gleich, sondern jetzt.«

Mein Bruder drückt mich weg, nimmt Peter an der rechten Schulter und schiebt ihn in Richtung Treppe. Ich schaue noch einmal kurz, aber nur verstohlen, auf die drei Menschen, die in diesem leeren und kalten Raum hocken und nichts haben als das, was sie am Körper tragen, und den Inhalt einer kofferförmigen lila-rot-weißkarierten Kunststofftasche, die in der Ecke steht. Nicht mal einen Rucksack haben sie, denke ich, den könnten sie wenigstens besser tragen. Aber dann sind wir auch schon den halben Weg ins Erdgeschoss gegangen und gehen nach Hause.

Wir sprechen kein Wort auf dem Weg, der nicht einmal drei Minuten dauert. Drei Minuten, die ein sicheres und warmes Haus, gefüllt mit bequemen Möbeln und dem Geist der unumstößlich erscheinenden Sicherheit meiner Kindheit, trennen von der nackten Existenz. Ohne Essen, ohne Wärme, ohne Sicherheit und ohne Geld, nur getragen von der Liebe der Mutter, die sich für die Zukunft ihrer Kinder einsetzt.

»Gute Nacht«, sagt mein Bruder und streichelt mir dabei über den Rücken. Das macht er sonst nie.

Ich gehe in mein Zimmer, lege mich angezogen in mein Bett und mache die Augen zu. Aber schlafen kann ich nicht. Ich habe das Bild der drei Gestalten auf dem Boden des Hauses im Kopf. Ich muss weinen. Die Tränen laufen mir meine Wangen hinab, und wenn ich nicht alles tun würde, um es zu verhindern, würde man mich wahrscheinlich durch den Flur bis ins Zimmer meines Bruders schluchzen hören. Ich drehe mich um, hocke mich auf mein Bett mit dem Gesicht zur Wand und meine Hände falten sich. Dann blicke ich auf das kleine Kruzifix, das ich mit einem Nagel über meinem Bett angebracht habe. Meine Mama hat es mir geschenkt, sie und mein Papa haben es zur Hochzeit bekommen.

Ich blicke lange auf das Kreuz ohne etwas zu sagen oder konkrete Worte zu denken.

Aber dann spreche ich laut: »Gott, lieber großer und starker Gott, wenn du so lieb und groß und stark bist, wie ich es denke und glaube, warum lässt du dann so etwas zu? Warum lässt du zu, dass diese Familie fliehen muss, warum lässt du zu, dass sie hier ohne Geld und Schutz auf dieser Baustelle schlafen müssen? Und warum lässt du zu, dass wir kommen und auch noch meinen, sie vertreiben zu müssen? Sind sie nicht ohne uns schon genug gestraft? Gott, lieber, großer und starker Gott, was kann ich tun, was kann ich tun, damit so etwas nicht mehr passiert? Aber nein, ich weiß, dass ich nichts tun kann, damit so etwas nicht mehr, also ich meine, gar nicht mehr passiert, aber was kann ich tun, damit so etwas seltener passiert? Gib mir ein Zeichen. Ich weiß, dass du mir kein Zeichen geben wirst, aber es wäre so schön, wenn du mir eines geben würdest. Ich brauche deine Hilfe. Hilf, Gott, hilf! Für was bist du sonst zu gebrauchen?«

Als ich den letzten Satz ausgesprochen habe, wird meine Kehle ganz trocken und ich denke, das war jetzt das, was man als Gotteslästerung bezeichnet. Aber dann wische ich diesen Gedanken weg und sage laut, ja sogar ziemlich laut: »Gott lästern, Gott, was soll das alles? Ich glaube nicht an dich, Gott, wenn du so schnell beleidigt bist. Kommst du jetzt zu mir und lauerst mir auf? Rächst du dich an mir? Gott, ich glaube an dich, aber zeig mir warum! Gott, du bist doch ein guter Gott.«

Noch während ich so rede, stehe ich wieder auf und gehe die Treppe runter ins Erdgeschoss. Meine Eltern haben ein Sparschwein für das ganze Kleingeld, das sie nicht mit sich rumtragen wollen, und noch ein extra Sparschwein für Fünfmarkstücke. Es ist ein lila Elefant, der auf der Fensterbank im Wohnzimmer steht. Ich gehe zu diesem Elefanten und mache ihn auf. Er hat einen Gummistöpsel an seinem rechten Hinterbein, damit man ihn nicht kaputtschlagen muss, wenn man etwas aus ihm rausholen will. Das ist mir schon öfters zugutegekommen. Aber jetzt nehme ich nicht nur ein oder zwei Geldstücke heraus, ich schütte alle auf den Wohnzimmerteppich. Als ich fertig mit dem Zählen und Verpacken der Geldstücke in Frühstücksbeutel bin, halte ich genau dreihundert Mark in meinen Händen. Ich stecke sie ein, nehme im Flur noch drei Mark achtzig aus meinem eigenen Geldbeutel, mehr ist nicht drin, und ziehe meine Schuhe wieder an. Dann gehe ich los in Richtung Baustelle.

Dieses Mal habe ich keine Angst. Ich gehe in das richtige Haus und in den ersten Stock. Aber als ich in das Zimmer komme, in dem die Frau und ihre Kinder vorhin auf dem Boden saßen, ist niemand mehr da. Sogar das benutzte Tempo, das auf dem Boden gelegen hatte, ist weg.

5

Ich habe es ein wenig herausgezögert, denn es fällt mir immer noch schwer, über das nachzudenken, was jetzt kommen muss, und deshalb natürlich auch darüber zu schreiben. Aber es muss sein, wenn ihr verstehen wollt, was in mir passiert ist und wie ich so geworden bin, wie ich bin. Also, einmal ganz tief durchatmen, und dann erzähle ich es.

Es macht mir wirklich Angst, das zu erzählen. Obwohl es schon lange her ist und ich schon unzählige Stunden darüber gegrübelt und wach im Bett gelegen und mich gefragt habe, was es sollte. Obwohl ich nicht daran glaube, dass Gott in unser Leben eingreift. So als ob er seine Hand aus dem Himmel auf die Erde strecken würde, um einen Baum, der vom Wind gefällt wird, und ein Auto, das mit Mann, Frau und zwei Kindern besetzt ist, zu zermalmen droht, gerade noch aufhält. Obwohl ich überhaupt nicht an diese Art von göttlichem Eingreifen in die Welt glaube, habe ich mich trotzdem tausendmal gefragt, was Gott damit bezwecken und mir damit sagen wollte.

Es war so: Ich war siebzehn, und es war ein Dienstag im November. Ein völlig unspektakulärer Tag. Ich war in der Schule und habe mich mit Sarah getroffen. Sie war bei uns zu Hause, wir haben uns etwas zum Mittagessen gemacht und dann ein bisschen ferngesehen und miteinander geschlafen. Dann haben wir eine Siesta gemacht, und danach ist Sarah gegangen. Das war das Ungewöhnliche an diesem ansonsten so gewöhnlichen Tag. Sonst haben wir fast immer beieinander geschlafen. Aber heute wollte Sarahs Mutter unbedingt mit der ganzen Familie essen gehen. Und wenn sie etwas will, dann bekommt sie es irgendwann auch, selbst wenn es sonst niemand will, selbst wenn es alle anderen überhaupt gar nicht wollen. Also muss die ganze Familie zu einem italienischen Restaurant gehen und diese Stunde, länger werden sie es sicher nicht aushalten, miteinander an einem Tisch verbringen. Ich habe es, so ein gemeinsames Essengehen, ein paarmal miterlebt und bin mir ganz sicher, dass ich es nie wieder brauche.

Sarah hat gesagt, sie würde ihren Papa fragen, ob er sie nach dem Essen wieder zu mir fährt.

Ich schaue Fernsehen und langweile mich. Seit ich so viele Abende mit Sarah verbringe, weiß ich alleine oft gar nichts mit mir anzufangen. Meine Mama hat etwas Gutes zum Abendessen gekocht, und wir essen und unterhalten uns ein bisschen. Mein Bruder ist bei irgendeinem Freund. Während des Essens kommt mein Papa nach Hause und setzt sich dazu. Er isst ein paar Kartoffelchips, sonst nichts, denn er war wohl auf irgendeinem Geschäftsessen.

Er ist zurzeit noch häufiger auf Geschäftsessen als sonst, denke ich. Aber dann denke ich, dass er ja auch wirklich eine wichtige Position hat in seiner Firma und dass man dann eben viel auf Geschäftsessen muss. Und irgendwie bin ich in diesem Moment stolz auf meinen Papa. Nach dem Essen schauen wir noch zusammen das *Heute Journal*, und dann gehe ich in mein Zimmer. Sarah hat sich noch gar nicht gemeldet. Ich möchte wissen, wann sie kommt. Dass sie kommt, ist mir irgendwie klar. Ihr Vater wird sie schon fahren, und sie hat ja sicher keine Lust, ohne mich zu Hause zu schlafen. Ich setze mich an meinen Schreibtisch und schaue in meine Schulsachen, was ich bis morgen alles noch machen soll. Es ist nicht allzu viel. Ich fange an eine Frage über Shakespeares *Macbeth* zu beantworten. *Who is the evil part in the relationship, Macbeth or his wife?* Dumme Frage, denke ich. Aber ich kann mich nicht konzentrieren. Irgendwie muss ich die ganze Zeit an Sarah denken, und zwar nicht so wie sonst, ich mache mir heute nicht wirklich Sorgen. Ich bin traurig, und zwar nicht nur wegen ihrer Situation. Ich bin traurig wegen ihrer ganzen Familie. Ich denke an ihre Mutter, und normalerweise verkrampft sich alles in mir, wenn ich an sie denke. Ich habe oft das Gefühl, ich würde Sarahs Mutter hassen. Jetzt ist das Gefühl aber ein anderes. Es ist kein Mitleid. Nein, überhaupt nicht. Ich bin einfach traurig. Auch der Vater macht mich traurig, obwohl es bei ihm nichts Besonderes ist. Er hat mich schon öfter traurig gemacht. Sein Dasein im Keller ist traurig. Und seine vergeblichen Versuche, nett zu sein, die er immer wieder zunichtemacht, wenn er an anderen Tagen durch das ganze Haus schreit und trotzdem keine Angst in den anderen auslöst, sondern nur noch mehr Verachtung. Und Sarahs Bruder, der Bruder ist sowieso eine traurige Gestalt.

Ich sitze also am Schreibtisch und lese *Macbeth*, aber die Buchstaben fliegen wie kleine Vögel an meinen Augen vorbei. Keiner setzt sich hin und ruht sich aus. Sie fliegen alle so schnell, dass ich sie nur als schwarze Masse wahrnehme. Ich lese *Macbeth*, aber ich denke an Sarah und ihre Familie. Ich werde von Minute zu Minute trauriger. Dann stehe ich auf, nehme mein Telefon und möchte Sarah anrufen. Sie hat schon zweimal versucht, mich anzurufen. Mein Handy ist auf lautlos. In diesem Moment klingelt das Festnetztelefon. Ich will schnell rangehen. Eine Angst, dass irgendwas passiert ist und ich nicht für Sarah da war, erfasst mich. Meine Mama ist schneller. Es muss meine Mama sein, mein Papa geht nie ans Telefon. Ich bleibe im Flur vor dem Telefon stehen und warte, was passiert. Wenn es Sarah war, wird meine Mama gleich verbinden. Das Telefon vor mir klingelt.

»Ja«, sage ich.

»Es ist Sarah.«

»Danke, Mama. – Hallo Süße?«

»Hallo, ja, ich bin's. Ich habe schon zweimal auf deinem Handy angerufen. Was ist los?«

»Nichts, es war nur auf lautlos. Tut mir leid. Und bei dir? Wann kommst du?«

»Ich komme gar nicht heute. Meine Mama macht krassen Stress, sie will unbedingt, dass mal wieder die ganze Familie unter einem Dach schläft, und labert rum, dass ihr das ganz wichtig ist. Sie hat auch schon wieder geheult. Kotz!«

»Was soll das denn?«

»Ich weiß es nicht, aber sie nervt auf jeden Fall so krass, dass es mir lieber ist, hier zu bleiben, als mich weiter mit ihr anzulegen. Wenn die Bahn noch fahren würde, dann würde ich vielleicht einfach fahren, aber das wird heute nichts mehr. Schöne Scheiße.«

»Ja, schöne Scheiße.«

Wir telefonieren noch ein wenig, dann sage ich, dass ich noch meine Hausaufgaben fertig machen möchte. Und wir legen auf.

Ich habe an diesem Abend nichts mehr an meinen Hausaufgaben gemacht. Ich weiß es noch genau. Ich war nervös und wusste nicht, warum. Und ich war traurig und wusste nicht warum.

Es war das letzte Mal, dass ich Sarahs Stimme gehört habe.

In der Nacht hat es in ihrem Haus gebrannt. Das Feuer hat sich rasend schnell ausgebreitet, und niemand hat überlebt. Ihre ganze Familie ausgelöscht in einer Nacht. Wahrscheinlich sogar in denselben fünf Minuten. Die Polizei hat später herausgefunden, dass es Brandstiftung war. Jemand hat Feuer gelegt. Wer, kann man nicht mit hundertprozentiger Sicherheit sagen. Die Feuerwehrleute waren sehr schnell da und konnten die Körper von Sarah und ihrem Bruder noch aus den Flammen ziehen. Sie waren zwar schon tot, aber noch nicht völlig verbrannt. Eine Obduktion hat ergeben, dass sie mit irgendeinem Beruhigungsmittel vollgepumpt waren. In den Zeitungen stand etwas von Familiendrama in der Nacht von Dienstag auf Mittwoch. Aber das war natürlich völlig falsch. Das Drama hatte in all den Jahren vorher stattgefunden. Die Schlagzeile hätte richtig lauten müssen: *Familiendrama endet mit Mord an Mann und Kindern.*

Die zwei Monate danach waren die schlimmsten in meinem Leben. Ich habe so gut wie nichts gegessen und so gut wie nichts getrunken. Ich bin nicht aus dem Haus gegangen und wollte nicht, dass jemand mich besuchen kommt. Ich wollte einfach im Erdboden versinken und sterben. Vielleicht würde ich Sarah dann wieder treffen, dachte ich.

Natürlich bin ich nicht gestorben, und natürlich habe ich Sarah nie wiedergesehen. Ich habe mich gefangen, wie man sagt. Ich bin wieder in die Schule gegangen, und ich habe auch die zwei Monate locker aufgeholt, die ich verpasst hatte. Ich bin von allen Menschen in meiner Umgebung nett und zuvorkommend behandelt worden. Aber es hat sich etwas verändert in mir.

Das Elend kam schnell und plötzlich in meine Welt, und es ist auch schnell und plötzlich wieder gegangen, aber es hat umso mehr Veränderung gebracht. Leute, die mich in dieser Zeit erlebt haben, würden sich vielleicht darüber wundern, dass sich angeblich so viel in mir verändert hat. Denn ich glaube, von außen war das nicht so wahrzunehmen. Das ist oft so bei mir. Die wichtigen Veränderungen vollziehen sich im Inneren, und wenn sie schlussendlich nach außen dringen und sich in meinen Handlungen zeigen, dann ist der Auslöser oft schon so lange her, dass ich – und die anderen erst recht – Ursache und Wirkung nur schwer zusammenbringe.

Ich habe nach dem plötzlichen Tod von Sarah viel über den Tod nachgedacht. Auch wenn der Tod vorher schon ein Thema in meinen Stammgedanken gewesen war, also den Gedanken, die mich regelmäßig intensiv beschäftigen. Wenn man mal versucht, aufzuzählen, was diese Themen sind, dann fällt auf, dass es erschreckend wenig sind.

Als ich ganz klein war, habe ich oft viele Male hintereinander den gleichen Albtraum gehabt. Ich lief am Ufer eines großen Flusses entlang. Plötzlich bin ich in den Fluss gefallen und sehr schnell untergegangen. Dann habe ich im Traum laut von zehn bis null runtergezählt und bin gestorben. Ich habe einen Countdown zu meinem eigenen Tod gemacht, und das Nacht für Nacht, viele Male hintereinander.

Nach Sarahs Tod habe ich anders über den Tod gedacht. Vorher war er für mich ein schreckliches schwarzes Ende, hinter das ich nicht gucken konnte und hinter dem es nichts gab. Er machte mir Angst, aber es hätte mir nichts bedeutet, hinter ihn schauen zu können. Ich wollte, dass er weit weg ist und möglichst nichts mit mir zu tun hat. Das hat sich geändert. Plötzlich wollte ich wissen, wie man ihn überwinden und wie man hinter die schreckliche schwarze Tür des Todes schauen kann. Es ergab ja auch keinen Sinn mehr, ihn möglichst weit weghalten zu wollen, denn er war ja bereits in mein Innerstes eingedrungen. Er war bis in mein Herz eingedrungen.

Ich wollte wissen, was es für Wege gibt, diesen Tod zu besiegen. So habe ich den Glauben, dem ich mich vorher schon verbunden gefühlt habe, als das kennengelernt, was ihn zu einem Großteil ausmacht: als *ars moriendi*, als die Kunst, zu sterben. Nicht nur als die Kunst, selbst zu sterben, sondern auch als die Kunst, einen anderen sterben zu lassen, ohne daran lebend zugrunde zu gehen. Ich habe diesen Halt im völlig naiven Glauben an die leibliche Auferstehung gefunden. Ich habe es mir so vorgestellt – eigentlich muss ich sagen, ich stelle es mir immer noch so vor, auch wenn ich mit dem »Darüber-hinweg-Sein«, dass Sarah gestorben ist, was natürlich viel länger gedauert hat als die schon angesprochenen zwei Monate, den festen Glauben daran wieder ein wenig verloren habe – ich habe es mir so vorgestellt, dass die Toten in einem Himmel weiterleben. Sie sehen so aus, wie sie aussahen, als sie starben. Sarah ist in meinem Himmel die Süße geblieben. Die Menschen sehen so aus wie vor ihrem Tod, und sie lieben die Menschen, die sie liebten, als diese Liebe durch den schwarzen Tod entzweigerissen wurde. Diese Vorstellung des Himmels gab mir die Gewissheit, ich würde sie wiedersehen. Deshalb hatte ich nicht das Gefühl, unsere Beziehung wäre für immer vorbei oder ich wäre Single.

Ich fühlte mich, auch Jahre später noch, wie in einer festen Beziehung. Und ich war ihr treu. Ich schämte mich, wenn ich einmal zu viel geflirtet habe, und ich habe kurz in den Himmel geschaut und etwas Entschuldigendes gesagt, wenn ich einer Frau lange und ausgiebig nachgesehen habe. Natürlich hatte ich auch keinen Sex mit anderen Frauen. Ich war wie in einer Beziehung, und wenn ich vorhin geschrieben habe, dass ich mit meiner Freundin Schluss gemacht habe und danach für Ewigkeiten keinen Sex oder zumindest keinen normalen Sex haben konnte, dann war damit nicht eine andere, neue Freundin gemeint, mit der ich Schluss gemacht habe, sondern es war Sarah, mit der ich Schluss gemacht habe, nach vielen, vielen Jahren.

Das war nicht einfach, es war sogar eigentlich unmöglich für mich. Erst die Begegnung mit einem bestimmten Menschen hat mit die Kraft gegeben, es zu tun.

Ich war auf einem Volksfest zusammen mit meinem Bruder und vielen seiner Freunde aus der Uni. Dieses Fest war auf dem Land, und man zog sich Tracht an, um dorthin zu gehen. In der Gruppe, mit der ich unterwegs war, war auch eine Truppe viel jüngerer Mädchen. Sie waren siebzehn oder achtzehn Jahre alt und sahen in ihrer Tracht wirklich bezaubernd aus. Eines dieser Mädchen, ich weiß gar nicht mehr, wie ich mit ihr ins Gespräch gekommen bin, jedenfalls eines der Mädchen und ich, wir haben uns sehr gut verstanden. Sie war wirklich sehr schön. Und so jung und unschuldig. Sie hatte dunkle und feste Haare bis zu den Schultern, die sie zu einem strengen Pferdeschwanz zusammengebunden hatte. Ihre Augen waren tiefbraun und haben mich die ganze Zeit lustvoll, aber auch schüchtern angesehen. Sie war nicht besonders groß, aber so schlank, dass es aussah, als wäre sie groß. Und sie hatte, das hat man in der Tracht besonders gut gesehen, wunderbare große und feste Brüste. Irgendwie faszinierte sie mich sofort, und wir haben, nachdem wir von diesem Volksfest noch in eine Disko gegangen sind, erst ganz viel getanzt, und dann sind wir abseits der anderen in einen ruhigen Raum gegangen und haben lange geredet. Das Fest war, wie gesagt, auf dem Land, und wir wurden alle von einem Bus abgeholt, der uns wieder in die Stadt bringen sollte. Auf der Busfahrt saß sie neben mir und wir haben uns geküsst. Ich hatte während der langen Jahre meiner Beziehung zu Sarah manchmal andere Frauen geküsst und mich anschließend immer geschämt, das war also noch nicht das Besondere. Es war mehr der Wunsch, den ich nach dem Küssen verspürt habe, sie unbedingt wiederzusehen und sie noch mehr zu küssen. Dieses junge, sehr junge – sie hat mir im Bus erzählt, dass sie erst siebzehn war, was man ihr nicht angesehen hat –, also dieses sehr junge Mädchen hat mich so fasziniert, dass ich ihr so schnell wie möglich wieder nahe sein wollte. Das wusste ich zumindest, als ich aus dem Bus gestiegen bin. Aber zu diesem Zeitpunkt war ich auch völlig betrunken und nicht im Geringsten in der Lage, klar zu denken. Der nächste Tag würde zeigen, ob es eine Faszination war, die anhielt.

Auch am nächsten Morgen wollte ich sie wiedersehen. Ich habe damals in einer anderen Stadt studiert als mein Bruder und musste am nächsten Morgen wieder zurück in diese andere Stadt. Noch als ich wieder zu Hause war, habe ich an sie gedacht. Das war wirklich neu für mich. Ich weiß nicht, ob ich tatsächlich verliebt war, aber ich hatte mich auf jeden Fall verguckt, wie man so sagt. Und so haben wir uns auch SMS geschrieben und uns verabredet für das nächste Mal, wenn ich meinen Bruder oder meine Eltern besuchen würde. Sie haben damals auch dort gewohnt.

Es ist das nächste Mal. Ich bin bei meinen Eltern. Sie sind jedoch nicht da. Sie machen einen ihrer üblichen Ausflüge ins Grüne. Ich habe Penelopez, so heißt die junge Schöne, angerufen und ihr gesagt, dass sie herkommen könne, denn ich sei alleine bei meinen Eltern, und wir wollten uns ja sowieso treffen. Sie hat wirklich einen schönen Namen, und er passt zu ihrem schönen

Aussehen. Die Familie der Mutter ist halb aus Spanien. Deshalb der Name, und deshalb kann sie auch fließend Spanisch. Penelopez meinte am Telefon, sie sei gleich da.

Es klingelt, und ich gehe nach unten, um die Türe zu öffnen.

»Hey«, sage ich und lächle ihr entgegen. Sie sieht wirklich traumhaft aus und ist, wie ich gleich im ersten Moment denke, sehr leicht auszuziehen. Sie trägt nämlich nur ein Sommerkleid, das man einfach über den Kopf ziehen und dann in die Ecke werfen kann. Es ist gelb oder orange oder gold, ich weiß es nicht so genau zu bestimmen, und es hat ein ganz dezentes Leopardenmuster. Normalerweise finde ich das ganz schrecklich, aber bei ihr und in Kombination mit ihrem leicht spanischen Aussehen, dem unschuldigen und noch sehr mädchenhaften Blick und dem Körper, der genau auf seinem Zenit angekommen ist, macht mich dieses kleine Leopardenkleid sehr an. Eigentlich passt diese Mischung, die sie trägt, nicht wirklich zusammen. Mit Mischung meine ich jetzt nicht, was sie anhat, denn das passt zusammen. Die Mischung ist sie, das Mädchen, das beinahe erwachsen ist, aber eben noch nicht erwachsen und das unschuldig schaut, aber hierher zu mir in die leere Wohnung kommt, weil sie sich etwas erhofft, und dass sie dieses Kleid trägt, das eigentlich eher zu einer Frau um die vierzig passen würde. Aber bei einer Frau um die vierzig würde es eben auch, obwohl es ziemlich kurz ist, schrecklich spießig aussehen, und bei ihr sieht es großartig sexy aus.

»Hey«, sagt sie auch, und wir geben uns Küsschen links und Küsschen rechts und gehen hoch ins Wohnzimmer.

»Willst du etwas trinken?«

»Ja, gerne. Was hast du denn?«

»Ich habe alles, was du willst. Wasser, Cola, Limo, Wein, Bier, Schnaps.«

»Was trinkst du denn?«

»Ich trinke, hmmm, lass mal überlegen … einen Weißwein.«

»Dann nehme ich auch einen.«

Es ist eigentlich noch ein wenig früh am Tag für Alkohol, aber wir sind beide eher nervös, und so trinken wir mittags an einem strahlend schönen Sommersonntag Weißwein im Wohnzimmer meiner Eltern. Sie erzählt von der Schule, und ich muss darüber lachen, dass sie von der Schule erzählt und ich sie heiß finde. Denn das sind eigentlich keine zwei Dinge, die ich miteinander verbinde, Schule und Sex. Aber sie lacht mit mir darüber und ist auch sonst wirklich ganz wunderbar. Ich verstehe, warum sie mir seit dem Volksfest so im Gedächtnis geblieben ist. Sie verzaubert mich mit ihrer unbeholfenen und unschuldigen sexy Art. Nach dem Wein küssen wir uns und gehen nach unten, in das Zimmer in dem ich immer schlafe, wenn ich bei meinen Eltern bin. In diesem Zimmer gibt es ein großes Bett und ein großes Fenster, durch das die Sonne genau auf das Bett scheint. Wir küssen uns noch mehr, und ich fange an, sie von ihrem Kleidchen zu befreien. Sie lässt alles mit sich geschehen, aber dabei ist sie mehr eine Zuschauerin bei meinem Liebesspiel mit ihr als eine Teilnehmerin an unser beider Liebesspiel. Aber küssen, das kann sie sehr gut, und das macht sie auch mit Leidenschaft. Ich ziehe sie trotzdem aus, sie scheint sich darüber auch weder zu wundern, noch etwas dagegen zu haben. Sie hebt ihren

Po, damit ich ihr Höschen ausziehen kann, und sie dreht sich auf den Bauch, damit ich ihren Po küssen kann. Als sie ganz nackt ist, wirklich nichts mehr anhat, küsse ich sie noch ein wenig an ihren wirklich wunderschönen festen und großen Brüsten. Dann halte ich inne, lege mich völlig angezogen neben die völlig nackte Penelopez und frage: »Ist alles in Ordnung? Du weißt, dass du hier nichts machen musst, was du nicht willst, und du weißt, dass du mir auch nichts beweisen musst?«

»Ich weiß, ja. Aber du weißt auch, dass ich nicht mit dir schlafen werde, oder?«

»Sagen wir es mal so, ich weiß es nicht, aber ich habe es mir gedacht. Ich habe dich ja ausgezogen, du mich aber nicht.«

Sie schaut etwas erstaunt in diesem Moment, als wäre ihr nicht klargewesen, dass sie mich hätte ausziehen können, wenn sie es gewollt hätte.

»Warum willst du denn nicht mit mir schlafen?«

»Ich habe noch nie mit jemandem geschlafen, und ich will das nicht einfach so.«

»Klar, dann ist mir das klar. Ich werde dich auch bestimmt nicht dazu drängen.«

Danach liegen wir noch eine Zeit lang nebeneinander auf dem Bett. Sie ganz nackt, ich ganz angezogen, dann küssen wir uns noch ein bisschen, und ich versuche, sie doch noch zu überreden, Sex mit mir zu haben. Aber nicht lange und ohne ernsthaft daran zu glauben, dass ich es schaffen könnte. Sie zieht sich vor meinen Augen langsam an, und ich genieße es sehr, ihr zuzusehen. Dann geht sie, und wir machen aus, uns bald wiederzusehen.

Nach diesem Nachmittag mit Penelopez war es irgendwie anders. Mit *es* meine ich *alles.* Ich habe mich befreit gefühlt und konnte an die Zukunft denken. Und diese Zukunft war eine Zukunft ohne Sarah. Ich konnte mich innerlich dazu entscheiden, Schluss zu machen. Das habe ich dann auch gemacht. Und zwar nicht nur in Gedanken, sondern wirklich, indem ich mit ihr geredet habe.

Ich habe mich an einem Abend, ich war bei mir in der Wohnung, auf die Couch gesetzt und die Augen geschlossen. So habe ich es immer gemacht, wenn ich mit ihr sprechen wollte. Ich war alleine in der Wohnung, habe erst ganz still dagesessen und irgendwann angefangen, mit ihr zu reden. Ich habe ihr erklärt, wie es war, Penelopez zu treffen, und dass ich in mir einen Impuls verspürt habe, der gesagt hat, das ist es noch nicht gewesen, da muss noch etwas kommen, und dass ich sie wunderschön fand und dass sie mich an sie erinnern würde. Was nicht wirklich stimmte, das habe ich nur gesagt, weil ich ihr schmeicheln wollte. Ich weiß, dass das komisch ist, aber ihr dürft euch das auch nicht wie ein Gespräch vorstellen, das einer von euch vielleicht schon einmal mit seiner verstorbenen Mutter oder seinem verstorbenen Vater geführt hat. Ich habe nicht gebetsartig mit einem Geist gesprochen.

Sie war für mich wirklich da. Ich habe ja weiterhin mit ihr zusammengelebt, und zwar sehr intensiv. Ich hatte eigene Techniken entwickelt, mit ihr zu sprechen. Es war wie bei einem lebenden Gesprächspartner, der einem sehr vertraut ist und dessen Ticks man kennt und auf den man sich entsprechend einstellt. Ich wusste, wann ich was sagen konnte und wann nicht. Ich habe Witze mit ihr gemacht und manchmal ernst mit ihr geredet, habe ihr auch gelegentlich geschmeichelt, damit sie mir gut zuhört und ihr klar wird, was ich möchte.

So habe ich mich dieses eine Mal besonders lange still auf das Sofa gesetzt, bevor ich angefangen habe, mit Sarah zu reden. Ich wollte ja nicht irgendetwas von ihr, ich wollte mit ihr Schluss machen. Wir waren ja aus Liebe zusammen, und aus Liebe, so erklärte ich es ihr, sollte sie auch einsehen, dass ich mit ihr Schluss machen musste. Dass es für uns beide besser wäre, habe ich gesagt. Sie, die mich ja liebte, müsste es verstehen, dass ich auf Dauer, wenn ich mit ihr zusammenbliebe, nur unglücklich sein würde. Ich könnte sie ja nicht wieder lebendig machen, und es könnte sie ja auch nicht glücklich machen, wenn es mir schlecht geht. Ich habe Sarah erzählt, dass ich mal heimlich bei einer Psychologin war. Der habe ich gesagt, dass es mir sehr schlecht gehen würde, denn ich hätte eine Freundin, und wir würden uns auch lieben, aber ich müsste immer für sie da sein und hätte keine Zeit für mich. Ich habe der Psychologin das entscheidende kleine Geheimnis dieser Beziehung zwar verschwiegen, aber die Probleme, die ich hatte, die waren ja echt, und die Situation, die ich beschrieben habe, die war auch echt. Sie hat damals einen Test mit mir gemacht. Ich musste bestimmte Gedankenassoziationen bilden, was genau, weiß ich nicht mehr, und am Ende kam heraus, dass ich bei Sarah als erstes an Hass denken musste. Dass ich also Sarah, die Person, die ich über alles liebte und auf die ich mein ganzes Leben ausgerichtet hatte, in meinem Unterbewusstsein mit Hass verband. Das hat mich damals wirklich sehr schockiert.

Sarah hat meine ganzen Gedanken und Argumente verstanden und gesagt, dass sie einverstanden wäre. Wir sollten es so machen, dass wir unbedingt Freunde bleiben und uns auch ab und zu sehen und miteinander reden würden, aber eben nicht mehr so tun, als wären wir ein richtiges Paar. Ich war wieder Single.

6

Gestern, nachdem ich die Geschichte von der Frau und ihren Kindern im leeren Haus aufgeschrieben habe und dann noch die von Sarah und die von Penelopez, bin ich ins Bett gegangen. Ich war sehr müde und wahnsinnig erschöpft und habe mich angezogen auf das Bett gelegt. Es ist ziemlich heiß hier im Moment, und eigentlich war ich sowieso viel zu warm angezogen, aber ich hatte nicht die Kraft, mich auszuziehen. Ich kam mir einfach zu lächerlich vor mit meinen Gedanken und Problemen, die immer noch nur um mich kreisen, obwohl solche Erlebnisse mir doch eigentlich die Augen geöffnet haben müssten, dass es eben nicht nur um mich geht. Aber dann lag ich in meinem Bett und wollte schon dieses ganze Vorhaben, an euch zu schreiben und euch um eure Meinung zu bitten, wegwerfen. Nicht einmal verwerfen, ich wollte es wegwerfen, aus dem Fenster, in den Wind oder besser noch gleich in den Ozean. Aber ich konnte es nicht, und ich lag sowieso wie gelähmt in meiner Kleidung auf dem Bett.

Und dann habe ich etwas geträumt. Ich erzähle euch gleich, was ich geträumt habe, aber vorher möchte ich noch sagen, dass es mir gezeigt hat, dass all diese Gedanken und Gefühle um das Schicksal anderer Menschen mich nicht davon erlösen können, dass ich erst mich selbst – und nur mich selbst – in Ordnung bringen muss. Nur wenn ich mit mir klarkomme, mit mir im Reinen bin, dann kann ich mich auch um andere und anderes kümmern. Natürlich klappt es auch anders, eine Zeit lang, aber eben nur eine Zeit lang, Irgendwann werde ich dann wieder irgendwo auf dem Boden sitzen und nicht wissen, was ich tun soll, und nicht wissen, wie es weitergehen soll, und mich fragen, was diese ganze Existenz für einen Sinn hat. Und das ist es, was ich damit meine, dass ich mich für einen unsäglichen Egoisten halte. Ich kann nicht einfach für andere leben und mich vergessen. Ich sehne mich, auch wenn es mir materiell und auch gesundheitlich noch so gut geht, nach meiner Erlösung, nach meiner ganz persönlichen Erlösung, noch vor der Erlösung aller anderen. Was das für eine Erlösung ist, das weiß ich nicht.

Jetzt erzähle ich euch aber von dem Traum. Als ich heute Morgen gegen sechs aufgewacht bin, lag ich immer noch angezogen in meinem Bett. Es war heiß, und ich war überall klebrig und habe mich selbst so ekelhaft gefühlt, dass ich am liebsten sofort wieder eingeschlafen und nie mehr aufgewacht wäre. Mein Bett war feucht, und es war zu feucht dafür, dass es nur Schweiß gewesen sein kann, ich glaube, ich habe in mein Bett gepisst und es gar nicht gemerkt. Es hat auch unangenehm gerochen, aber ich bin mir nicht sicher. Hier riecht es meistens nicht so gut.

Doch hier ist nun der Traum: Ich stehe allein mitten im Nirgendwo. Es ist einer dieser Tage, an denen man zwar noch fühlt, dass man mal etwas im Magen hatte, doch schon den Schmerz des Hungers spürt. Ein paar Tage zuvor habe ich mich einer Gruppe von Männern angeschlossen, die mich als Fressen jagen wollte, dann jedoch festgestellt hat, dass ich noch zu kräftig war, um eine leichte Beute zu werden. Ihnen war klar, ich würde mindestens einen, wenn nicht zwei von ihnen mit in den Tod nehmen, bevor sie mich mit den stumpfen Waffen, die sie sich aus Knochen gemacht hatten, zu Tode prügeln könnten. Das war der einzige Grund, der sie davon abhielt, mich aufzufressen.

Als sie von mir abgelassen hatten, habe ich mich zurückgezogen. Sie hingegen zogen weiter. Ich aber folgte ihnen in sicherer Entfernung, denn selbst bei einer Truppe Halbverhungerter fiel noch ein bisschen Müll ab, den man fressen konnte, um so ein paar Tage länger zu leben.

Ich hatte mich anscheinend dumm angestellt, denn nach einigen Tagen entdeckten sie mich, und ich machte mich innerlich schon auf mein Ende gefasst. Aber sie ließen mich gewähren. Sie sahen in mir die Chance, ihre Gruppe zu vergrößern. Sie hatten erkannt, dass ich stark genug war, um ein Teil ihrer Bande zu werden. In solchen Gemeinschaften zählt jeder kräftige Jäger. Zum einen fangen fünf Paar Hände einfach mehr als vier, und zum anderen musste man auch an die eigene Sicherheit denken. Es gab genug andere Gruppen hungernder Wesen, die hier umherstreiften. Nach zwei Tagen, sie hatten gerade etwas Fressbares gefunden und waren deshalb in der Lage, klar zu denken, riefen sie mich zu sich. Das war die offizielle Aufnahme in ihren Kreis.

Wie gesagt, es ist einer dieser Tage. Aber es ist noch schlimmer, es ist einer dieser Tage an denen ich nachdenken muss. Nichts ist schlimmer als nachdenken in dieser Welt. Wer über etwas nachdenkt, verliert die gerade Linie und wird schwach. Aber heute muss ich nachdenken, es hilft alles nichts. Was ich auch tue, die Gedanken verschwinden nicht aus meinem Kopf. Im Gegenteil, sie scheinen sogar immer schneller zu kreisen und hervorzuschießen, weil ich versuche, sie zu unterdrücken. Und das Schlimmste ist, ich muss nicht über Fressen oder Wasser nachdenken, was einen schon in den Verzweiflungstod treiben kann, ich denke über mich selbst nach. Es gibt eigentlich gar nichts, worüber ich, in Bezug auf mich, nachdenken kann, denn ich weiß ja nichts über mich. Aber genau das ist der Punkt: Wie kann ich sein, was kann ich sein? Es treibt mich in den Wahnsinn. Und woher habe ich überhaupt meine Sprache und die Worte, diese Gedanken zu fassen? Wer bin ich? Was tue ich? Und vor allem: Warum bin ich? Der andere, er ist immer Feind, beobachtet jede Schwäche so lange, bis er oder irgendwer sonst eine Möglichkeit gefunden hat, sie auszunutzen und dich mit Haut und Haar aufzufressen. Und der Feind tötet noch nicht einmal aus Hass, sondern nur aus purem Selbsterhaltungstrieb, purem Überlebenstrieb.

Ich weiß nicht, was ich bin. Das einzige, was ich weiß, ist, dass ich fressen und saufen muss, um nicht zu verhungern oder zu verdursten, und ich weiß, dass ich scheißen und pissen muss, um den Abfall, den ich zu mir genommen habe, wieder auszuscheiden.

Ich kann nur Schmerz und Verzweiflung spüren, wenn ich im Kampf verwundet worden bin oder ein schon als sicher angesehenes Fressen doch noch abhandenkommt.

Und außerdem gehört dieses mysteriöse schwarze Loch zu mir, es ist tief in mir, und ich muss es mit aller Kraft unterdrücken, denn ließe ich es frei, wäre es mein Ende. Ich würde dem nächsten Trupp Nahrungssuchender zum Opfer fallen. Es ein ist ein Schmerz, der von ganz tief unten schreit, rüttelt und erhört werden will.

Nein, dieses Nachdenken ist wirklich schrecklich. Es nimmt einem jede Kraft, weiterzumachen. Vielleicht wäre es ja auch besser, nicht weiterzumachen. Vielleicht würde man dann auch Antworten auf die monströsen Fragen bekommen. Man sollte einfach aufhören! Doch ich kann nicht. Ich fühle in mir, dass es etwas gibt, das mehr bedeutet, als eine Handvoll frisch getötetes Menschenfleisch zu besitzen und es essen zu können. Irgendetwas schafft es, in die unendlichen, schwarzen Untiefen der Angst und Verzweiflung einen hellen Fleck zu transplantieren. Und dieser Fleck hindert mich daran, einfach aufzuhören. Ich hatte genug Weggefährten, die so schwach waren, dass sie einfach aufgegeben haben. Aber ich habe in ihren Augen niemals einen Ausdruck gesehen, der sagte: Ich weiß es! Niemand hat Antworten im Tod gefunden. Man kann sie nicht erst im Jenseits suchen. Man muss sie jetzt und hier suchen. Nur hier in dieser schrecklichen, erbarmungslosen Welt kann man sie finden.

Unsere Gruppe macht gerade Pause auf ihrem ziellosen Marsch durch die Einöde. Es geschieht, was immer irgendwann passiert, wenn wir zu unvorsichtig sind oder zu lange an einem Ort verweilen: Wir werden attackiert. Ein Rudel rennt auf uns zu, bestimmt doppelt so groß wie das unsere. Wir haben keine Chance, gemeinsam

Widerstand zu leisten. Wir müssen jeder für sich versuchen, den nach Blut und Fleisch lechzenden Zähnen unserer hungrigen Angreifer zu entkommen. Ich drehe mich um. Ich nehme einen großen Knochen auf, der vor mir auf dem Boden liegt und von einem früheren Kampf um Leben und Tod übriggeblieben sein muss. Er gehörte mal zu einem Oberschenkel. Ich renne in irgendeine Richtung und schlage dabei wild um mich. Unvorstellbares Glück widerfährt mir. Es gelingt mir, die Umzingelung unserer Angreifer zu durchbrechen. Noch völlig benommen renne ich weiter und weiter, bis ich merke, dass meine Beine nicht mehr wollen. Ich drehe mich um. Einer der Angreifer verfolgt mich. Und nicht nur das, er kommt sogar immer näher. Ich kann nicht mehr schneller. Zum Glück habe ich den Knochen nicht weggeworfen. Ich verlangsame mein Tempo, um Kräfte für den bevorstehenden Kampf zu sparen. Ich will den Kampf, den einer von uns beiden sicher mit dem Tod bezahlen muss, so schnell wie möglich hinter mich bringen. Als ich mir sicher bin, dass der andere nur noch wenige Schritte hinter mir ist, drehe ich mich ruckartig um und renne, den Knochen schwingend und schreiend, auf den Feind zu. Der Verfolger, überwältigt von der Kraft, die ich noch habe und selbst geschwächt von der langen Verfolgung, schaut mich nur aus großen, leeren, toten Augen an. Einen Moment später trifft ihn das vordere Ende des Knochens so hart an der Schläfe, dass er leblos zu Boden sinkt.

Erst einige Minuten später kann ich wieder klar denken, ich weiß nicht, woher ich die ganze Kraft genommen habe. Die Tage in der kleinen Gruppe hatten mich zwar etwas gestärkt, wir waren regelmäßig erfolgreich bei der Jagd. Dennoch habe ich nicht mehr von der Beute, dem Fleisch unserer Opfer, gegessen, als unbedingt nötig. Das kann nicht der Grund für meine unverhofften Kräfte sein. Ich finde keine Erklärung. Aber das Gefühl eines unerklärlichen Wissens macht sich in mir breit. Etwas ist anders. Ich besitze auf einmal so viel Kraft. Doch weswegen?

Während ich bewegungs- und fassungslos herumstehe und über mich selbst staune, bemerke ich erst die mir vollkommen fremde Umgebung. Vor mir ist ein riesiges Gebäude. Ein riesiges, gemauertes Gebäude. So etwas habe ich noch nie zuvor gesehen. Wohin ich auch blicke, ob nach links, rechts oder nach oben, überall ist nur dieses unendlich lange und hohe Gebäude zu sehen. Wie weit sind mein Verfolger und ich wohl gerannt? So einen Koloss hätte ich ja schon aus weiter Ferne sehen müssen. In meinem Bauch pocht es. Ich höre genauer hin, es ist der kleine, helle Fleck, der mich immer am Aufhören hindert, der nun undeutlich aber trotzdem beständig zu zucken und zu leuchten anfängt. Er gibt mir Zeichen. Es ist unglaublich.

Das spüre ich.

Ich fange an, darüber nachzudenken.

Ich denke absichtlich nach.

Das ist unglaublich.

Es ist eigentlich ganz und gar gegen die Gewohnheiten des Rudeljagens, dass sich ein einzelnes Mitglied von der Horde löst, um ein flüchtiges Opfer zu fangen. Das Rudel, das uns angegriffen hat, bestand zwar aus etwa zehn Essern, aber die Körper meiner Kampfgenossen sind genug

Futter für zehn. Warum hat dieser Kerl mich verfolgt? Ein Zeichen? Aufgeben ist nicht der einzige Ausweg. Es gibt noch einen anderen, und ich bin ganz nah daran, ihn zu finden. Das ist es, was mir Kraft gegeben hat. Ich muss hinter diese unendliche Mauer. Ich muss.

Doch erst einmal muss ich den Eingang des Gebäudes finden. Mein Magen knurrt. Glücklicherweise habe ich Fleisch, und frisches noch dazu, direkt vor mir liegen. Ich bücke mich über einen Schenkel, aber es ergreift mich ein tiefer, bannender Ekel. Ich merke, dass es mich stört, dass es mich anwidert, ja dass es mich traurig macht und ich unfähig bin, es zu essen. Ich bin unfähig, auch nur einen Bissen meines Feindes zu mir zu nehmen. Dabei habe ich im Laufe meines Daseins schon unzählige Menschen gefressen. Doch jetzt, in diesem Moment, spricht eine innere Stimme zu mir: Es ist falsch, Menschenfleisch zu essen.

Ich beginne, nach einer Öffnung in dem riesigen Etwas vor mir zu suchen. Nach einer Weile finde ich ein kleines Loch in der Mauer, ich versuche, ob ich hindurchpasse, es geht gerade so.

Ich bin drinnen. Es ist dunkel. Ich will wieder raus, ich bekomme Panik, ich kann das Loch nicht mehr finden. Ich schlage wie wild um mich. Aber meine Arme treffen nur ins Leere. Ich kann nur meinen Atem und die Bewegungen meiner Glieder hören. Es ist grabesstill. Wird das mein Grab sein? Wenn es so ist, dann ist es eben so, besser oder schlechter als irgendwo sonst ist es jedenfalls nicht.

Nach einer Weile beruhige ich mich. Ich krieche auf allen vieren los, als hätte ich ein Ziel. Es ist völlig abwegig, aber ich fühle es. Meine Panik ist wie weggeblasen. Der kleine helle Fleck im mir meldet sich wieder, und ich spüre, es gibt nur eine richtige Richtung, und das ist die, in die ich mich bewege. Ich krieche und krieche und krieche. Ich krieche ewig. Ich krieche so lange, bis ich nicht mehr kann, dann verfalle ich in einen tiefen und langen Schlaf.

Als ich die Augen wieder aufschlage, weiß ich nicht, ob ich noch träume oder schon wach bin. Immer noch ist alles um mich herum einfach nur schwarz. Der Hunger ist wieder da. Ich weiß, ich muss wach sein. Langsam, aber bestimmt krieche ich wieder los. Ich werde in eine ganz bestimmte Richtung gezogen. Mehr habe ich nicht, und mehr brauche ich auch nicht, um nicht aufzugeben. Ich bewege meine Arme und Beine in einer endlos scheinenden Bewegung des Kriechens.

Auf einmal höre ich etwas, das nicht die eigene Bewegung ist. Ich halte inne und lausche. Es ist ein Atmen, ich bin mir ganz sicher. Ich drehe den Kopf in alle Richtungen, aber sehen kann ich nichts. Ich halte wieder still, ich muss herausfinden, woher dieses Geräusch kommt. Woher kommt der Atem? Ich glaube, ich habe die Richtung gefunden. Die Richtung, in die ich jetzt krieche, ist eine andere. Der Atem wird wirklich lauter, ich komme dem, was hier mitten im Dunkel atmet, näher. Ich erkenne ein Leuchten. Erst ist es noch ganz schwach, und ich bin mir nicht sicher, ob es wirklich von einer außer mir liegenden Lichtquelle kommt, es sieht so aus wie das Flackern, das vor meinen Augen erscheint, wenn ein Feind mich stark am Kopf getroffen hat. Der Lichtschein muss unendlich weit weg sein, und ich zweifle an meinem Verstand, denn unmöglich kann ich über eine solche Entfernung hinweg ein Atmen gehört haben. Aber ich habe ein Atmen gehört, ich bin mir absolut sicher. Und nicht nur das, es sind sogar verschiedene Atemrhythmen, es sind sogar verschiedene Wesen, die hier mitten im Dunkel an einer Lichtquelle sind und leben.

Der Schein wird immer größer und heller. Meine Augen schaffen es, sich an das Licht zu gewöhnen, und so kann ich schon wieder recht scharf in den erhellten Bereich blicken. Ich erkenne drei Gestalten mit fürchterlichen Gesichtern und riesigen starken Händen. Neben ihnen Haufen von Knochen. Alle nach dem Herkunftsort der jeweiligen Knochen im Körper geordnet. Alle Rippen auf einem Haufen, alle Wirbel auf einem anderen und so weiter. Sogar die einzelnen Fingerknochen sind nach ihrer ursprünglichen Fingerzugehörigkeit gestapelt. Grauenhafte Angst überkommt mich, ich versteinere, wie angewurzelt.

Ich kann den Blick nicht von ihnen abwenden, dabei sollte ich so schnell wie möglich weg. Die Gefahr ist viel zu groß. Doch dann erwacht das Pochen in mir. Es ist nicht die Fressergruppe, die meine Augen bannt, es ist der Schrank, an den sie gelehnt sind. Ja, das muss es sein, der helle Fleck in meinem Inneren schlägt immer schneller. Der helle Fleck ist gewachsen. Ja, es kommt mir vor, als wollte er noch weiter wachsen. Mir wird klar, ich muss zu diesem Schrank gelangen – und zwar egal wie. Es muss eine Möglichkeit geben.

Ich schleiche mich noch näher an die drei heran. Plötzlich stoße ich mit meinem rechten Fuß gegen etwas. Es scheppert laut. Einer der feinsäuberlich gestapelten

Knochenhaufen ist umgefallen. Der Lärm ist so gewaltig, dass meine Ohren bersten wollen, sie haben, seit ich hier drin bin – ich weiß nicht, wie lange schon, aber es ist eine Ewigkeit –, keine Geräusche mehr vernommen außer dem Atmen der Fresser. Auch die Fresser haben es natürlich gehört, einer von ihnen springt auf und rennt in meine Richtung. Er grunzt. Noch unter Schock schaffe ich es dennoch, mich auf zwei Beine zu stellen und zu rennen, ziellos.

Wieder laufe ich davon, das letzte Mal ist unzählige Momente des Kriechens weit weg, nichts habe ich seitdem gegessen, nichts getrunken. Warum falle ich nicht vor Erschöpfung um? Ich weiß nicht, was mich antreibt, aber ich habe Kraft. Es ist nicht mehr ganz düster, ein Lichtschein erhellt die Umgebung, so als würden überall kleine Kerzen brennen. Da vorne ist eine Wand, vielleicht kann ich mich dahinter verstecken. Ich renne die Wand entlang, und auf einmal sehe ich ein Loch in der Wand, nicht groß genug, um mich zu verstecken, aber doch groß genug, damit eine Axt hineinpasst. Wie für mich bereitgelegt, eine Axt, ich habe keine Zeit, über mein Glück nachzudenken, mein Verfolger ist direkt hinter mir. Ich ergreife den Stiel und haue die Axt genau in die Mitte seines Kopfes, zwischen die beiden Augen. Das Blut spritzt, und sein Schädel zerspringt in zwei gleich große Teile.

Ich bebe, mache einen Schritt in Richtung des Toten, um mich zu vergewissern, dass er auch wirklich tot ist. Eigentlich lächerlich, denn er muss tot sein, zwischen den Kopfhälften ist eine gewaltige Lücke. Tiefschwarzes Blut läuft aus dem Hals.

Ich schaudere. Oft schon habe ich getötet, aber irgendetwas hat sich verändert.

Das Pochen meldet sich wieder, ich kann und will nicht dagegen ankämpfen, es zieht mich zurück zu den Fressern. Ich rechne damit, dass jeden Moment jemand aus dem Halbdunkel angreift. Doch ich erreiche die Knochenhaufen, ohne dass ich angegriffen worden bin. Mein Ziel ist zum Greifen nahe. Ein paar Knochenhaufen noch, einer mit verschieden großen Schädeln, dann Gebeine, Oberarmknochen, Rippen und Becken. Aber ich habe keine Augen für die Arbeit der Fresser, der Schrank ist vor mir. Der Schrank. Ich brauche eine ruhige Hand, um die Tür zu öffnen. Der Schrank ist unverschlossen. Ich betrete den Schrank. Sofort nach meinem Eintreten fällt die Tür wieder zu. Ich stehe dort, wieder in tiefster Dunkelheit.

Die Dunkelheit überrascht mich, ich habe mit etwas gerechnet, ich weiß nicht mit was, aber mit mehr als Dunkelheit. Erlösung. Woher und wie auch immer, aber es kommt mir in den Sinn, das Wort Erlösung, Erlösung. Immer wieder muss ich es denken. Das ist es. Ich möchte erlöst werden von all meinen Qualen, von meinem Unwissen und meinen Ängsten. Ich will Erkenntnis. Erkenntnis über das Ende, das Ende des Daseins.

Wie kann es sein, dass nichts geschieht? Es ist alles wie zu dem Zeitpunkt, als ich das Gebäude betreten habe. Totale Finsternis und Stille. Kein Lichtstrahl dringt durch die Türen des Schrankes, kein Laut ist zu vernehmen. Ich schreie, so laut ich kann. Es ist mir egal, dass die anderen Fresser es hören werden. Was hilft es, weiterzuleben, wenn es keine Erlösung, keine Erkenntnis gibt?

Die Axt, die ich noch immer in der Hand halte, fliegt in hohem Bogen nach vorne. Ich schlage zu. Ist es das Nichts, was nach dem Dasein folgt? Stille und Finsternis? Die Rückwand des Schranks splittert, und die Axt schlägt dahinter auf Stein. Ich zerschlage die ganze Rückwand. Was dahinter zum Vorschein kommt, scheint tatsächlich der Anfang und das Ende von allem zu sein. Eine feste, rötlich schimmernde, gemauerte Wand. Es gibt also doch ein Ende der Existenz, und dieses Ende ist eine Wand, eine feste Mauer. Das Ende des Daseins und Fühlens.

Ich kippe nach hinten um. Die Schranktüren geben nach, und die Dunkelheit löst sich auf. Ich schlage die Augen wieder auf und liege zwischen den Knochenhaufen. In meinem Kopf dreht sich alles rasend schnell. Das Ende ist eine Wand und sonst nichts? Und was ist das, was ich den ganzen Weg hierher in mir gespürt hatte? Nein, das kann es nicht gewesen sein! Das glaube ich einfach nicht. Ich glaube, dass es etwas anderes gibt. Ich glaube daran. Ich weiß nicht warum, aber es kommt mir wahnsinnig wichtig vor, dass ich glaube. Ich glaube.

In diesem Moment verändert sich alles. Irgendetwas leuchtet, und zwar nicht so schmutzig gelb wie der Rest des Raumes, sondern weiß. Es ist ein ganz helles, unbeschreiblich reines Weiß. Ich drehe meinen Kopf, suche in allen Richtungen nach der Quelle des Lichts. Ich sehe sie, ich sehe sie. Ja, das muss es sein, es ist ein perfekter, weiß leuchtender Kreis direkt neben dem Schrank. Ich schöpfe neue Kraft. Ich schiebe mich an den Kreis heran. Ich krieche, da ich trotzdem nicht in der Lage bin, zu laufen. Jetzt weiß ich es. Der Schrank ist nicht das Ende. Der Lichtkreis zieht mich fast magisch an. Nein, er zieht mich wirklich magisch an. Ich spüre, einer der Fresser ist wieder nahe, aber es macht mir nichts aus. Ich halte noch immer den Griff der Axt fest in meiner Faust. Aber ich lasse sie fallen, denn ich weiß, dass mich jetzt nichts mehr davon abhalten kann. Ich erreiche das Fenster, ja, ich glaube, so kann man es nennen, das Fenster am Ende meiner Welt.

Ich hebe mein linkes Bein, so hoch ich kann, und setze es auf den Rand des Kreises. Ich will bereits mein zweites Bein nachziehen, um durch den Kreis zu steigen, da spüre ich den Atem des Wächters in meinem Nacken. Ich habe keine Angst, weiß, dass es in der Nähe des Kreises keine Gewalt mehr gibt. Aber auch der Atem hat sich geändert. Es ist nicht der Atem eines zu allem bereiten Fressers, sondern der Atem eines Menschen. Auch der Wächter ist vollkommen eingenommen von der Aura des Kreises. Ich drehe meinen Kopf und sehe, dass der Mensch nur zwei Schritte hinter mir steht und mich mit starren Augen betrachtet. Ich drehe mich wieder um und fasse hinein in das schöne Licht, es ist die Geborgenheit, es ist Liebe, es ist die reinste Reinheit. Meine Hand durchschneidet eine wie Gel wirkende dünne Schicht, die wie eine Fensterscheibe über den Kreis gespannt ist. Nach und nach folgt der ganze Arm bis zu meiner Schulter. Das Gefühl in meinem Arm ist alles. Wärmend und kühlend, aufwühlend und glättend, beruhigend und erregend – alles gleichzeitig.

Ich mache mich daran, ganz in den Kreis zu steigen, ich kenne nicht, was vor mir ist, sondern weiß nur: Hier und nur hier will ich hin!

In dem Moment, in dem ich auch meinen Kopf in

der neuen Welt verschwinden lassen will, sehe und höre ich, wie sich die Lippen des Fressers bewegen. Er streckt seine Hand nach mir aus und sagt mit einer Stimme, wie sie nur bei einem Wesen klingen kann, das zwar vor vielen Jahren mal ein Mensch gewesen ist, seine Seele aber längst vergessen hat, zu mir: »Es hat etwas mit Freiheit zu tun. Ich habe schon andere vor dir durch den Kreis gehen sehen, ich aber habe niemals die Kraft und den Glauben gehabt, es auch zu tun!«

Daraufhin tue ich etwas, was ich noch nie getan habe, was mir aber auf einmal so selbstverständlich erscheint, wie früher das Morden: Ich lächle und schiebe meinen Kopf durch die warme Lichterflut.

Das war mein Traum. Ich habe ihn euch erzählt, weil ich ihn einfach loswerden musste. Warum muss ich so etwas träumen? Habt ihr nicht solche Träume? Der Traum hat mich im ersten Moment so fertiggemacht, dass ich einfach vor mich hingestarrt habe. So lange, bis ich wieder wahrgenommen habe, was ich eigentlich anstarre. Es war der Pazifik. Den kann ich sehen, wenn ich hier aus meinem Fenster schaue. Die Brandung war friedlich und der Traum begann schon langsam zu verblassen, wie es Träume eben so tun. Das Meer hat mich beruhigt, mein unruhiges Herz schlug langsamer, fast friedlich.

Ich setzte mich auf mein Bett und Erleichterung überkam mich. Es war nur ein Traum. Doch so schnell wie die Erleichterung gekommen war, so schnell verschwand sie auch wieder. Es war nicht nur ein Traum. Ich habe wirklich Menschen auf dem Gewissen. Ich kann mir natürlich sagen, es ist etwas anderes, ich habe keinen mit einem Knochen erschlagen, und Menschenfleisch habe ich auch nicht gegessen. Aber es ist nichts anderes. Und was hilft es mir, dass ich mich zwinge, die Schuld, die ich trage, auch intensiv zu spüren. Hilft es den Menschen, die leiden müssen, weil ich so bin, wie ich bin?

Seht ihr! Ich komme nicht aus dem Fragen heraus. Helft mir. Helft mir, eine Antwort zu finden. Eine Antwort, mit der ich leben oder sterben kann.

7

Nachdem ich mit Sarah Schluss gemacht hatte, war ich wieder allein. Es war der Wahnsinn. Und Wahnsinn auch, dass es erst drei Jahre her ist. Ich kannte das ja damals nicht: Als Student in einer fremden Stadt tun zu können, was ich wollte. Eine Zeit lang hat es mir wirklich Spaß gemacht, aber dann, dann ist es irgendwie anders geworden. Ich bin nicht sicher, ob ich euch klarmachen kann, was ich meine, auf jeden Fall aber muss ich noch von Kira erzählen.

Kira und ich, wir hatten keine gemeinsamen Kurse oder Vorlesungen, aber sie sah mich immer so an, wenn ich an ihr vorbeiging. So als wollte sie am liebsten gleich mit mir hinter irgendeinen Sichtschutz verschwinden und ficken. Ja, sie sah nach Ficken aus. Und das war wirklich ungewöhnlich bei uns an der Theologischen Fakultät. Wir hatten nie vorher ausführlich miteinander geredet. Egal, dachte ich mir irgendwann, und habe sie gefragt, ob sie mit auf die Party eines Freundes kommen wolle. Sie sagte, sie würde mir später Bescheid geben, und schrieb dann am selben Abend eine SMS, dass sie mitkomme.

Und einen Tag später sitzen wir bei mir im Wohnzimmer zum Vorglühen. Wir trinken gerade die dritte

Flasche Wein. Klar, ich trinke mehr, aber sie trinkt auch sehr viel. Sie kann gut trinken.

»Scheiße, bin ich schon voll«, sagt sie. »Wann geht die Party noch mal los?«

»Die Party hat schon längst angefangen, es ist zwölf. Willst du noch Wein?«

»Zwölf, krass, dann bin ich ja schon zwei Stunden hier, kommt mir gar nicht so lange vor. Ein Glas nehme ich aber noch.«

»Warte.« Ich stehe auf und hole noch eine Flasche. »Augustin … Augustin schreibt in seinen *Confessiones*, dass er ein unglaublich ausschweifendes Sexleben und Saufleben hatte, bevor er fromm geworden ist. Er ist mein Vorbild. Irgendwann werde ich auch mal fromm, aber vorher, vorher will ich saufen und, na ja, Frauen kennenlernen.«

Sie grinst. »Du meinst, du willst Frauen ficken.«

Ich bin schon ziemlich geil, seit sie gekommen ist, meine Hose wird enger. Sie ist aufgestanden und geht ins Bad. Ich kann durch die dünne Wand zwischen Bad und Wohnzimmer hören, wie sie den Toilettendeckel hochmacht und sich hinsetzt. Dann höre ich einen Strahl, der rausschießt, als hätte sie schon sehr lange pinkeln müssen. Es ist eher eine Salve. Es hört kurz auf zu plätschern, dann geht es weiter. Nicht mehr mit so viel Druck, sondern in einem gleichmäßigen Strahl. Der Mittelstrahl, muss ich denken und dabei selbst über mich lachen, weil ich mir diesen komischen Ausdruck mal gemerkt habe. Doch dann bin ich wieder ganz bei ihrem Pinkeln. Ich wusste bisher nicht, dass mich so etwas anmacht, aber ich finde es gerade wahnsinnig heiß, ihr zuzuhören. Meine

Kehle ist ganz trocken. Dann hört sie auf. Ich stelle mir vor, wie sie mit einem Stück Klopapier über ihre Muschi fährt. Ich fasse mit meiner Hand in die Hose und umfasse meinen Penis. Ich will sie ficken, mehr kann ich in diesem Moment nicht denken.

Ich höre, wie sie die Türklinke berührt und ziehe meine Hand schnell zurück. Sie hat sich nicht die Hände gewaschen. Sie kommt wieder auf die Couch zu und setzt sich neben mich, ich reiche ihr dabei die Hand, als wäre es anstrengend sich auf die Couch zu setzen. Sie sitzt wieder neben mir, ich lasse ihre Hand allerdings nicht los. Ich ziehe sie zu mir und küsse sie. Sie öffnet sofort ihre Lippen, und unsere Zungen spielen miteinander. Sie ist sehr vorsichtig und streichelt mit ihrer Zunge über meine, und dann drücke ich ihre Zunge wieder zurück in ihren Mund und fahre an ihren Lippen entlang. Wir küssen uns in ihrem Mund. Sie küsst sehr gut, so als hätte sie viel Erfahrung. Auf einmal wird sie heftiger, sie versucht mir beim Küssen ein wenig, nicht zu fest, in die Oberlippen zu beißen. Sie nimmt meinen Kopf in beide Hände und zieht mich auf sich. Ich muss daran denken, dass sie sich vorhin nicht die Hände gewaschen hat. Ich bin es nicht gewohnt, dass Frauen so sehr die Kontrolle übernehmen, ich dachte immer, dass ich es nicht mag, aber jetzt gefällt es mir.

Ihre Absicht ist aber wohl gar nicht so sehr, die Kontrolle zu übernehmen. Sie liegt ja nun unter mir, sie will mich auf sich spüren. Mein rechtes Knie ist zwischen ihren Beinen, und sie presst ihre Muschi jetzt hart dagegen. So als wollte sie das Knie in sich haben. Sie lässt meinen Kopf los und reißt an meinem Hemd. Die Knöpfe fliegen auf den Dielenboden. Ich ziehe mir schnell mein T-Shirt aus. Ich mag es sehr und habe Angst, dass sie es kaputtreißt. Sie macht sich schon an meinem Gürtel zu schaffen und zieht ihn mit solcher Wucht aus den Schlaufen, dass es mich kurz zur Seite dreht. Auch den Knopf an der Hose reißt sie einfach ab. Ich finde sie geil, aber irgendwie macht sie mir auch Angst. Ich stehe schnell auf und ziehe meine Hose selbst aus. Sie steht auch auf, reißt sich ihr T-Shirt runter und beginnt ihre Hose auszuziehen.

Ich habe die erste Überraschung verwunden. Mein Selbstbewusstsein kommt wieder.

Du Bitch, denke ich.

Ich gebe ihr einen Stoß, sodass sie rückwärts auf die Couch fällt. Die Hose fliegt durch den Raum und ihr Höschen gleich hinterher. Den BH lasse ich ihr an. Ihre Brüste interessieren mich gerade nicht, ich will an ihre Muschi. Also knie ich mich zwischen ihre Beine, greife sie in den Kniekehlen und drücke die Beine weit auseinander. Ihre Muschi ist jetzt weit gespreizt genau vor meinem Gesicht. Ich muss wieder an das Pinkeln denken. Aber jetzt legt sie ihre rechte Hand auf meinen Hinterkopf. Dann drückt sie plötzlich mein Gesicht mit ziemlich viel Kraft in ihre Muschi. Ich schaffe es nicht, die Wucht rechtzeitig abzufangen, und so klatschen meine Nase und mein Mund genau ins Feuchte. Sie keucht kurz, es kann Lust oder Schmerz sein, wahrscheinlich beides, der Aufprall war nicht sanft. Ihre Hand bleibt auf meinem Kopf liegen, und sie drückt immer noch weiter. Ich drehe meinen Kopf zur Seite, damit ich Luft bekomme. Dann lecke ich ihr von unten nach oben über die Muschi. An der Klitoris mache ich halt und streichle sanft mit der

Zunge darüber. Obwohl ich mich anstrenge, zu lauschen, ob sie stöhnt, höre ich nichts. Noch mal fahre ich mit der Zunge zärtlich über den Kitzler, diesmal stöhnt sie sehr laut, aber erst, nachdem sie meinem Kopf noch einmal einen festen Stoß versetzt hat. Ich habe das Gefühl, nicht mehr zu lecken, sondern unbeholfen zu beißen. Aber es turnt sie an, sie drückt immer fester und stöhnt immer lauter.

Wir haben keinen Sex, wir ringen. Was soll das? Egal, dann eben so, wenn sie das will. Ich mache mich los und stehe auf. Schon ist sie auf meinen Armen, und ich trage sie zum Esstisch. Dort lege ich sie ab und ziehe so fest und lange an ihrem BH, bis er aufreißt. Sie schreit. Ich glaube, es ist Lust, trotzdem erschrecke ich und schaue zum ersten Mal, seit sie aus dem Bad gekommen ist, in ihre Augen und sehe eine Mischung aus Geilheit und Wahnsinn.

Du überraschst mich nicht mehr, denke ich und greife ziemlich fest in ihren Schritt. Wieder schreit sie. Es ist kein Stöhnen und auch kein Keuchen, es ist wirklich ein Schreien. Mein Zeige- und Mittelfinger drücken sich in sie. Ich bin nicht mehr zärtlich, sondern ziemlich brutal. Ihr ist es nicht brutal genug. Sie schlägt mit ihrer Handinnenfläche auf meine Hand, die halb in ihr steckt. Sie schlägt noch mal und noch mal und hört gar nicht mehr auf zu schlagen. Ich muss lachen, will aber nicht, dass sie es sieht, also fange ich an, in ihre Brustwarzen zu beißen. Nicht zu fest, aber mit Druck. Sie schreit wieder, aber dieses Mal ist es nicht nur ein Schrei, sondern sie sagt: »Du geiler Ficker, jetzt fick mich, fick mich richtig, du geiler Ficker.«

Geiler Ficker … ich muss mein Lachen schon wieder unterdrücken, aber es spornt mich irgendwie auch an. Also lasse ich von ihr ab und hole ein Kondom aus meinem Nachttischkasten. Ich hasse Kondome, aber bei so einer, denke ich tatsächlich, ist es sicher besser, wer weiß, was da schon alles drin war. Ich ziehe es über meinen pulsierenden Penis und drehe sie so auf dem Tisch, dass ich zwischen ihren Beinen stehe. Jetzt will ich wirklich ihr geiler Ficker sein. Ich will in sie stoßen, da drückt sie mich weg und fängt ganz laut an zu lachen.

»Erbärmlicher Penner«, sagt sie und sieht dabei ganz unschuldig und sehr nach Theologiestudentin aus, »du willst ein geiler Ficker sein. Nimm das ab und fick mich in den Arsch!« Sie zieht am Kondom, sodass es schnalzend von meinem Penis fliegt, und dreht sich um.

Nun, ich habe sie dann die ganze Nacht, eigentlich bis in den Morgen hinein, in den Arsch gefickt. Immer wieder, sie wollte einfach nichts anders. Ich kann mich nicht genau erinnern bis wann. Aber wir müssen zwischendurch noch mindestens drei Flaschen Wein getrunken haben, die habe ich am nächsten Tag nämlich gefunden. Ich bin irgendwann aufgewacht, und sie war weg. Mein Kopf hat sich nach Hammerschlägen angefühlt. Ich habe die Augen gleich wieder zugemacht und mit der Hand nach meinen Penis getastet. Er war ganz verkrustet. Als ich ihn näher betrachtet habe, habe ich gesehen, dass es eine Mischung aus Blut und Scheiße war. Auch mein Bettlaken war voll mit dieser Mischung.

Mir war wegen des ganzen Weins sowieso leicht übel, aber als ich die ganze Scheiße und das Blut gesehen habe, musste ich kotzen. Dann habe ich mich wieder nach hinten fallen lassen und weitergeschlafen. Aufgewacht bin ich erst Stunden später, weil ich mich in die feuchte Mischung gerollt habe. Ich habe das Bettzeug dann sofort in einen Müllsack gesteckt. Die nächsten drei Tage bin ich nicht vor die Tür gegangen, aber irgendwann wurde mir der Geruch aus dem Müllsack zu penetrant. Dann bin ich rausgegangen, um ihn in die Tonne zu werfen.

Noch heute schäme ich mich vor mir selbst, wenn ich an diese Geschichte denke. Dabei gibt es bestimmt Hunderte von Menschen, die so was vielleicht nicht täglich, aber doch sehr häufig machen. Ich frage mich immer, wie zum Beispiel Pornodarsteller überhaupt noch in den Spiegel schauen können. Bei ihnen ist es ja nicht nur so, dass sie selbst davon wissen, was sie gemacht haben, es wissen alle Leute, die ihre Filme gesehen haben. Diese Menschen müssen ihre Persönlichkeit entweder völlig vom Schamgefühl trennen können, oder sie müssen ein ganz anderes Verhältnis zu ihrem Körper haben. Ein Verhältnis, das ihnen den Körper als Werkzeug zum Lustempfinden freigibt, ohne Grenzen. Ihr wisst jetzt auch vieles von mir, was mir mehr als nur peinlich ist. Aber ihr kennt mich auch nicht, wir haben uns nie gesehen und werden uns auch nicht treffen. Deswegen will ich nicht, dass ihr wisst, wo ich bin. Ich würde es nicht aushalten.

Ich glaube aber, hier sind wir an einem ganz wichtigen Punkt. Ich tat und tue immer noch Dinge, die ich eigentlich nicht tun möchte. Oder Dinge, von denen ich zumindest möchte, dass ich sie nicht tun möchte. Aber ich finde nicht aus dieser Spirale heraus. Die Diskrepanz zwischen Anspruch an mich selbst, sowohl in Hinsicht auf das Verhalten gegenüber anderen, als auch in Bezug auf das Verhalten gegenüber mir, und der Wirklichkeit ist riesig, und ich habe das Gefühl, auch wenn ich mich noch so sehr bemühe, diese Diskrepanz zu verringern, gelingt es mir nicht. Eigentlich hasse ich Sex, er ist so dreckig.

8

Immer wenn ich mal aufhöre, euch zu schreiben, und auf den Balkon gehe, habe ich diesen inneren Drang, einfach über das Geländer zu springen. Ich hatte ihn schon immer, aber zurzeit ist er besonders stark. Es ist gar nicht der Wunsch, zu sterben, sondern es geht nur um das Springen vom Balkon. Es zieht mich förmlich nach unten. Ich habe mich schon manchmal gefragt, ob ein zum Selbstmord fest Entschlossener eigentlich wirklich sterben möchte und ob er oder sie es trotzdem tun würde, wenn jemand das Angebot macht, dass alles besser sein wird oder sogar dass alles großartig sein wird, wenn er oder sie sich nicht umbringt. Ich vermute, ein wirklich entschlossener Selbstmörder würde trotzdem springen oder schießen oder schlucken oder was auch immer.

Aber ich, ich bin auch hier inkonsequent. Ich will leben, aber trotzdem vom Balkon springen, ich will nie wieder Sex und schon gar keinen brutalen und mit Scheiße befleckten Sex – und habe trotzdem beides. Ich bekomme mich nicht unter Kontrolle. Da bin ich wahrscheinlich nicht der Einzige, aber das macht es ja nicht besser. Ich kann einfach nicht nein sagen, wenn das bedeutet, auf etwas verzichten zu müssen, besonders, wenn es um

Sex geht. Ich glaube, ich habe, seit ich mit Sarah Schluss gemacht habe, noch niemals keinen Sex gehabt, wenn sich mir irgendeine Möglichkeit geboten hat. Auch als ich später mit Christina zusammen war. Und glücklich war. Aber das erzähle ich euch noch. Vielleicht geht es ja auch nicht so sehr um Egoismus oder nicht, sondern darum, dass die ganze Welt ein Kompromiss ist. Nichts ist klar und eindeutig. Ich bin ständig hin- und hergerissen zwischen dem, was ich möchte, und dem, was ich eigentlich erreiche – und zwar nicht nur in Bezug auf mich, sondern in Bezug auf alles. Das Wollen hält immer nur eine Zeit lang vor, so wie man es ja auch vom Glück sagt.

Ehrlich gesagt, ich halte nicht viel von Glück. Aber das ist jetzt egal, ich will es ja nur als Vergleich benutzen. Das Gute in mir, die Seite, die es schafft, den Eigensinn zu überwinden, diese Seite ist wie das Glück immer nur für einen Moment größer und stärker als alles andere. Und dann schaffe ich es, dass Idealismus und Egoismus, dass Können und Wollen und Geben und Habenwollen eins werden. Dann kümmere ich mich nur um meine Bedürfnisse, denn meine Bedürfnisse sind voll auf andere gerichtet, ich bin fröhlich und erfüllt, wenn es nicht um mich geht, aber mein Glück trotzdem im Mittelpunkt meiner Bemühungen steht, nur eben versteckt.

Aber diese Reinform erreiche ich nicht, ich habe sie noch nie erreicht, und ich glaube, ich werde sie auch nie erreichen. Ihr haltet das vielleicht für Geschwätz. Aber ich versuche euch ja zu erklären, was ich jetzt denke, und nicht nur, was mir mal passiert ist und wie ich mich mal verhalten habe.

9

Habe ich euch eigentlich schon gesagt, dass ich Pfarrer werden möchte, oder es zumindest wollte? Ich glaube nicht. Nein, ich habe es noch nicht gesagt, ich habe nur nebenbei erwähnt, dass ich Theologie studiere, weil ich erzählt habe, dass ich Kira an der Theologischen Fakultät kennengelernt habe.

Damit es klar ist: Ich möchte Pfarrer werden. Ich bin es noch nicht, denn eigentlich studiere ich noch, aber es wird nicht mehr lange dauern, und dann bin ich so weit, dass ich Examen mache und mich dann wirklich entscheiden muss. Na ja, vielleicht nicht wirklich, aber tun wir mal so. Das ist eigentlich kein Problem, denn ich will es, aber es ist eigentlich doch ein Problem, denn auch wenn ich es wirklich will, weiß ich nicht, ob ich es mir zutraue. Außerdem ist jetzt eh alles anders.

Ich meine, ich bin nicht unbedingt das, was man als fromm bezeichnet, ich bin nicht unbedingt das, was man als einen Menschen bezeichnen würde, der für andere Menschen ein Vorbild in moralischen Dingen sein kann. Natürlich ist das, also das Frommsein und Vorbildsein, nicht die primäre Aufgabe eines Pfarrers, aber es wird doch von den Gemeindemitgliedern erwartet, dass der

Pfarrer nicht besoffen auf dem Gemeindefest die achtzehnjährigen Schwestern der Konfirmanden anmacht. Und natürlich hat die Gemeinde damit recht, das zu erwarten. Ich würde es auch von meinem Pfarrer erwarten, hätte ich einen und wäre normales Gemeindemitglied. Obwohl – wenn es nicht meine Tochter wäre, die er anmachen würde, dann fände ich es wahrscheinlich eher lustig, und weil ich dann, also in dieser Vorstellung, ja auch kein Pfarrer wäre, könnte ich dem Pfarrer zur Seite eilen, und wir würden einen Wettbewerb machen, wer es schafft, mehr Eindruck zu schinden bei der Achtzehnjährigen. Aber ich möchte ja Pfarrer werden, deshalb ist das Quatsch.

Ich weiß nicht, ob ich es schaffen würde, den Ansprüchen gerecht zu werden. Denn ich trinke nun einmal gerne und mache gerne Frauen an, auch Frauen, die jünger sind. Und achtzehn ist ja immerhin alt genug. Ich würde niemals eine Frau anmachen, die jünger ist als achtzehn, wenn ich es wüsste. Das heißt, es kann schon mal passieren, denn man sieht ja nicht immer sofort, wie alt junge Damen sind. Damen, aber eigentlich muss ich ja in diesem Alter noch Mädchen sagen, das hört sich vielleicht ein wenig chauvinistisch an, aber Mädchen haben ihren körperlichen Zenit spätestens mit zwanzig erreicht. Zwanzigjährige Mädchen haben straffe und nach vorne stehende Brüste, sie haben knackige und pralle Hintern, und auch sonst sitzt alles dort, wo es sitzen soll. Deshalb reizen mich so junge Frauen schon immer. Aber man kann sie, wenn man selbst ein bisschen älter ist, eigentlich nur zum Sex gebrauchen und zum Anschauen. Für alles andere sind sie zu jung und zu nervig, weil zu unreif. Man könnte sie sich sozusagen in den Schrank stellen und immer, wenn man sie braucht, herausholen, und für die Zwischenzeit hat man eine andere, reifere und interessantere Frau.

Aber seht ihr, jetzt habe ich einen Moment nicht aufgepasst und schreibe hier meine Gedanken über junge Frauen auf, die ich schon tausend Mal verworfen habe, weil sie so bescheuert oberflächlich sind und so bescheuert überhaupt. Alles ist gespalten.

Ich war eigentlich beim Pfarrersein. Das ist mein Traum, und ich bin ihm ja auch schon sehr nah, aber es ist eben auch mein Albtraum. Denn zu versagen, das ist die schlimmste Vorstellung, die ich mir so machen kann. Versagen in irgendeiner Weise, das kommt in meiner Gedankenwelt nicht vor. Obwohl das natürlich nicht stimmt. Es kommt sehr wohl vor, nur nicht in Bezug auf mich und das, was ich mache. Alles, was ich beginne, das erwarte ich auch abzuschließen, und zwar erfolgreich. Und es gibt auch viele Dinge in Bezug auf das Pfarrersein, die ich bestimmt wirklich gut könnte. Zum Beispiel das Arbeiten mit alten Menschen. Ich mag alte Menschen, irgendwie. Ich kann auch gut mit ihnen umgehen. Ich habe das Gefühl, wenn ich mit meinem roten Porsche, den ich habe, seit ich achtzehn bin, und sehr liebe, ich weiß gar nicht wie es ihm geht, er steht bei meinen Eltern … Also ich habe das Gefühl, dass alte Leute, wenn ich als Pfarrer mit meinem roten Porsche angefahren komme, nicht denken: Das ist vielleicht ein komischer Pfarrer, hat der denn keinen Sinn für Bescheidenheit und Würde, die mit seinem Amt einhergehen. Sondern die alten Menschen denken einfach:

Das ist aber ein schönes Auto, das der Herr Pfarrer fährt. Und sie freuen sich darüber. Sie freuen sich darüber sogar in zweifacher Hinsicht. Sie denken, es ist schön für mich, dass ich so ein Auto habe, und sie denken, es ist schön für sie, dass ich so ein Auto habe, weil sie es so zu sehen bekommen und sich daran erfreuen. Ich meine, die Ansprüche sind bei alten Menschen andere. Und ich glaube, diese Ansprüche kann ich leichter befriedigen. Und zwar nicht nur ein bisschen, sondern wirklich und richtig. Alte Menschen wollen eine Beschäftigung mit ihnen, die auf den Moment ausgelegt ist, denn wer weiß, was die Zukunft bringt, und vor allem, wie lange die Zukunft überhaupt noch dauert. Wenn ich also vor alten Menschen predige, dann predige ich nah an den Personen, spreche über die Beziehung zum Körper und die Beziehung zu Gott, die in jedem Moment möglich und erfahrbar ist, und zwar in der positiven Mitmenschlichkeit. Sie wollen meist nichts davon hören, dass Gott in Jesus Christus Mensch geworden ist und dass das ihre Erlösung bedeutet. Sie wollen einfach Aufmerksamkeit, und sie wollen vielleicht berührt werden, und sie wollen, dass man sie wahrnimmt. Sie wollen, dass man sie mit ihrer Geschichte wahrnimmt, sie wollen erzählen können und dass man ihnen zuhört. Es ist nicht einmal wichtig, dass man zu all den Dingen etwas sagt, man muss sie einfach nur anhören. Und man darf nicht denken, wie komisch diese Menschen sind, dass sie einfach so ins Leere reden, ohne dass ein großartiges Gespräch daraus entsteht. Es geht einfach um das Festhalten der eigenen Erlebnisse, und das tun sie, indem sie es aussprechen. Das ist die normative Kraft der Sprache. Was ich aussage, das existiert auch. Wenn mir eine alte Dame zum Beispiel von ihrem Bruder erzählt, der noch vor dem Zweiten Weltkrieg gestorben ist, als er mit seinen Arbeitskollegen im Wald war, um Bäume zu fällen. Sie fuhren dann mit einem Fuhrwerk über einen Bahnübergang, und er saß ganz hinten. Der Zug hat ihn erwischt und mitgenommen, und man hat nicht mehr viel von ihm gefunden. Dieser Mann, er ist schon viele, viele Jahre tot, aber indem die Dame mit mir darüber spricht, macht sie ihn wieder lebendig. Und es ist kein Aufwand für mich, sie einfach von ihrem Bruder reden zu lassen und ihr dabei die Hand zu halten und sie dabei nicht komisch zu finden. Alte Menschen sind dankbar. Sicher, wenn sie einmal so weit sind, dass sie nicht mehr richtig denken können, ich meine, wenn sie dement werden, dann sind sie vielleicht nicht mehr dankbar, und sie werden unfreundlich und ungeduldig und auch beleidigend. Aber wenn der Mensch, der auf sie trifft, es schafft, sie nicht als zeternden alten Menschen wahrzunehmen, sondern als Menschen, der nicht weiß, dass und warum er zetert, dann ist auch dieser alte Mensch nicht anspruchsvoll. Das ist ja wieder das Thema. Man muss eben geben wollen und nicht haben wollen. Es ist immer das Gleiche.

Mit Kindern möchte ich nicht so gerne arbeiten. Sie haben noch alles vor sich und sie haben, das liegt ja damit in der Natur der Sache, noch alle Ansprüche der Welt. Sie denken, wenn sie sehen, dieser Pfarrer fährt einen Porsche, dass sie auch mal einen haben wollen. Und sie denken nicht: Wie schön ist das denn. Weder denken sie, es ist schön für sie, noch denken sie, es ist schön für mich. Sie denken, es ist schlecht, und zwar für sie. Und das reicht schon, denn sie denken nur an sich. Sie wollen noch etwas werden, und dafür müssen sie andere ausstechen, und sie müssen anderen zeigen, wie toll sie sind. Sie sind wie ich.

10

Gerade ist mir der Gedanke gekommen, dass ihr es vielleicht gar nicht schwierig findet, zu beurteilen, ob ich ein Egoist bin oder nicht. Viele Menschen halten es ja für einfach, andere Menschen zu beurteilen, und sagen, ein oder zwei Ausschnitte aus dem Leben eines Menschen reichen, und schon weiß ich, der oder die ist ein Arsch. Aber wer so denkt, der ist völlig fehlgeleitet. Denn – und das sage ich jetzt nicht, weil ich mit irgendwelchen christlichen Moralvorstellungen ankommen möchte, sondern weil ich fest davon überzeugt bin, dass dieser Satz Jesu absolut stimmt –, denn schon Jesus hat gesagt: Du sollst deinen Nächsten nicht richten. Und: Was siehst du den Splitter im Auge deines Bruders, aber den Balken im eigenen Auge siehst du nicht. Ich will damit sagen – und das ist jetzt ein Appell an all die, die mich schon als egoistischen Penner abgestempelt haben –, bei sich selbst würde man wahrscheinlich nicht so schnell das Verfahren beenden und das Urteil fällen. Jedes Urteil, wenn es nicht gerade um persönliche Vorlieben geht, braucht eine faire Begründung. Ich meine Urteile über Menschen. Und das ist besonders schwer, denn jeder fällt andauernd Urteile über Menschen, die nicht fair und nicht gerecht sind.

Der Mann an der Bushaltestelle, der wirklich unangenehm riecht, ist ein dreckiger Stinker, die Frau, die langsam und keuchend vor einem das Treppenhaus hochgeht, ist eine fette Sau. Der Mann wäscht sich nicht und ist deshalb selbst daran schuld, dass er uns alle so mit seinem Gestank belästigt. Die Frau stopft täglich Tonnen von Fleisch, Süßigkeiten und Limonade in sich hinein und ist deshalb selbst daran schuld, dass sie alle aufhält. Diese Urteile habe ich ja wenigstens nur in meinem Kopf gefällt. Weder Frau noch Mann werden je davon erfahren. Aber weil alle Menschen, oder zumindest sehr viele Menschen so denken, deshalb wissen Mann und Frau natürlich, dass ich sie längst abgeurteilt habe, auch ohne dass ich es ausspreche. Ich weiß, dass meine Beispiele eher harmlos sind, aber in diesem Kleinen muss der Mensch sich ändern. Ich werde jetzt pathetisch. Diese Voreingenommenheit und das engstirnige Beharren auf den eigenen leichtfertig und unreflektiert gefällten Urteilen ist – und da bin ich mir sehr sicher – eines der Grundübel, jawohl!, der Grundübel unserer Gesellschaft.

Und beim leichtfertigen Verurteilen, da bin ich ganz vorne mit dabei. Obwohl ich es weiß und obwohl ich mich oft noch im Moment des Urteilens ertappe und selbst wiederum verurteile, mache ich es immer wieder und die ganze Zeit. Nur ganz selten schaffe ich es, mich über dieses Verhalten hinwegzusetzen. Und dann passiert etwas Gutes, etwas, das dem Übel in der Gesellschaft entgegenarbeitet. Entschuldigt meine pathetischen Worte, aber dieses Thema regt mich wirklich auf. Mir fällt ein gutes Beispiel dafür ein, dass ein Überdenken des eigenen Urteils im richtigen Moment eine Situation in eine bessere, richtigere Richtung lenken kann. Ich weiß nicht, ob das wichtig ist, aber ich war damals noch mit Sarah zusammen, wenn auch nicht mehr lange.

Jedenfalls fahre ich S-Bahn und bin auf dem Rückweg von der Uni. Die S-Bahn ist nicht sehr voll, es ist schon recht spät, ungefähr halb neun. Als ich an der Station meiner Uni in die Bahn gestiegen bin, habe ich schon gehört, dass jemand weint. Es ist nicht sehr laut, und alle anderen im Zug hören es entweder nicht oder tun so, als würden sie es nicht hören. Aber wenn jemand weint, dann höre ich es sofort, und es geht mir immer nahe. Weinende Menschen kann ich nicht aushalten, ich weiß nicht genau, woher das kommt. Es kam schon manchmal vor, dass ich jemanden in der Bahn gesehen habe, der weint. Ich bin dann schnell in einen anderen Wagen gegangen oder habe mich weit weg gesetzt. Ich habe gedacht: Kann diese Tussi sich nicht zusammenreißen? Das mache ich auch jetzt. Ich stehe auf, aber die Bahn ist schon losgefahren, ich kann nicht in einen anderen Wagen gehen. Also laufe ich den Gang entlang in die entgegengesetzte Richtung des Weinens. Das Weinen wird aber umso lauter, je weiter ich davon weggehe. Und es ist auch keine Frau, es ist auch kein Kind, es ist, das hört man an der Stimme, die schluchzt, es ist ein Mann. Ich bleibe im Gang stehen. Ich schaue mich um, ob sich irgendjemand für das jetzt wirklich sehr laute und sehr eindringliche Heulen interessiert. Niemand schaut, woher das Weinen kommen könnte. Alle schauen auf den Boden, in ihre Zeitung, auf ihr Handy oder unterhalten sich extra laut. Ich suche mit den Augen den Zug ab, ob ich ihn sehe. Aber er sitzt ganz am Ende des Wagens hinter einer Abtrennwand, sodass ich ihn weiterhin nur höre. Die nächste Station kommt, der Zug bleibt stehen, einige steigen aus, einige gehen einen Wagen weiter nach vorne, und einige steigen neu ein. Alle, die an der Tür einsteigen, die direkt neben dem weinenden Mann ist, schauen kurz und verstohlen auf ihn, gehen aber weiter und setzen oder stellen sich in sicherem Abstand zu ihm. Ich ärgere mich. Über mich, über die anderen Menschen, über alles. Ich gehe den Gang wieder zurück in die Richtung, aus der das Weinen kommt. Hinter der Trennwand sind drei Sitze auf jeder Seite, die so angebracht sind, dass die Sitzenden sich gegenseitig ansehen, wenn sie den Kopf heben. Ich setze mich dem Mann gegenüber. Er ist mindestens fünfzig, sieht nicht sonderlich gepflegt aus, aber auch nicht wie ein Obdachloser, und er riecht auch nicht wie ein Obdachloser. Das ist gut, denn sonst hätte ich es wahrscheinlich nicht lange in seiner Nähe ausgehalten. Schon oft habe ich versucht, nicht unhöflich zu sein, wenn sich ein Obdachloser in der Bahn neben mich gesetzt hat, und bin, wenn alle anderen aufgestanden sind, weil es so bestialisch gestunken hat, sitzen geblieben. Wenn so ein Mensch überhaupt noch etwas von seiner Umwelt wahrnimmt, dann ist es sicher das, was in seiner direkten Umgebung passiert, eben dass alle Leute weggehen, wenn er kommt. Nicht nur, dass er arm und dreckig ist und kein Zuhause hat. Es will auch niemand nur in seiner Nähe sein. Aber ich habe es auch nie länger als bis zur nächsten Station ausgehalten. Dann habe ich so getan, als würde ich aussteigen, mich aber in Wirklichkeit auch woanders hingesetzt. Und immer war mir danach schlecht.

Das Hemd des weinenden Mannes hängt ihm auf der einen Seite aus der Hose, und er hat eine leere und zwei volle Bierflaschen neben sich stehen. Ich betrachte ihn noch ein bisschen und denke darüber nach, was ich tun kann. Mir fällt nichts Kluges ein, also stehe ich auf, gehe zu ihm rüber und setze mich neben ihn.

»Hallo! Entschuldigen Sie, was ist denn los? Kann man Ihnen irgendwie helfen?« Mir fällt sofort auf, dass ich dieses unsympathische *man* verwendet habe, das ich immer benutze, wenn es um etwas geht, was mir unangenehm ist. Er antwortet nicht.

»Entschuldigen Sie, kann ich Ihnen irgendwie helfen?«

Der Zug bleibt wieder stehen, an der Haltestelle steigen wieder Menschen direkt neben uns ein. Dieses Mal spüre auch ich ihre abfälligen und scheuen Blicke. Sie gehen alle weiter, obwohl der Mann immer noch ohrenbetäubend weint. Jeder kann es hören, der sich auch nur für einen Moment darauf konzentriert. Es ist nicht wie das Weinen, das Sarahs Mutter immer veranstaltet hat, wenn sie wollte, dass man ihr mehr Aufmerksamkeit zukommen lässt. Sein Weinen ist echte, traurige Verzweiflung. Das höre ich. Ich beuge mich ein wenig näher an ihn heran, lege meine Hand auf seinen Rücken und frage ihn noch mal: »Kann ich Ihnen irgendwie helfen?«

Erst in dem Moment, in dem meine Hand seinen Rücken berührt, scheint er mich wahrzunehmen. Er hebt seinen Kopf, der bisher auf seinem Schoß lag, und schaut mir in die Augen. Er ist ganz nah, und ich muss mich zusammenreißen, dass ich nicht zurückschrecke, weil es mir eigentlich viel zu nahe ist. Seine Augen sind braun und tränennass, und das Weiß des Augapfels ist gelblich und jetzt von vielen geplatzten Äderchen durchzogen. Er sagt etwas, was ich nicht verstehe. Mir fällt ein, dass die nächste Station eigentlich meine Station ist und ich raus müsste.

»Ich habe Sie nicht verstanden. Kann ich Ihnen helfen?«

Jetzt spricht er deutlicher: »Ich weiß nicht. Ich weiß nicht, wo ich bin. Ich will nach Hause.« Er sagt es fast so, wie es ein Kind sagen würde, das nach Hause zu seiner Mutter will und dort geliebt und fröhlich aufgenommen werden möchte. Aus dem Mund dieses Mannes klingt es kläglich. So kläglich, dass es mir den Magen zusammenzieht. Es trifft so ins Leere. Ich denke, es ist ein Wunsch, den ich ihm zwar vielleicht erfüllen kann, der aber nichts bewirken wird.

»Wo wohnen Sie denn?«

»Ich weiß nicht.«

»Haben Sie eine Wohnung?«

»Ja, ich bin nicht asozial.« Er sagt es, als hätte ich ihn angegriffen und er müsste sich verteidigen. Aber wahrscheinlich musste er das auch schon oft.

»Das denke ich auch nicht. Ich wollte nur wissen, ob Sie eine Wohnung hier in der Stadt haben.«

»Ja, habe ich.«

Er erklärt mir ungefähr, wo seine Wohnung liegt, und ich verstehe es auch ungefähr. Ich erkläre ihm, wie er dort mit der Bahn hinkommt. Er hört auch zu und weint jetzt weniger heftig. Aber ich habe nicht das Gefühl, dass er mich versteht. Der Zug wird langsamer, und gleich kommt meine Haltestelle.

»Haben Sie mich verstanden?«

»Ich kann nicht! Ich weiß nicht!«

»Okay, lassen Sie uns aussteigen und auf den Bahnhof setzen. Sie wohnen sowieso in die andere Richtung, und ich muss auch hier aussteigen.«

»Bitte geh nicht. Ich weiß nicht.« Er weint immer noch heftig.

»Nein, ich gehe nicht. Lassen Sie uns zusammen aussteigen und dann überlegen, wie Sie nach Hause kommen. Wie heißen Sie denn?«

»Ich bin Ralf.«

»Okay, Ralf, los, kommen Sie.« Ich nehme ihn unter dem Arm und ziehe ihn einfach nach oben. Er steht sehr wackelig und will noch nach den vollen Bierflaschen greifen. »Los, Ralf, kommen Sie. Die Flaschen brauchen Sie nicht mehr.«

»Doch, das ist mein Bier. Das ist mein Bier.«

Ich nehme die vollen Flaschen, drücke ihm eine in die Hand und trage die andere selbst. Wir steigen aus. Auf dem Bahnsteig gehen wir zu einer der Bänke. Ralf weint wieder. Ich rede irgendetwas auf ihn ein, von dem ich denke, dass es beruhigend ist. Dann sitzen wir endlich.

»Ralf, hörst du mich? Es ist ganz wichtig, dass du dich beruhigst. Atme ganz ruhig durch und dann erzähl mir noch mal ganz langsam, was los ist, warum du so traurig bist und warum du nicht weißt, wo du bist.«

Ralf ist zwar sichtlich nicht nüchtern, aber dass er wegen des Alkohols seine Orientierung dermaßen verloren hat, das kann ich nicht glauben, und es muss noch was anderes geben, das ihn so traurig macht. Er redet unverständlich vor sich hin, aber es hört sich so an, als ob er immer wieder einen Namen gesagt hätte. Es hat sich angehört wie Thomas. Er bemüht sich sehr. Dann kann ich ihn verstehen.

»Ich war unterwegs, und dann habe ich ein bisschen was getrunken, aber ich war schon so traurig, und dann habe ich mehr getrunken, und dann bin ich in die Bahn, und dann wusste ich nicht mehr, wo ich bin.«

»Aber warum bist du denn so traurig? Was ist denn los?«

»Ich weiß nicht.«

»Okay, dann lass uns mal weitergehen. Ich wohne nicht weit von hier, da gehen wir jetzt hin. Dann fahren wir mit meinem Auto zu deiner Wohnung. Ist das gut für dich? Ja, Ralf?«

Er nickt nur. Ich nehme ihn wieder am Arm, aber er deutet mir an, dass er selbst laufen kann. Normalerweise laufe ich in fünf Minuten zu meiner Wohnung, wir brauchen zehn, und ich bitte Ralf, sich hier auf die Mauer zu setzen. Ich muss den Autoschlüssel holen.

»Komm bitte wieder, ich weiß doch nicht, wie ich sonst nach Hause kommen soll«, sagt er.

Ich nicke und versichere es ihm ungefähr zehn Mal. Als ich wiederkomme, sieht er erleichtert aus und guckt mir lange in die Augen. Dann nehme ich meinen Blick weg. Es ist mir zu viel.

»Los, Ralf. Jetzt fahren wir zu dir.«

Wir steigen in mein Auto. Ich gebe die Straße, die er mir als seine Adresse genannt hat, ins Navi ein, und er fängt wieder an zu schluchzen. Diesmal nicht so heftig wie in der Bahn, aber trotzdem so heftig, dass ich mich nicht aufs Eintippen der Straße konzentrieren kann. Ich frage ihn noch mal, was ihn so traurig macht.

»Thomas«, sagt er jetzt immer wieder, ohne etwas anderes zu sagen. Einfach nur »Thomas«.

»Was ist mit Thomas? Ist Thomas dein Freund?«

»Thomas ist tot.«

»Thomas ist tot«, wiederhole ich nur doof.

»Ja, Thomas ist tot, und ich darf nicht zu ihm. Sie sagen mir nicht, wo er ist.«

»Okay, langsam und der Reihe nach. Thomas ist dein Freund und er ist tot, und du möchtest sein Grab besuchen? Aber es gibt jemanden, der dir nicht sagt, wo das Grab ist, obwohl er es weiß?«

Wir fahren los. Während der Fahrt beruhigt er sich ein bisschen. Er erzählt mir, dass Thomas bei ihm gewohnt hat und dass er und Thomas immer was zusammen gemacht haben. Thomas hatte außer ihm niemanden, und außerdem ist seine Familie immer schlecht zu ihm gewesen. Nur er und Thomas, sie haben zusammengestanden. Und dann ist Thomas plötzlich verschwunden. Er war unterwegs und ist nicht wiedergekommen. Ralf hat erst geweint, und dann ist er sauer geworden, weil er dachte, dass Thomas abgehauen ist, ohne ihm Bescheid zu sagen. Aber dann war er wieder traurig und hat alles abgesucht, und Birgit, eine Frau, die anscheinend auch immer an einer Stelle trinkt, an der die beiden immer getrunken haben, hat ihm erzählt, dass Thomas im Krankenhaus sei. Dann hat Ralf alle Krankenhäuser in der Nähe angerufen und herausgefunden, wo Thomas liegt. Als er dort hingegangen ist, wollte man ihm nicht sagen, was mit Thomas ist. Sie sind ja nicht verwandt. Das war immer die einzige Ausrede. Ralf hat dann immer gesagt, er und Thomas gehörten zusammen, und dass Thomas außer ihm niemanden habe. Aber es half nichts, sie haben nichts gesagt und ihn immer wieder weggeschickt. Wann genau das war, hat er nicht gesagt. Aber auf einmal redet er wie ein Wasserfall.

Wir kommen in seiner Straße an, und er zeigt mir, wo er wohnt. Ich parke das Auto, und wir laufen zusammen – er kann jetzt wieder gut und alleine laufen – zu seiner Wohnung. Sie ist im Erdgeschoss eines großen und für die Gegend typischen Altbauwohnhauses. Die Wohnung hat einen langen Flur, von dem rechts erst eine Tür in die Küche, dann eine in das Badezimmer abgeht, und an dessen Ende die Tür ins Wohn- und Schlafzimmer führt. Es ist nicht aufgeräumt, aber man kann sehen, dass die Flaschen und das andere Zeug, das herumliegt, noch nicht allzu lange dort liegen. Es ist nicht versifft, nicht ekelhaft, nur unordentlich. Wir gehen ins Wohnzimmer und setzen uns auf eine Couch. Ralf ist jetzt sichtlich ruhiger, nicht mehr so aufgelöst, erschöpft. Ich will ihn nicht mehr mit unangenehmen Fragen nerven, aber ich will wissen, warum er denkt, dass Thomas tot ist. Bisher hat er nur erzählt, dass Thomas im Krankenhaus ist.

Ralf sagt wieder, ich solle nicht gehen, und ich versuche darüber nachzudenken, wie ich mich verabschieden kann, ohne dass er wieder zusammenbricht. Aber dann ist er auf seiner Couch eingeschlafen. Ich überlege, ob ich einfach gehe. Das wäre am einfachsten für mich, und ganz sicher möchte ich nicht bei ihm übernachten. Aber einfach gehen kann ich auch nicht. Also bleibe ich auf dem Sessel sitzen und denke nach.

Ich bin dann noch so lange sitzen geblieben, bis Ralf wieder aufgewacht ist, vielleicht habe ich auch ein wenig gedöst. Dann habe ich ihm gesagt, dass ich gehen müsse und dass ich ihn wieder besuchen kommen würde und dass er sich keine Sorgen machen müsse. Er war traurig, hat es aber verstanden. Was nun mit Thomas war, habe ich nie erfahren. Und ich bin auch nicht wiedergekommen. Ich habe mich einfach nicht stark genug gefühlt, mit diesem Elend umzugehen, das in seinem Leben herrschte oder das sein Leben war. Ich habe am nächsten Tag bei der evangelischen Gemeinde in der Nähe angerufen und mit der Pfarrerin gesprochen. Sie kannte Ralf nicht, hat aber versprochen, selbst bei ihm vorbeizugehen oder jemanden vorbeizuschicken. Ein oder zwei Wochen später hat sie bei mir angerufen und erzählt, dass er mit niemandem sprechen wollte und dass sie zwei Mal dort gewesen seien, es jetzt aber nicht noch mal versuchen werden.

Als ich vorhin angefangen habe, die Geschichte zu erzählen, habe ich mich ja über das schnelle Urteilen aufgeregt und gemeint, diese Geschichte sei ein Beispiel für die Bedeutsamkeit des überlegten Urteilens, des Überdenkens des eigenen schnellen Urteils. Natürlich habt ihr recht, wenn ihr jetzt sagt: Das ist doch Quatsch, was hat er denn Besseres oder was hat er denn Richtigeres gemacht. Ich weiß, dass ich vielleicht hätte hingehen und ihn wieder besuchen müssen. Aber das war nicht möglich, ohne meine eigenen Interessen zu vernachlässigen, die ja nicht darin bestanden, Champagner zu trinken oder Hermès-Einstecktücher zu kaufen, sondern darin, mein Studium zu bestehen und trotzdem zu arbeiten, um Geld zu verdienen. Das Geld habe ich zwar nicht extra gebraucht, aber ich wollte und musste auch irgendwie meinem Vater beweisen, dass ich nicht nur von seinem Geld lebe. Außerdem brauchte ich natürlich auch Zeit, um mich mit Freunden zu treffen und so. Es wäre mir gar nicht möglich gewesen, regelmäßig zu Ralf zu gehen und all die anderen Dinge durchzuziehen. Es wäre ja nicht nur körperlich anstrengend gewesen und hätte Zeit gekostet, es wäre ja besonders psychisch anstrengend gewesen. Vielleicht wäre es auch möglich gewesen. Was weiß ich. Aber ich habe es mir nicht zugetraut. Klar, ich habe ihm nicht nachhaltig geholfen, aber wenn ich bei meinem schnellen Urteil geblieben wäre, dann hätte ich ihn einfach in der Bahn sitzen gelassen, und wer weiß, wann ihm und ob ihm überhaupt jemand geholfen hätte.

Ich will mich nicht selbst loben, nicht dass ihr mich falsch versteht, ich will nur sagen, dass es ein kleines Beispiel für die große Auswirkung ist, die ein wenig Überdenken des eigenen Urteils haben kann.

11

Ich komme noch mal zurück auf die Zeit, von der ich am Anfang berichtet habe. Die Zeit, in der ich den Traum mit der Uhr hatte, die sich als Muschi herausgestellt hat. Mein Schlussmachen mit Sarah und das Kennenlernen von Penelopez waren damals ungefähr ein Jahr her. Ich habe in diesem Jahr geschwankt zwischen großer Freude und absoluter Niedergeschlagenheit. Einerseits war ich froh, dass diese Beziehung zu Ende war, und andererseits habe ich nicht gewusst, wo mich das Leben ohne diese Beziehung hinführt. Ich habe dann versucht, mich ins Feiern zu stürzen, aber dafür haben mir in der Stadt, in der ich studiert habe, die Freunde gefehlt. Ich hätte mich natürlich auf die Suche machen können, nach Freunden, mit denen man saufen und rauchen und Frauen ficken kann. Aber das wollte ich nicht. Ich hatte ja meine Freunde von früher, mit denen ich zwar in der Zeit, in der ich mit Sarah zusammen war, nicht mehr so viel Kontakt hatte wie früher, den ich aber – und das war und ist das Gute an solchen Freundschaften – wieder hätte enger knüpfen können. Ich bin schon immer eher vorsichtig gewesen, wenn es darum ging, neue und vor allem neue enge

Bindungen aufzubauen. Jedenfalls wollte ich das nicht und habe es auch nicht gemacht.

Ich habe dann zufällig in einer Zeitungsannonce von einer Finca gelesen, die auf einer abgelegenen, aber sehr schönen Insel liegt. Auf dieser Finca lebte – und ich bin mir ziemlich sicher, dass sie dort auch heute noch lebt –, jedenfalls lebte damals dort eine Kommune. Eine Kommune wie aus den siebziger Jahren. Mit freier Liebe und freier Selbstverwirklichung. Ja, die Selbstverwirklichung sollte genauso frei wie die Liebe sein, das hieß, wie ich später herausfand, dass sie genauso wenig funktioniert hat.

In meiner Beziehung mit Sarah haben wir manchmal darüber geredet, was es für uns heißen würde, wenn sie oder ich nebenher Sex mit einem anderen Menschen haben würde. Ich war immer der Meinung, und sie war eigentlich der gleichen Meinung, dass eine lange und glückliche Beziehung nur funktionieren kann, wenn beide Partner sich frei ausleben und auch Sex mit anderen haben. Aber davon sollte der andere nicht erfahren. Wenn man fremdgeht und es dann alles seinem Partner erzählt, dann macht man es doch nur, weil man selbst ein so schlechtes Gewissen hat, dass man es unbedingt erleichtern muss. Das Ausschütten des Geheimnisses ist also kein Akt der Liebe, sondern nur egoistische Gewissenserleichterung. Alle Menschen haben nun einmal das Bedürfnis, Sex mit vielen Menschen zu haben. Und selbst wenn sie das nicht haben, dann kommt doch irgendwann das Bedürfnis auf, zumindest einmal auch Sex mit jemand anderem zu haben. Wir fanden, das solle man im Geheimen ausleben, und mit dem schlechten

Gewissen müsse jeder dann selbst leben. Gemacht habe ich es trotzdem nie, damals.

Das war die Theorie, die ich mit Sarah hatte. Und, wie ihr euch vielleicht vorstellen könnt, der Sex zwischen Sarah und mir war nicht so gut. Erst waren wir noch ganz jung und hatten keine Ahnung. Und dann war es ja eher eine einseitige Geschichte. Wenn man jung ist, dann nimmt man die eigene Erfahrung oft als die Messlatte des Lebens schlechthin wahr. Die eigenen Erfahrungen sollten sich die anderen mal ansehen, denn so wird's gemacht. Das denkt man, wenn man jung ist. Und das ist natürlich absoluter Bullshit. So wie es absoluter Bullshit war, dass ich mit dreizehn dachte, ich würde bei einem Flugzeugabsturz als einziger nicht sterben. Aber hinterher ist man immer schlauer. Obwohl das bei diesem Flugzeugabsturzbeispiel auch nicht stimmt.

Ich frage mich, ob es gerade überhaupt noch um mein Vorhaben geht, euch meine Erfahrungen und Gedanken zu berichten. Denn vielleicht ist es ja auch gar nicht der Egoismus, der mich plagt, vielleicht ist es ja auch ganz einfach Schwäche. Vielleicht sind all diese Gedanken, die ich habe – ob ich nun überstehen kann in dieser Welt voller selbst gesetzter Vorgaben und Mindeststandards, ob ich es schaffe, Nächstenliebe nicht nur gut und richtig zu finden, sondern auch zu praktizieren, ob ich es schaffe, nicht nur einmal im Jahr etwas Gutes und Richtiges zu tun, sondern regelmäßig, und vor allem, ob ich es schaffe, die eigenen Gedanken und Träume nicht überzubewerten, sondern einem größeren Ziel unterzuordnen –, vielleicht sind alle diese Dinge keine Frage von Egoismus oder nicht. Keine Frage, ob ich ein Arsch bin oder nicht. Vielleicht geht es hier einzig und allein darum, ob man durchhält und nicht einfach uniformiert im Gleichschritt weitergeht und auf Kommando einen Ausfallschritt in die gleiche Richtung macht wie alle anderen.

Vielleicht bin ich nur egoistisch, weil ich schwach bin.

Und die Frage nach dem Egoismus und der Bedeutung des Ganzen ist eine Ausrede, ein Fliehen vor der Wahrheit. Ich erleichtere euch mein Gewissen, weil ich es nicht aushalte, es für mich zu behalten. Es ist in diesem Fall zwar ein Schritt aus Liebe, aber nur aus Selbstliebe.

Gut, aber das ist eine andere Frage, ich möchte und muss euch das jetzt schreiben, ob ihr es wollt oder nicht. Und in diesem Fall auch, ob ich es will oder nicht, denn ich fühle mich von mir selbst gedrängt, und wenn ich es nicht schreibe, dann werde ich nicht mehr glücklich in meinem Leben, da bin ich sicher. Und wenn ich keine Antwort von euch bekomme, auch nicht. Das soll jetzt nicht den Druck auf euch erhöhen, mir wirklich zu antworten, aber ich bin mir einfach sicher, dass es so ist. Hier zur Erinnerung noch einmal meine Adresse: *binicheinegoist@gmail.com.*

Ich sollte die Geschichte mit der Finca noch mal anfangen, denn ich glaube, dieses ganze Gerede eben war etwas verwirrend für euch. Also: Ich war in der Situation, dass die Beziehung mit Sarah gerade zu Ende war. Ich wollte mich eigentlich mit Penelopez treffen, aber sie reagierte auf meine Anrufe und auch auf meine Nachrichten nicht, und weil ich noch nie die Veranlagung hatte, ein Stalker zu werden, habe ich es nach kurzer Zeit nicht mehr versucht. Ich war in meiner Studentenwohnung und überlegte, was ich tun könnte, um aus diesem Tief der Gefühlsschwankungen wieder herauszukommen. Ich musste zwar auch studieren, aber das ist mir noch nie so schwer gefallen. Als ich noch mit Sarah zusammen war, habe ich ja die meiste Zeit mit ihr verbracht und sowieso wenig Zeit gehabt, mich um die Uni zu kümmern, also hat mich die ganze Freizeit ein wenig überfordert. Ich habe nach einer Beschäftigung gesucht, um mich abzulenken vom Leben in einer Umgebung, in der ich Jahre mit Sarah zusammengewohnt hatte. Und dann kam diese Anzeige in der Zeitung: *Finca am Meer auf kleiner Insel mit Kommune sucht ständig neue Mitglieder für mindestens dreimonatige Mitarbeit.*

Wahrscheinlich hätte ich mich damals schon wundern sollen, denn was ist das eigentlich für ein Text. Hat die Finca eine Kommune, oder ist es anders herum? Natürlich ist es andersherum, aber sie haben es so geschrieben. Wahrscheinlich aus Marketinggründen, weil sie sich gedacht haben, das Wort Finca in der ersten Zeile lockt mehr interessierte Blicke an als das Wort Kommune. Eine Kommune, die mit Marketingtricks nach neuen Kurzzeitmitgliedern sucht, das konnte ja eigentlich nichts sein. Ich habe aber damals gedacht, das hört sich doch ganz gut an, und mich mit ihnen in Verbindung gesetzt.

Ich habe erst E-Mails geschrieben, und dann haben wir telefoniert. Mein erster Kontakt war Iggi. Sie ist sozusagen die Marketingbeauftragte der Finca. Iggi ist vierundfünfzig, lebt seit sie zwanzig ist in verschiedenen Kommunen um den Globus und läuft – das habe ich natürlich noch nicht gewusst, als ich zum ersten Mal mit ihr telefoniert habe – immer nackt herum. Sie hat einen wirklich attraktiven Körper. Das muss ich trotz aller Abneigung, die ich heute gegen sie empfinde, sagen. Für ihr Alter jedenfalls. Iggi betreibt außer Sex keinen anderen Sport. Das heißt, Iggi hat diesen Körper wahrscheinlich vom Sex.

Iggi hat mit mir am Telefon ein bisschen über mich gesprochen und ein bisschen von der Finca erzählt. Sie wollte wissen, was ich so mache, und als ich gesagt habe, dass ich Theologie studiere, hat sie gesagt: »Ah, auf der spirituellen Suche sind wir ja alle.«

Ich habe sie nicht korrigiert, denn ich wollte ja, dass sie mich sympathisch findet. Normalerweise schleime ich zwar nicht, denn ich bin der Meinung, dass ich so, wie ich bin, am sympathischsten bin und meine Eignung für das, worum ich mich bewerbe, sich immer am besten durch meine eigene unverstellte Persönlichkeit zeigt. Oder ich war zumindest der Meinung. Aber dieses Mal habe ich mich ja um etwas beworben, was nicht ganz meiner Persönlichkeit entsprach, und deshalb habe ich mich auch verstellt.

Iggi wollte noch wissen, ob ich eine Freundin oder einen Freund habe und ob ich es mir leisten könne, drei Monate nichts zu verdienen. Meine Antworten waren entweder ziemlich überzeugend, oder ihre Kriterien waren eher lasch. Jedenfalls hat sie mir dann einen Platz als Kurzzeitmitglied angeboten. Vorher hat sie mir noch erzählt, dass sie elf ständige Bewohner der Finca sind, die auch Besitzer genannt werden (Besitzer einer Kommune?, habe ich mich gewundert, aber ich wollte nicht kritisch nachhaken), und immer zwischen fünf und zehn Kurzzeitmitglieder. Und dass sie alle bestimmte

Arbeiten haben, die sie verrichten während des Tages, und dass man gemeinsam isst. Es gebe auch Gäste auf der Finca, die dafür bezahlen würden, dass sie dort wohnen dürfen. Das Geschäft mit den Gästen, sie hat nicht Touristen gesagt, aber genau das sind sie, und der Verkauf von selbst angebautem Obst und Gemüse würde den Lebensunterhalt der Fincabesitzer und -bewohner sichern. Man könne sich aussuchen, welche Arbeit man verrichten möchte. Für Kurzzeitmitglieder gebe es entweder den Küchendienst oder die Gartenarbeit, und wer besondere Fähigkeiten hat, kann die natürlich auch einbringen. Was sie damit meinte, hat sie nicht gesagt. Die Besitzer hätten Hütten und große Zelte auf dem Gelände der Finca stehen. In der eigentlichen Finca seien nur Gästezimmer und die Gemeinschaftsräume der Kommune. Die Kurzzeitler – sie hat in der Mitte des Gespräches auf einmal dieses komische Wort verwendet, sich dann aber gleich wieder verbessert und von Kurzzeitmitgliedern gesprochen – würden in kleinen Zelten wohnen, die auf dem Gelände verteilt sind, oder auch in Hütten, wenn jemand von den Besitzern gerade für längere Zeit nicht da ist. Essen und die Unterkunft gebe es als Gegenwert für die Arbeit. Alles andere müsse man selbst bezahlen. Besondere Arbeiten könnten aber besonders vergütet werden. Was das sein sollte, hat sie nicht gesagt, und ich habe auch nicht genau nachgefragt. Am Ende des Gespräches hat sie noch gesagt, dass ich schnell zusagen oder absagen müsse, denn es gebe immer viele Bewerber und nur wenige Plätze.

Das kam mir alles schon ein wenig absurd vor, und ich habe mich gewundert, was das für Leute sind, die diese

Finca betreiben. Für mich war es eine Finca und keine Kommune, Kommune hörte sich in meinen Ohren nicht richtig an, dafür schien das alles zu sehr ein Unternehmen zu sein. Aber das war mir auch egal. Ich wollte ja nicht aus irgendwelchen ideologischen Gründen dorthin. Ich wollte weg aus meiner Wohnung und in eine andere, neue Umgebung. Also habe ich Iggi am nächsten Tag wieder angerufen und ihr gesagt, ich würde gerne kommen, im Garten arbeiten, und könnte anfangen, sobald ich da wäre. Sie hat gesagt, dass sie sich darüber freue. Aber das klang schon wieder so professionell und unternehmerisch.

Am nächsten Tag habe ich eine kleine Tasche gepackt, hauptsächlich kurze Hosen und Hemden. Das ist das einzige, was ich bei warmem Wetter gerne trage. Socken und Unterhosen lasse ich dann weg. Dann habe ich noch gecheckt, ob die Kreditkarten, die ich vom Konto meiner Eltern habe, noch lange genug gültig sind, denn bei aller Liebe zur Kommune und zur Abenteuerlust – ohne Geld hätte das alles ja keinen Spaß gemacht. Und Spaß war es, den ich suchte. Auch wenn ich vorher gedacht hatte, dass ich eine Auszeit brauchen und dass ich Kontemplation betreiben würde.

Gut, so schnell konnte sich das ändern. Ich habe meine Tasche in meinen Porsche gepackt und bin losgefahren.

Die Finca liegt auf einer kleinen Insel im Atlantischen Ozean, und ich hatte Iggi gesagt, dass ich in einer Woche da wäre. Mein Plan war also, mit dem Auto bis nach Südspanien zu fahren und von dort mit der Fähre auf die Insel. Nach den ersten zwei Stunden auf der Autobahn – meine Laune war wirklich hervorragend und ich habe mich schon sehr auf mein Kommunenabenteuer gefreut – wurde mir trotz der ganzen Freude und der Überschwänglichkeit ein wenig langweilig. Mir fiel aber ein, dass es ganz in der Nähe einen Rasthof gab, auf dem auch in dieser für Tramper eher schlechten Zeit noch viele Tramper standen. Ich kann doch einen Tramper mitnehmen, dachte ich, das wäre doch eine gute Idee.

Als ich auf den Rasthof gefahren bin, habe ich mir erst einmal einen Kaffee im Bistro der Tankstelle gekauft und die wartenden Tramper beobachtet. Ich war mir nicht sicher, ob ich lieber eine Mitfahrerin oder einen Mitfahrer haben wollte. Also habe ich entschieden es nicht am Geschlecht, sondern an den persönlichen Sympathiewerten auszumachen, wen ich mitnehmen würde. Leider waren eigentlich alle Männer hässlich, und ich finde hässliche Menschen auf den ersten Blick immer unsympathisch. Das kann sich zwar mit der Zeit ändern, und ich bin in dieser Hinsicht auch nicht borniert, aber wenn ich jemanden nicht kenne, und er oder sie ist hässlich, dann halte ich die Person erst mal für dumm und unsympathisch. Und ich wollte weder einen dummen noch einen unsympathischen Mitfahrer.

Also habe ich mir die Frauen näher angesehen. Zwei von ihnen waren ganz hübsch, sahen also so aus, als ob sie nett wären. Eine war noch sehr jung, vielleicht achtzehn oder ein ganz klein wenig älter, sie hatte dickes, schwarzes Haar bis zu den Schultern, das allerdings leicht angefettet war. Sie machte diesen kleinen Fehler aber durch ein wirklich sehr feines Gesicht, das leicht osteuropäisch wirkte, zu einem guten Fehler. Es passte. Ihr Reiserucksack war fast so hoch wie sie selbst und mit vielen Aufnähern bestückt, die alle mit Sicherheitsnadeln festgemacht waren. Darauf wird man lesen können, wo sie überall schon war, vermutete ich. Was genau auf den Aufnähern stand, das konnte ich aus der Entfernung nicht erkennen. Die Füße des jungen Mädchens steckten jedenfalls in dicken, schwarzen Springerstiefeln, die sie nicht zugeschnürt hatte. Aus den schweren Schuhen herauskommend wirkten ihre schönen und schlanken Beine sehr zierlich. Wie ihr Po aussah, konnte ich leider, obwohl sie nur Hotpants aus abgeschnittenen Jeans trug, nicht sehen, ihr olivgrüner Army-Parka war zu lang. Ohne Frage, sie war sicher sehr nett.

Die andere war ein ganzes Stück älter, blond und eher schick. Sie war bestimmt 1,80 Meter groß, hatte ihre blonden Haare zu einem geraden Pony geschnitten und trug eine Art Hosenanzug. Der Anzug war so olivgrün wie die Jacke der anderen und sah so aus, als wäre es eine Art Smoking der Tramperausrüstung. Denn er saß perfekt geschnitten an ihrem nicht ganz so schlanken Körper, der aber, wie es sich für einen nicht ganz so schlanken Frauenkörper gehört, mit einem wunderbaren und großen, prallen Po und großen Brüsten ausgestattet war. Sie hatte keinen Rucksack, sondern eine Tasche aus Leder dabei. Auch sie ist sicher nett, dachte ich mir. Wie soll ich es nur entscheiden? Aber ich kam mir auch schon langsam wie ein Lüstling vor, der hier in der Tankstelle sitzt und sein nächstes Opfer ausspioniert. Vielleicht nehme ich einfach keine von beiden mit und fahre doch alleine, dachte ich, da sah ich, dass die beiden Frauen die Autofahrer, die nach der Rast auf dem Rückweg zu ihrem Auto waren, ansprachen und baten, sie mitzunehmen. Komischerweise aber nur die beiden von mir ausgesuchten Frauen. Niemand sonst.

Also habe ich entschieden, sie selbst entscheiden zu lassen. Diejenige, die mich ansprach, würde ich mitnehmen. Als ich aus der Tankstelle in Richtung Auto lief, habe ich mit einem Auge danach geschielt, welche der beiden kommen würde, um mich anzusprechen.

Es war Sarah. Was? Ja, es war Sarah. So hieß sie, und sie war wirklich bezaubernd, ich hatte großes Glück, dass sie es war, die mitfahren wollte. Natürlich habe ich kurz überlegt, ihr zu sagen, dass sie doch nicht mitfahren könne, als sie mir ihren Namen gesagt hat. Aber dann habe ich mich zusammengerissen und sie gebeten, ihr Gepäck hinter die Sitze zu werfen, weil im Kofferraum kein Platz sei. Und wir sind aufgebrochen zu einer wirklich sehr schönen Fahrt.

12

Am Anfang war das Gespräch mit Sarah noch ein bisschen steif. Ich habe vorsichtig, ich wollte nicht zu aufdringlich sein, gefragt, wie alt sie so ist, was sie macht, wo sie herkommt, wo sie hin will, und sie hat immer höflich zurückgefragt.

Sarah ist achtzehn, sie hat gerade ihr Abitur gemacht, kommt aus der Mitte Deutschlands und möchte gerne in den Süden Frankreichs. Da haben wir also ein ganz schönes Stück gemeinsam vor uns – und sie ziemliches Glück mit mir. Dass sie an mich geraten ist, einen jungen Mann, der gut aussieht, ja sehr gut aussieht und freundlich ist, und außer, dass er nette Gesellschaft haben will, keine weiteren Hintergedanken hatte, als er gesagt hat, sie könne gerne in seinem roten Porsche mitfahren. Das ist wirklich Glück für eine junge, hübsche Tramperin!

Wir fahren mit zweihundert durch Deutschland, und das Gespräch wird langsam unverkrampfter und freundschaftlicher. Wir haben nicht mehr das Gefühl, ständig reden zu müssen, damit keine peinliche Stille entsteht, und wir lachen viel. Dass ich eigentlich Scheiße drauf bin, weil mir mein Leben im Moment so überhaupt nicht gefällt und ich auf dem Weg zu drei Selbstfindungsmonaten in einer Kommune bin, das habe ich mittlerweile völlig vergessen. Noch immer in Deutschland bekommen wir beide ziemlichen Hunger, und ich sage, ich kenne ein kleines und sehr nettes Restaurant in der Nähe. Es liegt erhöht am Fuß einer mächtigen Burgruine, und man hat einen wunderbaren Blick, und das Essen ist auch sehr gut. Ob wir nicht dorthin wollen? Sie stimmt begeistert zu, und ich finde den Weg sofort, obwohl es viele Jahre her ist, dass ich mit meinen Eltern hier war. Wenn es läuft, dann läuft es, denke ich noch.

Das Restaurant ist teurer, als ich es in Erinnerung habe. Aber mir ist das egal. Ich bestelle reichlich. Auch Sarah scheint nicht auf die Preise zu schauen. Entweder sie hat eine prall gefüllte Reisekasse, oder sie geht davon aus, dass ich sie einlade. Das Essen ist sehr gut, und ich muss mich zwingen, nicht mehr als zwei große Bier zu trinken. Ich will ja noch Auto fahren. Sarah hingegen ist, als wir den Kaffee bestellen, gerade mit ihrer vierten Weißweinschorle fertig und lacht noch mehr, als sie sowieso schon die ganze Zeit gelacht hat. Der Kaffee kommt, die Rechnung kommt, und ich bin gespannt, was Sarah macht. Ich bin schon darauf gefasst, mich zu ärgern, weil sie mir die Rechnung einfach überlässt.

Aber sie nimmt die Rechnung an sich, schaut kurz darauf und fragt dann: »Wollen wir durch zwei teilen? Das ist am einfachsten.«

Es dauert etwas, bis ich antworte. »Klar, das ist das einfachste.«

Sie ist einfach nur super. Wir fahren weiter und reden gar nicht mehr viel. Es wird auch langsam dunkel, und Sarah neben mir schläft immer wieder ein. Ich bin allerdings überhaupt nicht müde. Trotz der zwei Bier und obwohl ich nun schon über acht Stunden Auto fahre. Sarahs Anwesenheit macht mich fröhlich, und Fröhlichsein macht mich wach. Ich weiß gar nicht so genau, was sie an sich hat, das mich so fröhlich sein lässt. Ist es ihre unschuldige und völlig unvoreingenommene Art? Ist es ihre Jugend, sind es die damit noch vor ihr liegenden Möglichkeiten? Ich bin ja nicht viel älter, aber diese paar Jahre machen doch einen gewaltigen Unterschied. Ich fühlte mich, als ich aufgebrochen bin, alt und verbraucht. Als hätte ich eine lange Ehe mit einer schwierigen und bösen Scheidung hinter mir, hätte drei Kinder erzogen und fünf Mal meinen Job wechseln müssen. Aber jetzt, in ihrer Anwesenheit, fühle ich mich frisch und frei und fröhlich, zwar nicht fromm, denn fromme Gedanken sind mir schon lange nicht mehr gekommen, aber jung, sehr jung. Ich glaube, das ist es an ihr, was mich so fröhlich macht. Ihr Blick nach vorn, alles liegt noch vor ihr, und sie geht allem mit diesem tollen Lächeln entgegen, das sie mir in den letzten Stunden so oft gezeigt hat. Sie schiebt ihre Mundwinkel dann auf halben Weg zu den Ohren, wartet einen Moment und öffnet erst dann ihren Mund, sodass man ihre wunderbaren, ganz leicht schiefen Zähne sehen kann.

Sie ist die Zukunft, und ich komme mir vor wie die Vergangenheit. Ich hatte meine Chance und habe sie vertan. Ich habe Jahre mit derselben Frau verbracht, und diese Beziehung hat rein gar nichts gebracht, sie hat mich nur fertiggemacht und mir geschadet. Das denke ich jetzt. Und dass Sarah, also die Sarah, die gerade in meinem Auto neben mir sitzt und schläft, dass Sarah vorhin in mein Leben getreten und mit mir auf dem Weg durch Europa ist, das ist ein Segen. Sie soll mein Segen sein. Sie zeigt mir die Zukunft.

Mein Kinn schlägt auf meinen Brustkorb, und in meinem Nacken zieht es, ich reiße meinen Kopf hoch und umklammere das Lenkrad. Nichts ist passiert, die Straße ist gerade und leer, und wir fahren immer noch geradeaus. Aber mein Herz schlägt mir bis in den Kopf. Ich bin eingeschlafen und habe nicht nur *mein* Leben riskiert. Ich schaue nach rechts auf den Beifahrersitz. Sarah schläft immer noch, sie hat nichts von meinem Sekundenschlaf mitbekommen. Ich habe auch die Zukunft riskiert, denke ich. Ich fahre langsamer und wechsle die Spur, sodass ich jetzt ganz rechts fahre. Ich tippe Sarah mit dem Finger ganz vorsichtig an die Schulter. Sie macht eine Bewegung, die sagt, lass mich in Ruhe ich will weiterschlafen. Ich tippe sie noch einmal an. Sie wacht auf und schaut mich mit ihren klaren und reinen, völlig ungetrübten Augen an.

»Sarah, ich bin müde geworden. Wir sind jetzt auch schon ziemlich weit. Ich denke, ich muss bald mal irgendwo schlafen. Was hast du vor?«

»Ich komme mit dir. Lass uns ein billiges Hotel suchen und dort schlafen.«

Ich freue mich, werde ganz zittrig. Sie möchte mit mir in ein Hotel und dort mit mir schlafen. Also nicht mit mir schlafen, aber mit mir dort übernachten. Wir fahren an der nächsten Ausfahrt raus und suchen ein Hotel. Im ersten Dorf, das hinter der Autobahn kommt, haben wir schon Glück. Es gibt eine kleine Pension, sie ist sehr billig und sie haben noch Zimmer frei. Die Dame an der

Rezeption fragt, was wir für ein Zimmer wollen. Ich antworte nicht, sondern hoffe, dass Sarah antwortet, und genau wie im Restaurant macht sie das Richtige. Sie sagt, wir hätten gerne ein Doppelzimmer mit zwei Einzelbetten. Wir reden eigentlich überhaupt nicht mehr viel. Es ist so, als ob wir uns seit Jahren kennen würden.

Im Zimmer stellt Sarah ihren riesigen Rucksack in die Ecke und geht wortlos ins Bad. Ich höre, wie die Dusche angestellt wird, und setze mich derweil auf mein Bett. Ich bin immer noch ganz zittrig. Ich überlege, ob es davon kommt, dass ich hier in diesem Zimmer mit Sarah gemeinsam übernachten werde, oder ob es daran liegt, dass ich uns vorhin beinahe umgebracht habe. Ich bin mir nicht sicher. Aber ich zittere jetzt noch mehr und denke, dass sie in Filmen immer Schnaps gegen das Zittern trinken. Also gehe ich zur Rezeption und frage, ob sie einen Schnaps haben. Der Portier sagt, dass ihre Bar schon geschlossen sei, er mir aber eine Flasche verkaufen könne. Ich frage gar nicht, was für ein Schnaps es ist, sondern lasse mir eine Flasche und zwei Gläser geben und gehe wieder in das Zimmer. Die Dusche läuft immer noch. Ich schenke mir einen großen Schluck ein. Es ist eine Art Weinbrand. Er schmeckt billig und scharf, aber ich habe sofort das Gefühl, dass er mein Zittern hemmt. Ich trinke das Glas leer und schenke mir noch eines ein. Die Tür des Badezimmers geht auf und Sarah steht nackt im Türrahmen. Ich schlucke. Ich muss noch mal schlucken. Ihre vorher ein bisschen fettigen Haare sind jetzt zu einem dicken, nassen Pferdeschwanz zusammengebunden. Diese nach hinten gebundenen Haare machen sie noch attraktiver. Sie hat ziemlich helle Haut und unter ihren Brüsten kann man die blauen Adern ganz leicht durchschimmern sehen. Sie ist nicht rasiert. Das fällt besonders auf, weil sie so dunkle Haare und so helle Haut hat. Zwischen ihren Beinen ist ein dichtes Büschel aus festen, schwarzen Schamhaaren. Aber es sieht bei ihr sehr schön aus so. Ich muss denken, dass es nicht zu ihr passen würde, rasiert zu sein.

So steht sie da. Vor mir. Ganz nackt. Ich schlucke wieder. Wir sagen beide nichts. Dann kommt sie zu mir gelaufen und setzt sich auf meinen Schoß. Sie nimmt einen Schluck aus meinem Glas und dann küsst sie mich. Wir küssen uns lange. Es ist ein unglaubliches Gefühl, es ist so innig, als würden wir uns seit langem lieben, und gleichzeitig, als würden wir uns gerade erst lieben. Ich fühle nicht mehr nur mich selbst, ich fühle auch Sarah ganz. Es ist, als würde dieser Kuss jede bisher bekannte Grenze aufheben und uns einfach ineinander ziehen. Ich muss weinen. Ich weiß nicht, wie es geschieht, aber es geschieht, und zwar ganz plötzlich. Dicke Tränen rinnen mir die Wangen hinab. Erst versuche ich, es zu ignorieren, weil ich diesen Kuss nicht zerstören möchte und weil ich nie mehr aufhören möchte. Aber es werden immer mehr Tränen, und es wird feucht zwischen unseren Köpfen. Sarah merkt es auch, und wir lösen uns langsam voneinander.

Sie sieht mir aus nächster Nähe in die Augen und fragt: »Was ist los?«

»Ich weiß es nicht. Ich weiß es wirklich nicht.«

»Komm, lass uns ins Bett legen, und ich streichele dich ein wenig. Aber zieh dich erst aus.«

Sie sagt schon wieder so unglaublich richtige Dinge.

Woher weiß sie immer, was richtig ist? Sie ist so jung, scheint nichts vom Bösen in der Welt zu wissen. Bisher habe ich immer gedacht, man müsste Gut und Böse kennen, um Falsch und Richtig zu unterscheiden. Aber Sarah macht instinktiv das Richtige. Ich ziehe mich aus, lasse aber meine Boxershorts an und lege mich neben sie auf das Bett. Das Weinen hat aufgehört. Und wir küssen uns wieder. Ich mache die Augen zu und versuche mich noch mal ganz auf das Küssen einzulassen. Aber es gelingt mir nicht, schon nach kurzer Zeit kommen die Tränen wieder. Sie drückt mich ganz zärtlich ein Stück von sich weg und legt ihren rechten Zeigefinger erst auf mein eines, dann auf mein anderes Auge. Ich schließe die Augen, und sie streichelt meinen Oberkörper. Jede Stelle, die sie berührt, fühlt sich danach an wie neu. Das ist es, was sie mit ihrer Berührung macht: Sie erneuert mich. Nach einer gefühlten Ewigkeit hört sie auf, mich zu streicheln, nimmt meine Hand und legt sie zwischen ihre Beine. Genau in ihren Schritt. So als wäre meine Hand dafür gemacht, hier zu liegen und nirgends sonst. Dann macht sie die Augen zu, und kurze Zeit später ist sie eingeschlafen.

Ich liege noch lange wach und beobachte sie. Wieder muss ich weinen. Dann stehe ich ganz langsam auf, ziehe mich an, nehme meine Tasche und hole einen Zettel und einen Stift heraus.

Ich schreibe: *Sarah, du bist die Zukunft. Bleib, wie du bist. Es ist besser so!*

Dann nehme ich meine Sachen, gehe ganz leise aus dem Zimmer und nach unten. Bezahle die Rechnung beim Nachtportier und fahre davon. Noch bevor ich wieder auf der Autobahn bin, wird mir ganz schwindelig, und ich fange wieder an zu zittern. Ich fahre an den Rand, hole den Schnaps aus dem Kofferraum und trinke mehrere große Schlucke. Das beruhigt mich. Ich sitze hier alleine in Frankreich in meinem Porsche am Rand irgendeiner Landstraße und bin traurig, todtraurig. Trotzdem habe ich das Richtige getan. Ich habe die Zukunft gesehen, und sie war wunderschön, aber ich kann die Zukunft nicht halten. Die Zukunft ist verletzlich. Wenn ich sie anfasse, wird sie zerbrechen, dessen bin ich mir sicher. Ich musste die Zukunft alleine lassen. Nur so kann sie so bleiben, wie sie ist.

13

Nach der Begegnung mit Sarah war ich mir schon bald nicht mehr sicher, ob sie stattgefunden hat oder ob es nur ein Traum war. Das habe ich oft an mir beobachtet, dass ich mir nachher nicht mehr sicher war, ob etwas tatsächlich stattgefunden hat. Aber was heißt tatsächlich? Wo ist denn die Grenze zwischen Phantasie und Realität? Ich weiß gerade wirklich nicht mehr, ob es diese Sarah gab. Andererseits weiß ich auch nicht, warum ich mir das alles hätte ausdenken sollen. Das ist mehr eine Frage des Vertrauens in das eigene Gedächtnis. Ich traue mir einfach nicht. Es gibt keinen Grund, warum ich mir nicht traue, die Frage lautet deshalb eher: Warum sollte ich mir trauen?

Alle Menschen lügen andauernd, auch gegenüber sich selbst. Und wo die Wahrheit überhaupt anfängt und wo das Falsche, das weiß ja auch kein Mensch. Wenn ich eine Freundin habe und mir vorstelle, ich schlafe mit einer anderen Frau, es aber nicht tue, und sie fragt mich, ob ich sie schon einmal betrogen habe, dann sage ich natürlich nein. Und es ist wahrscheinlich auch wahr. Aber wenn ich mich selbst frage, ob ich sie schon mal betrogen habe oder ob ich ausschließlich mit ihr schlafen möchte, dann müsste ich eigentlich nein zum einen, aber ja zum anderen sagen. Aber ich sage mir nein, ich will nur sie. Und auch das ist ja wiederum wahr. Denn ich möchte nur sie, trotzdem möchte ich gleichzeitig eben auch eine andere. Ist der Betrug in Gedanken kein Betrug?

Unter dem Risiko, dass ihr mich für altmodisch und noch komischer haltet, als ihr es sowieso schon tut: Schon Jesus sagt in der Bergpredigt, wer eine Frau auch nur ansieht, um sie zu begehren, der hat im Herzen schon die Ehe gebrochen. Und was das Herz weiß und empfindet, das kann doch eigentlich nicht falsch sein. Obwohl ich mich auch hier gleich wieder korrigieren muss, denn auch wenn das Herz liebt, kann die Liebe zu jemandem völlig falsch sein. Das Herz und die Liebe schützen einen nicht im Geringsten davor, auch mal falsch zu liegen.

Als ich in Frankreich weitergefahren bin und die kleine Pension und vielleicht auch diese wunderbare Sarah zurückgelassen habe, ging es mir zwar schlecht. Doch mein Wille, auf die Finca zu fahren und somit weit weg vom Festland auf einer Insel zu leben, war umso größer. Ich fuhr mit zweihundert und schneller über die nächtlich leeren Autobahnen von Frankreich. Ich wurde einmal geblitzt, und es störte mich nicht. Aber dann habe ich Angst bekommen, dass meine Mama, auf die der Porsche zugelassen ist, diese ganze Post bekommt und für mich die französischen Strafgebühren zahlen muss. Kurz habe ich überlegt, langsamer zu fahren. Aber als ich gespürt habe, wie langsam hundertdreißig wirklich ist, vor allem, wenn man vorher zweihundert und schneller gefahren ist, bin ich auf dem nächsten Parkplatz rausgefahren und habe das vordere Nummernschild abgeschraubt. *Born to be wild*, ja, das habe ich tatsächlich in diesem Moment gedacht, und bin weitergefahren. Hundertdreißig ist wirklich saulangsam, aber was für einen Scheiß ich manchmal denke.

Kurz vor der spanischen Grenze habe ich Pause gemacht, um zu tanken. An der Kasse der Tankstelle habe ich mich komisch beobachtet gefühlt. So als wollte der Tankwart sagen: Alter, wasch dich mal und werde vor allem mal nüchtern. Das hat mich dermaßen gereizt, dass ich die Dose Cola und das Wasser, die ich kaufen wollte, wieder ins Regal gestellt habe und mir stattdessen einen Sixpack Bier aus der Kühlung habe bringen lassen. »Tschüss, und vergiss nicht, dich zu ficken, Wichser!«, habe ich vor dem Gehen auf Deutsch noch zum Tankwart gesagt. Er hat nur dumm geschaut. Vielleicht hatte er mich vorher gar nicht beobachtet, und das war einfach sein Standardblick gewesen. Aber das konnte ich auch nicht mehr ändern. Ich hatte zwar großen Durst und überhaupt keine Lust auf Bier, aber nun hatte ich halt nichts anderes. Beim Beschleunigen habe ich das erste der sechs geöffnet. Als ich in Spanien am Fährhafen ankam, hatte ich gerade das letzte der sechs getrunken. Ich hatte nicht gegessen, mich nicht ausgeruht und nur kurze Tankpausen gemacht, aber es tatsächlich bis zum Fährhafen geschafft.

Auf der Insel angekommen, habe ich mein Auto in dem kleinen Hafenstädtchen geparkt und bin an den Strand gegangen. Das Wasser war türkis und klar und der Sand zwischen meinen Zehen warm und fein. Es fühlte sich großartig an, in dieses Wasser zu springen und ein paar Züge zu schwimmen. Für mehr hatte ich allerdings keine Kondition. Vom Strand aus konnte man in der Ferne die Finca einsam am Meer liegen sehen. Sie sah wirklich malerisch aus.

Ein weißes Haus am steinig grauen Strand. Die Küste ist sonst eher karg und rau, aber rund um die Finca grün und üppig bewachsen. Eine kleine, vielleicht hüfthohe Mauer schützte das Haus und die Terrasse vor größeren Wellen. Auf der Mauer sitzen und liegen verstreut nackte Menschen. Ein Unwissender hätte sich so durchaus das Paradies vorstellen können.

Ich laufe mit meiner Tasche den staubigen Weg vom Städtchen zur Finca. Er führt direkt am Meer entlang und ist aus dem steil nach oben ragenden Felsen geschlagen worden. Ich bin zwar vom Meer erfrischt, fühle mich aber klebrig. Immerhin habe ich seit meiner Abfahrt zu Hause nicht mehr geduscht, geschweige denn die Zähne geputzt. Es ist ziemlich heiß, und ich brauche länger für den Weg als ich dachte. Dann kommt ein Auto hinter mir angerast. Es kommt aus dem Ort und möchte zur Finca, denn der Weg führt nirgends sonst hin. Es ist ein Pick-up, und am Steuer sitzt ein glatzköpfiger Mann um die vierzig. Obwohl er mich sieht, fährt er nicht langsamer. Er hupt. Ich springe zur Seite und wedele mit den Händen, um ihm meine Verärgerung zu zeigen. Der Glatzkopf schreit irgendwas und gestikuliert wild in meine Richtung.

So habe ich Bret kennengelernt. Bret ist aus Neuseeland und lebt seit zwanzig Jahren in verschiedenen Kommunen in Europa. Als ich in der Finca ankomme und ihn treffe, bin ich etwas vorsichtig. Aber als er hört, wer ich bin, entschuldigt er sich und erklärt mir, dass sich immer so viele dieser dummen Touristen beschweren, wenn er auf dem Privatweg zur Finca mit dem Auto schnell an ihnen vorbeifährt, dass er einfach nicht anders kann, als sie zu beschimpfen. Und es ist ja nun mal ein Privatweg, der der Finca gehört. Ich sage, dass ich verstehe, was er meint, und hole mir und ihm ein neues Bier. Wir stoßen auf die Dummheit der Touristen und unsere Schläue an.

Gerade findet meine erste Zusammenkunft statt. So wird das hier genannt. Sie wird extra abgehalten, weil ich angekommen bin. Ich werde vorgestellt, und die anderen stellen sich vor. Bret ist der Teamleiter Gartenarbeit, und ich werde ihm und seiner Gruppe zugeordnet. Die Sitzung wird von Iggi geleitet. Sie ist ganz offensichtlich die Chefin. Außer ihr ist nur noch einer der Besitzer da. Die anderen haben scheinbar keine Lust. Iggi trägt ein dunkelweißes Bikinihöschen und sonst nichts. Es ist warm, also spricht auch nichts dagegen, leicht bekleidet zu sein.

Iggis Körper ist von der Sonne gebräunt und von der Arbeit trainiert. Was für eine Arbeit das ist, weiß ich nicht. Niemand unterbricht sie, während sie spricht, und die Stimmung ist eher bedrückt als offen und freundlich, so wie man es sich von einer Kommune vorstellt. Nach der Sitzung kommt Iggi zu mir und sagt, sie wolle mir noch mein Zelt zeigen. Wir gehen durch den wirklich traumhaften Garten, der zwar wild verwuchert aussieht, aber, wie mir Iggi erklärt, nach von einem extra dafür eingeflogenen Permakultur-Designer aus Deutschland entworfen wurde. Mein Zelt steht mitten im Garten und ist ein Zwei-Mann-Zelt, ungemütlich und eng, und es riecht auch muffig. »Ich weiß, es ist nicht groß. Aber es ist trocken, und wir haben ja auch den Aufenthaltsraum«, sagt Iggi.

»Ja, okay.«

»Und da hinten. Dieses große weiße Zelt, das eher so aussieht, als wären es mehrere Zelte, das ist mein Büro und mein Schlafraum, und ich habe auch ein gemütliches Wohnzimmer, also wenn du Lust hast, komm mich einfach mal besuchen.«

Ich nicke, und Iggi gibt mir einen Klaps auf den Po, dann geht sie in Richtung ihres Zeltes.

Ich finde sie zwar wirklich attraktiv, und sie ist auch nett zu mir. Aber irgendwie habe ich das Gefühl, die anderen mögen sie nicht richtig. Ich gehe wieder zum Gemeinschaftsraum. Dieses Mal aber einen anderen Weg. Ich komme am Pool vorbei, der zwar nicht nur, aber tagsüber hauptsächlich für die Gäste ist – und die Besitzer, wie mir Bret ins Ohr geraunt hat. Es ist ein toller Pool. Er ist nur ungefähr sechzig Meter vom Meer entfernt, und am Ende des Beckens steht ein riesiger alter Baum, dessen Wurzeln über der Erde zu sehen sind. So als wollte er sich in dem wenigen Boden, der unter ihm ist, festkrallen und könnte dafür nur die Fingerspitzen seiner riesigen Hände benutzen. Der Gemeinschaftsraum ist schon ziemlich leer, aber in der Ecke sitzen noch Bret und zwei Frauen und trinken Bier. Irgendwie habe ich keine Lust auf ihn. Also hole ich mir zwei Bier aus dem Kühler, gehe zu ihnen und sage: »Ich geh noch ein bisschen das Gelände erkunden. Wann geht es morgen los, Bret?«

»Um neun treffen wir uns am magischen Baum.«

»Ist der magische Baum der große Baum am Pool?«

»Nein, der magische Baum ist hinten im Garten, und du solltest nicht ohne mich dorthin gehen, denn wenn du nicht mit ihm umzugehen weißt, verwandelt er dich in einen kleinen unglücklichen Zwerg.« Er schüttelt sich vor Lachen, und die anderen neben ihm lachen mit.

Fick dich, du Penner, denke ich nur und sage es nicht. Stattdessen sage ich: »Alles klar, morgen um neun am Pool. Ich werde da sein.«

Ich gehe mit den zwei Bier in der Hand zu meinem Zelt und setze mich hinein. Aber es ist mir viel zu eng, und außerdem ist es ungemütlich auf dem Boden. Also stehe ich wieder auf und laufe zwischen den Zelten der anderen durch den Garten. Es ist schon fast dunkel. Auf einmal sehe ich zwischen zwei große Aloe-Vera-Stauden einen Mann auf einem Stein an einem kleinen Tümpel sitzen. Er hat die Augen geschlossen und scheint zu meditieren. Jedenfalls sitzt er in dieser komischen Yogahaltung. Ich bleibe stehen und beobachte ihn. Er ist ganz nackt. Entweder er bemerkt mich nicht, oder er tut nur so, jedenfalls macht er keine Anstalten, auf meine Anwesenheit zu reagieren. Es ist mir auch lieber so. Leise gehe ich weiter und erkunde nun wirklich das Gelände. Aber es ist schon zu dunkel, und nirgendwo gibt es Licht, sodass ich kaum etwas erkennen kann. Also gehe ich recht bald wieder zurück.

Der Mann sitzt immer noch dort. Aber jetzt hat er die Augen geöffnet. Er sieht mich an und winkt mich zu sich.

»Hallo, fremder Freund«, beginnt er zu reden. »Ich bin Ifta. Das ist mein Meditationsstein. Und du bist neu hier.

Wo kommst du her? Ach, was frage ich, ich weiß es doch. Aus Deutschland. Du bist nicht zufrieden und suchst etwas Neues, eine Erfahrung, die dich weiterbringt. Da bist du hier nicht richtig. Diese Erfahrung musst du hinter dem Horizont dieser Welt machen. Komm mit, ich zeige dir wie.«

Er wartet nicht darauf, dass ich etwas erwidere. Er steht auf und achtet nicht einmal darauf, ob ich ihm zuhöre oder wie ich reagiere. Sein Penis ist dünn und lang und sonnengebräunt und schlenkert zwischen seinen Schenkeln hin und her, als er aufsteht. Er nimmt mich an der Hand und führt mich zu seiner Hütte, die ganz am Rande des Gartens steht. Dorthin, wo der Felsen steil nach oben ragt. Er führt mich hinein und hält immer noch meine Hand. In der Hütte lässt er meine Hand los und lässt mich in der Tür stehen.

»Warte hier!« Er geht an einen großen Topf und schöpft eine grünliche Flüssigkeit in eine kleine Glasflasche. Er verschließt sie mit einem Stöpsel aus Kork und reicht sie mir. »Das ist der Weg und nichts sonst. Und jetzt geh!«

Ich will noch etwas sagen, aber dann sehe ich, dass sein Penis steif ist und wie ein gezogenes Schwert bedrohlich in meine Richtung zeigt. Ich nehme die Flasche, sage danke und gehe schnell aus der Hütte.

Kurz bevor ich bei meinem Zelt ankomme, ich halte immer noch ganz verwundert das Fläschchen in meiner Hand, kommt Iggi hinter einer großen Agave hervor. Sie sieht mich an und sieht das Fläschchen.

»Sei vorsichtig. Nur kleine Schlucke, es ist stark.« Sie sagt es mit einem Lächeln, aber dann zieht sie ihre Lippen gerade und schaut mich streng an. »Ich habe doch gesagt, du kannst mich besuchen kommen. Ich habe auf dich gewartet.«

Ich muss schlucken und ärgere mich, aber dann sehe ich auf ihre Brüste. Sie trägt immer noch nur ihr Höschen. Ich schaue ihr in die Augen, und jetzt lächelt sie wieder.

»Ich bringe das kurz in mein Zelt, hole noch zwei Bier, und dann komme ich, ja?«

Sie nickt und geht.

Kurz überlege ich, sie einfach vergeblich warten zu lassen, aber dann überwiegt die Neugier, und ich gehe mit dem Bier zu ihrem Zelt. Es sieht aus wie das Zelt eines Beduinen. Mit verschiedenen Pfeilern, die verschiedene Räume stützen. Ich trete ein, ohne zu klopfen, denn es gibt nichts, woran ich klopfen könnte. Der erste Raum ist mit geblümten Teppichen ausgelegt, die so billig aussehen, dass es in den Augen wehtut. Es gibt zwei Hocker und eine Liegewiese aus zwei Matratzen. Es ist niemand zu sehen. Ich setze mich auf einen der Hocker und stelle die Biere auf den Boden.

»Iggi?«, sage ich nicht zu laut, denn dieser Raum lädt nicht zum lauten Rufen ein.

Nichts tut sich. Also mache ich mir ein Bier auf. Gerade als ich den ersten Schluck trinken will, wird am hinteren Ende des Raumes ein Vorhang zur Seite geschoben und Iggi kommt rein. Sie hat ihre Hose ausgezogen, stattdessen trägt sie jetzt etwas, das aussieht wie der Nierenschutz eines Motorradfahrers. Nur aus Bast. Mehr als merkwürdig, aber ich habe keine Zeit, weiter darüber nachzudenken.

Sie legt sich auf ihre Liegewiese, spreizt die Beine und sagt: »Zieh dich aus und komm her!«

Ein Befehl, keine Frage. Ich befolge ihn. Obwohl Iggi jetzt doch ein bisschen alt und verbraucht aussieht, macht mich die Situation an. Ich bekomme eine Erektion. Aber ich lege mich nicht, wie sie es will, zwischen ihre Beine, sondern neben sie und fange an, an ihren Nippeln zu lecken. Sie ist verwundert, lässt es aber mit sich geschehen.

Nach einer Weile sagt sie: »Ich will, dass du ihn in mich steckst.«

Dabei nimmt sie meinen Penis in die Hand, allerdings nicht sehr zärtlich. Sie zieht mich zwischen ihre Beine, aber ihr unangenehmer Griff und noch irgendwas, ich weiß nicht was, lassen meine Geilheit verschwinden. Ich kann sie nicht ficken. Mein Penis ist schlaff. Sie schaut beleidigt und auch etwas böse. Ich drehe sie um und ziehe sie so hoch, dass sie vor mir hockt und ihren Hintern in meine Richtung streckt. Sofort werde ich wieder geil. Ich nehme meinen Penis und suche mit der Spitze den Eingang zu ihrem Po. Sie scheint nun wirklich verwundert zu sein. Ich weiß nicht, ob es meine Eigeninitiative ist, oder ob sie einfach nur überrascht ist, dass ich sie nicht so ficke, wie sie es will. Jedenfalls wehrt sie sich nicht, als ich meinen Penis langsam, aber zielstrebig in ihren Po schiebe. Sie stöhnt leicht, und ich werde schneller in meinen Bewegungen. Dann will sie sich auf einmal losmachen und sagt streng »Aufhören!«, aber ich bin schon kurz davor und mache noch schnell zwei Stöße und spritze ihr in den Po.

Und als hätte das Sperma in ihrem Po sie daran erinnert, dass sie eigentlich die Chefin ist, reißt sie sich von mir los, springt auf, schaut mich mit einem Blick an, in dem mehr Wut liegt als sonst etwas. Sie schreit: »Was fällt dir ein, du kleiner Wicht!« Sie sagt wirklich Wicht. Dann tritt sie mir mit dem flachen Fuß gegen den Oberkörper. Nicht allzu fest, aber fest genug, dass ich umfalle und auf dem Rücken liege. Sie stellt sich über mich und schaut mir von oben in die Augen. »Morgen kommst du wieder hierher und machst, was ich will, damit das klar ist!« Dann tritt sie noch mal leicht nach mir, dreht sich um und geht. Dabei muss sie furzen. Es macht ein lautes Geräusch, und ich sehe, wie ihre Pobacken leicht auseinandergedrückt werden und ein Spritzer Sperma in meine Richtung fliegt.

Ich muss lachen. Ich kann mich nicht halten. Ich muss laut loslachen.

Noch einmal dreht sie sich um und schaut mich mit einem vernichtenden Blick an. »Du wirst dich noch wundern«, sagt sie und ist verschwunden.

Zurück in meinem Zelt finde ich das alles nicht mehr ganz so lustig. Ich ärgere mich, dass ich hierhergekommen bin und dass ich es mir gleich am ersten Tag versauen musste. Ich trinke noch zwei Bier und starre an die niedrige Decke des versifften Zeltes. Dann stoße ich mit dem Fuß gegen etwas Hartes. Es ist die kleine Flasche mit dem grünen Trank, die ich vorhin nur schnell ins Zelt geworfen habe. Ich nehme sie, und ohne groß nachzudenken, trinke ich einen Schluck. Es schmeckt grausam bitter und süßlich zugleich, und es sind irgendwelche Fasern in der Flüssigkeit. Kurz denke ich, ich muss kotzen, aber dann merke ich, dass es geht, und schließe die Augen.

Ich weiß nicht, ob ich wach bin oder schlafe, aber nach einer Weile hebe ich ab. Ich fliege durch das Dach des Zeltes hinweg und schwebe über der Finca. Ich muss wieder anfangen, laut zu lachen, und betrachte alles, was unter mir liegt und was unter mir vor sich geht. Ich kann in alle Zelte schauen und sehe die nackten Körper der Bewohner schlafend und lesend und meditierend unter mir. Alle sind alleine und still und ruhig, nur in Iggis Zelt ist Bewegung. Ifta ist dort, und sie küssen sich und liegen gemeinsam auf der Liegewiese. Ich lache immer lauter und verliere meine Haltung in der Luft, sodass ich nach unten sinke.

Wieder in meinem Zelt angekommen, mache ich kurz die Augen auf und zu und wieder auf, und sehe wieder die versiffte Zeltdecke. Das macht mich sauer, und ich schwebe wieder davon. Dieses Mal verlasse ich das Fincagelände und fliege auf ein Feld ins Landesinnere. Es ist kniehoch bewachsen mit weichem, satt grünem Gras. Dort liege ich nackt.

Ich fange an, zu onanieren. Mein Penis ist riesig. Nein, er ist gigantisch. Er ist so groß, dass ich ihn nur mit beiden Händen halten kann und viel Kraft aufwenden muss, um die Vorhaut vor und zurück zu schieben. Aber es macht viel Spaß, und ich lache wieder. Ich habe genug Kraft, meinen baumgroßen und dicken Penis zu bändigen, und hole mir immer schneller einen runter. Schneller und schneller sehe ich meine kuppelgroße Eichel verschwinden und wieder auftauchen. Ich merke, dass ich gleich komme, und fange an, laut zu schreien. Es ist ein Freudenschrei, den ich in den pechschwarzen Himmel sende. Dann komme ich. Ich werde vom Rückstoß, der ausgelöst wird, als mein dicker, weißer Strahl Sperma in die Luft spritzt, in den Boden gedrückt. Ich verfolge die milchige Masse, die immer weiter fliegt und immer höher steigt. Dann zerplatzt sie am Himmel, und auf einmal ist der Himmel nicht mehr pechschwarz, sondern sternenklar. Ich kann viele Sterne sehen. Und die Milchstraße ist auf einmal deutlich am Himmel zu erkennen. Ich habe die Milchstraße an den Himmel gewichst. Es macht mich stolz, und ich betrachte die Sterne wie der Vater sein Kind.

Als ich wieder aufwache, ist es immer noch dunkel. Ich bin völlig verschwitzt und liege angezogen, aber mit heruntergelassener Hose in meinem Zelt. Ich fühle mich widerlich. Ich will hier nicht bleiben, denke ich.

Ich gehe in die Küche, um etwas zu trinken. Es ist alles menschenleer. Ich finde nur Bier. Also trinke ich noch ein Bier. Es ist schön kalt und schmeckt wirklich gut. Ich setze mich auf einen der Sessel im Gemeinschaftsraum und denke nach. Dann stehe ich auf, gehe in mein Zelt, hole meine Sachen und laufe den staubigen Weg in Richtung Stadt zurück. Es ist dunkel, aber langsam dämmert es schon, und die Lichter der Stadt erleuchten den Weg so, dass ich sehe, wo ich hintrete. Ich habe mir noch ein Bier für den Weg mitgenommen und trinke es jetzt. Es ist auch so früh am Morgen ziemlich warm. Der Staub klebt mir im Gesicht, und mir fällt ein, dass ich mich immer noch nicht geduscht habe, seit ich von zu Hause weggefahren bin. Das macht mich irgendwie noch wütender. Ich gehe schneller.

In der Stadt gehe ich zu meinem Porsche. Ich steige ein und fahre zum Hafen. Die nächste und erste Fähre des Tages geht in genau dreißig Minuten. Ich kaufe bei der Ticketverkäuferin ein Ticket und setze mich wieder ins Auto. Ich lasse meinen Blick über das Meer und den Hafen schweifen. Meine Augen bleiben an einem dicken zusammengerollten Seil hängen, das nur fünf Meter von meinem Auto entfernt auf dem Pflaster liegt. Ich steige aus, nehme das Seil und fahre wieder in die Stadt, rase weiter die staubige Straße entlang in Richtung Finca. Links die Felsen, rechts das Meer. Kurz bevor ich bei der Finca ankomme, bleibe ich stehen, nehme das Seil und binde ein Ende davon an den Abschlepphaken meines Porsches. Dann fahre ich ein Stück weiter in das Grundstück hinein, nehme das andere Ende und laufe zu Iggis Zelt. Auf dem Weg begegnet mir ein nackter Mann. Ich kenne ihn nicht, er ist ganz bleich. Es muss einer der zahlenden Gäste sein. Ich nicke ihm zu, und er nickt mir zu, dann gehe ich weiter zum Zelt. Am Zelt angekommen, gehe ich in den ersten Raum hinein, binde das Seil um den Stützpfeiler und gehe wieder hinaus. Ich steige in meinen Porsche und will schon davonfahren. Vorher noch ein Schluck Bier, denke ich und nehme die Flasche, die ich zwischen Fahrer- und Beifahrersitz geklemmt habe. Sie ist leer. Also gehe ich in den Gemeinschaftsraum, hole noch zwei Flaschen aus dem Kühler und gehe wieder in Richtung Auto. Auf dem Weg kommt mir Bret entgegen. Er sieht mich, und er sieht das Bier.

»Weißt du, wem der rote Porsche da vorne gehört?«

»Ne.«

»Denk dran, nachher um neun am Baum.«

Ich sage nichts, sondern gehe weiter zum Auto, steige ein und gebe Gas. Die Reifen drehen auf dem Schotter durch, und Staub wird aufgewirbelt. Als ich ungefähr fünfzig Meter gefahren bin, macht es einen Ruck, und ich höre in der Ferne Rufe und ein lautes Krachen und Rascheln. Mein Auto ist nicht mehr so gut zu kontrollieren, es schlingert hin und her. Aber ich schaffe es, den Wagen zwischen Felsen und Meer auf dem Schotterweg zu halten. Ich höre, dass ich etwas Großes hinter mir herschleife. Kurz bevor es in den Ort geht, kommt noch eine letzte Kurve mit einer Geraden davor. Ich trete das Gaspedal voll durch. Der Tacho zeigt über hundert. In der Kurve kommt mein Auto ins Rutschen. Ich schabe an der Felswand entlang, bremse viel zu spät, pralle ab und rutsche dann auf der anderen Seite in den gerade beginnenden Strand. Das Auto kommt zum Stehen.

Ich schnaufe, wende meinen Kopf einmal nach links und einmal nach rechts. Auch meine Arme und meine Beine kann ich bewegen. Mir ist nichts passiert. Ich nehme meine Tasche vom Beifahrersitz und die drei Bier, die in den Fußraum geflogen sind, lasse den Schlüssel stecken und gehe zum Fährhafen. Ich komme genau rechtzeitig, die Fähre legt in zwei Minuten ab. Der Steward winkt mir, ich soll mich beeilen. Er nimmt mein Ticket, schaut darauf.

»Haben Sie kein Auto, mein Herr?«

»Nein, kein Auto.«

14

So war es. Auf der Fähre habe ich abwechselnd geschlafen und das Bier getrunken, das ich noch hatte. Dann habe ich mir zollfrei einen Vierundzwanzigerpack gekauft und noch mehr Bier getrunken. Ich war dauerbetrunken. Weil ich nicht nüchtern wurde, habe ich auch nicht nachgedacht. Aber ich habe, wieder auf dem Festland angekommen, meine Eltern angerufen und gesagt, ich sei im Ausland und mein Auto sei gestohlen worden. Meine Mama wollte wissen, ob ich es schon der Polizei gemeldet hätte. Das habe ich dann gemacht. Aber vorher habe ich mir ein Hotelzimmer genommen und meinen Rausch ausgeschlafen. Als ich einigermaßen nüchtern war, habe ich mich so beschissen gefühlt, dass ich nicht lange nüchtern bleiben wollte. Also bin ich schnell zur Polizei, habe den Diebstahl gemeldet und bin sofort danach in die nächste Bar gegangen, die ich finden konnte. Sie war genau gegenüber der Polizeiwache, und ich hatte das Gefühl, dass außer mir nur Espresso trinkende Polizisten dort waren.

Ihr dürft euch das nicht so vorstellen, als ob ich irgendetwas reflektiert hätte in diesen Tagen. Wäre ich abergläubisch, ich würde sagen, der Teufel hat mich geritten. Der Teufel, würde ich sagen, saß auf meiner Schulter, hat mir Befehle ins Ohr geflüstert und mich mit einer Peitsche angetrieben. Aber ich bin nicht abergläubisch. Ich weiß, dass ich es ganz alleine war, der die Entscheidungen getroffen hat, und dass ich es ganz alleine bin, der die Verantwortung dafür tragen muss. Ich habe mich nicht unter Kontrolle gehabt. Das ging noch ein paar Tage weiter so.

Die Polizisten haben gesagt, ich solle im Ort bleiben, falls sie etwas von meinem Auto hören würden. Ich habe allerdings gesagt, dass ich weiter müsste und ihnen die Telefonnummer meiner Eltern gegeben. Sie haben noch mal gesagt, es sei notwendig, dass ich bleibe. Also habe ich gesagt, ich würde bleiben. Aber als ich dann in der Bar saß, hatte ich das nach dem vierten Bier schon wieder vergessen. Ich habe den Kellner gebeten, mir ein Taxi zu rufen, das ich mit Kreditkarte bezahlen kann, und noch zwei Bier zum Mitnehmen bestellt. Das Taxi hat mich zum nächsten Flughafen gefahren, und ich bin in die Abflughalle gelaufen und habe nachgesehen, wohin die nächsten Flüge gehen. Einer ging in die Stadt, in der mein Bruder seit kurzem arbeitete. Ich habe mir ein Ticket gekauft und bin dorthin geflogen.

Am Flughafen angekommen, rufe ich meinen Bruder an. Er geht nicht ran, ich spreche ihm auf die Mailbox, dass ich in der Stadt bin und mich mit ihm treffen möchte. Danach nehme ich ein Taxi in die Gegend, von der ich weiß, dass mein Bruder dort wohnt und arbeitet, frage mich durch, bis ich das Büro seiner Firma finde und setze mich gegenüber in ein Pub. Das Gute hier ist, dass alle schon mittags trinken und niemand auffällt, der sich am helllichten Tag mehrere Bier reinstellt. Mir fällt auf, dass ich seit dem ersten und letzten Abend auf der Insel nichts gegessen habe. Ich bestelle mir einen doppelten Cheeseburger mit Pommes. Doch noch bevor ich den ersten Bissen nehmen kann, wird mir schlecht. Ich kotze unter den Tisch, nehme meine Sachen und gehe hinaus. Glücklicherweise gibt es viele Pubs in dieser Gegend. Ich muss nur ein paar Schritte laufen, um wieder in einer Ecke zu sitzen und ein Bier vor mir stehen zu haben. Mein Handy klingelt. Mein Bruder ruft an. Er sagt, er wisse noch nicht, wann er heute fertig mit Arbeiten ist, aber ich solle vorbeikommen und den Schlüssel für seine Wohnung holen. Er fragt noch, was mit meinem Auto ist, er habe es von Mami gehört. Er fragt nicht, warum ich hier bin und was ich hier will.

Das ist wirklich eine der guten Eigenschaften meines Bruders. Er ist für mich da, auch wenn er den Grund und die Gedanken in mir, die mich zu etwas verleiten, nicht versteht. Ich weiß nicht, ob es ihm egal ist und ob er sich einfach nicht dafür interessiert oder ob er es aus Zurückhaltung tut. Darüber denke ich nach, während ich vor dem Bürohochhaus auf ihn warte.

Er kommt, sieht mich und geht auf mich zu. Wir umarmen uns.

»Du siehst schon ziemlich mies aus, Brüderchen. Und du hast ordentlich getankt.«

»Ja.«

»Gut, dann können wir heute am Abend gleich weitermachen. Ein Freund hat Geburtstag, und wir treffen uns in einem Restaurant, und dann schauen wir mal.«

»Okay.«

»Da ist der Schlüssel. Die Adresse habe ich hier aufgeschrieben.«

Er erklärt mir noch, wie ich zu seiner Wohnung komme. Und dann muss er wieder hoch. Es ist sehr nah und einfach zu finden. Ich gehe in die Wohnung und will schlafen. Ich muss darüber nachdenken, was ich hier eigentlich mache. Das nervt mich, und ich versuche, mir einzureden, dass diese beschissenen Kommunenbewohner an allem schuld sind. Dann fällt mir wieder Sarah ein. Und dass ich sie mitgenommen habe und einfach in diesem Hotel zurückgelassen. Ich bin mir nicht mehr sicher, ob es richtig war. Was, wenn ich dort geblieben wäre, neben ihr geschlafen hätte und nicht auf die Insel gefahren, sondern bei ihr geblieben wäre? Vielleicht wäre dann jetzt alles besser.

Ich muss weinen. Im Kühlschrank meines Bruders ist nicht viel, aber Gin und Tonicwater. Ich trinke starken Gin and Tonic, und es geht mir wieder besser. Dann lege ich mich aufs Bett und schlafe ein.

Hier muss ich mich kurz unterbrechen. Ich glaube, dieses Sarahbeispiel zeigt etwas Wichtiges. Ich war mir zuerst so sicher, dass es richtig war, Sarah einfach in der kleinen Pension zurückzulassen, weil ich sonst die Zukunft zerstört hätte. Dann war ich mir nicht mehr sicher, ob ich sie überhaupt getroffen habe. War sie nur ein Traum? Und dann, da bei meinem Bruder in der Wohnung, dachte ich, ich wäre mal besser bei ihr geblieben. Versteht ihr schon, was ich meine? Es ist so, dass ich mir nie, und damit meine ich wirklich nie, sicher mit irgendetwas bin. Vielleicht mal eine Zeit lang. Und nur ein paar Tage später fange ich an, daran zu zweifeln, und bin mir nicht mehr sicher. Ich fange sogar an, vom Gegenteil überzeugt zu sein. Das ist einer meiner Grundzüge, der mich hierher gebracht hat. Da bin ich mir sicher. Schuld und Unschuld, Auslöser und Ausgelöstes, Ursache und Wirkung. Ich weiß nie, nie, was was ist. Zwar denke ich manchmal, es zu wissen, aber ich fange dann wieder an zu zweifeln. So kann man es vielleicht nennen. Ich bin gezwungen, an allem zu zweifeln. Ich kann es nicht steuern. Und wenn ich sage an allem, dann meine ich wirklich alles.

Wie ich schon angedeutet habe, hatte ich, bis ich vierzehn war, die größten Zweifel daran, dass ich überhaupt sterben muss. Ich bin mir auch heute noch nicht so sicher. Vielleicht sterbe nicht ich, sondern die Welt stirbt, wenn ich sterbe. Ihr wisst schon, das ist diese alte Geschichte, dass man nie sicher weiß, ob nicht alles andere hinter einem erlischt, sobald man ihm den Rücken zudreht. Ich rede zum Beispiel mit meiner Mama, und sie lächelt und erzählt, was sie heute noch vorhat. Aber sobald ich mich von ihr verabschiede, erlischt sie, und erst, wenn ich das nächste Mal mit ihr rede, dann rufe ich sie in die Existenz zurück. Sie und alles andere existiert nur in mir. Wenn ich träume, weiß ich ja auch nicht, dass ich träume. Ich weiß, dass ich nicht der Erste bin, der sich damit auseinandersetzt. Aber alles, was ich gelesen habe und was mir erzählt wurde, um diese Theorie zu widerlegen, hat mich nicht überzeugt. Deswegen bin ich mir einfach nicht sicher. Das ist es, was ich meine.

Ich hoffe, ihr versteht, was ich sage. Ab und zu weiß

ich noch nicht einmal, ob ich es bin, der einen Gedanken bezweifelt, oder ob es der Gedanke ist, der mich bezweifelt. Was nützt das Leben in Gedanken, könnte man sich fragen. Aber solange ich nicht weiß, dass es nur in Gedanken passiert, nützt es mir genauso viel, wie – ja, wie was eigentlich? Was ist das Leben denn mehr als eine Abfolge von Gedanken?

Der Zweifel befällt alles. Nichts ist wahr, nichts hält lange, und es gibt keine Schuld. Ist Sarahs Mutter daran schuld, dass es ihr so schlecht ging, dass sie gestorben ist? Oder waren es die Eltern von Sarahs Mutter, die diese Kettenreaktion ausgelöst haben, weil sie sie immer in eine kleine Holzkiste gesperrt haben, wenn sie unartig war? Oder doch lieber noch jemand anderes, der ihnen wiederum Schlimmes angetan hat? Oder ist einfach niemand schuld, weil Schuld nur ein Wort ist, das mir verstehen helfen soll, was nicht zu verstehen ist? Ich weiß nicht, was ich denken soll. Ich muss es schaffen, mit dieser Unentschiedenheit zurechtzukommen. Aber wie? Ist es überhaupt legitim, sich so viele Gedanken über sich selbst zu machen? Ich glaube nicht.

Man sollte das Leben leben, wie man es vorfindet, dankbar sein. Nicht nur über sich selbst und das eigene Elend nachdenken. Vor allem, wenn es ein so hausgemachtes Elend ist, wie das meine. Ich habe alles, was ich brauche. Zumindest, was das Materielle angeht. Ich kann meine ganze körperliche Energie ins Leben einbringen. Ich kann versuchen, anderen das Leben so gut zu machen, wie meines ist. Wer mir nachfolgen will, der nehme seine Last auf sich und folge mir nach. Und meine Last ist nun wirklich keine schlimme Bürde. Gott hat mir diesen Platz zugewiesen und mich mit viel Potenzial ausgestattet. Und wie danke ich es ihr und der Welt? Indem ich jammere und euch mit meiner Geschichte belaste. Nicht das gesprochene Wort macht den Unterschied, und erst recht nicht das geschriebene, die Tat ist es.

Aber, und das wird euch jetzt nicht überraschen, das ist nur die eine Seite der Medaille. Die andere ist, dass es eben nur um mich geht. Und warum sollte ich von Nachrichten mitgenommen sein, dass auf der anderen Seite der Welt hunderttausend Menschen gestorben sind, weil eine Flutwelle sie weggespült hat? Ich kannte sie nicht, und sie werden mir nicht fehlen, und wenn ich mich vom Fernseher wegdrehe, dann ist das alles weg. Nichts daran berührt mich mehr. Nur die Nachricht hat mich erreicht. Nicht das Schreien und nicht das Leid der Menschen. Was nützt das Mitleid in Gedanken? Nicht einmal den Toten, denn sie sind ja tot, und nicht einmal den Trauernden nützt es etwas, denn sie wissen ja nichts davon. Wirst du am Ende deiner Tage, wenn du auf einem Lager liegst und stirbst, daran denken, dass du Mitleid empfunden hast, weil hunderttausend Menschen gestorben sind, die du nicht kanntest? Oder wirst du daran denken, dass du gelebt hast und Spaß hattest und getan hast, was du wolltest? Ich weiß nicht, wie die *ars moriendi* funktioniert. Ich weiß nicht, was ich wissen will. Ich weiß nichts sicher. Versteht ihr? Das alles habe ich zwar nicht genau so gedacht, als ich bei meinem Bruder lag und geweint habe, aber heute bin ich mir sicher, dass dieser ewige Zweifel schuld, ha, schuld!, daran war, wie es mir ging.

Aber jetzt muss ich weitererzählen, was bei meinem

Bruder passiert ist. Wo war ich? Genau. Ich habe in der Wohnung meines Bruders dann doch noch ein bisschen geschlafen. Und ich habe mir ein Sandwich gemacht, das ich auch essen konnte.

Ich sitze auf dem Sofa, mein Bruder kommt. Es ist schon nach neun, und wir müssen schnell los, damit wir rechtzeitig beim Essen sind. Aber bevor wir gehen, schickt mein Bruder mich noch unter die Dusche und gibt mir etwas Anständiges zum Anziehen.

Dann fragt er noch: »Alles klar bei dir, Kleiner?«

»Ja, ja, schon okay. Bin nur ein bisschen verwirrt gewesen in der letzten Zeit. Ich musste deswegen mal raus. Aber es geht schon wieder. Habe auch keine große Lust, darüber zu reden.«

»Gut, dann lass uns gehen. Das wird sicher lustig heute.«

Wir fahren mit dem Taxi in ein Lokal, in dem schon eine Gruppe Arbeitskollegen laut zusammen sitzt. Es sind allerdings nur Männer, weil er hier erst seit kurzem arbeitet und so viel arbeitet, dass er keine Zeit hat, jemand anderen als seine Kollegen kennenzulernen. Es ist eine fröhliche Runde, und es geht um Alkohol und Sex in den Gesprächen. Ich kann mich schnell integrieren. Aber immer wieder habe ich diese Ausfälle, dass ich nicht mehr zuhören kann und einfach davonschwebe. Da ich mich aber meistens nur passiv an den Gesprächen beteilige, das heißt, nur ab und zu den Gesprächen der anderen etwas hinzufüge, fällt es nicht weiter auf. Es wird sehr viel getrunken. Auf den Tischen stehen Ginflaschen in Weinkühlern voll mit Eiswürfeln, und viele kleine Tonicwaterflaschen. Ich trinke, ohne darauf zu achten, wie viel es ist. Essen kann ich nur wenig. Nach ein paar Bissen schnürt sich meine Kehle zu.

Irgendwann sagt mein Sitznachbar, dass sie jetzt weitergehen würden. In den Cat's Room. Das sei eine Bar nicht weit von hier. Ob ich noch mitkäme? Ich suche meinen Bruder. Aber meine Blicke sind getrübt, als ob ich durch Milchglasscheiben blicken würde. Ich zucke zusammen, weil mir jemand auf die Schulter fasst. Es ist mein Bruder.

Wir gehen mit den anderen und fahren im Taxi zum Cat's Room. Es ist eigentlich keine Bar, sondern ein Striplokal. Dort bestellt irgendwer einen Kübel mit unzähligen Bierflaschen. Das Bier nüchtert mich wieder ein bisschen aus. Ich kann wieder besser denken. Mein Bruder kommt angelaufen, ich habe mich inzwischen auf einem der weinroten Plüschsofas niedergelassen, er drückt mir ein Bündel Stripdollar in die Hand. Man kann sie den Tänzerinnen in die Höschen stecken. Ich sage nichts und starre auf die Tanzfläche. Nichts passiert. Nichts macht mich an. Ich habe keine Lust auf Sex, und erst recht keine auf billigen Sex. Dann kommen zwei der Tänzerinnen zu mir. Sie setzen sich neben mich und reden auf mich ein. Ich winke nur ab und sage nichts. Sie wollen, dass ich einen Private Dance bei ihnen buche. Ich habe keine Lust. Nach einer Zeit, ich habe nicht ein Wort zu ihnen gesagt, gehen sie wieder. Ich nehme mein drittes Bier aus dem Eiskübel und trinke es in schnellen Schlucken. Meine Kehle ist unglaublich trocken. Dann kommt mein Bruder wieder auf mich zu. Er lacht und sagt, ich solle mitkommen. Er nimmt meine Hand und führt mich in einen Hinterraum. In dem Raum ist eine lange Bank an der Wand angebracht, die durch Sichtschutzwände unterbrochen ist. In ein paar der Kabinen sitzen Männer, und vor ihnen tanzen nackte Frauen. Sie sind richtig nackt, nicht so wie vorne in der Bar. Dort lassen sie immer ihren Slip an, wenn sie tanzen. Mein Bruder übergibt mich der Obhut einer Brünetten. Sie hat eine Art roten Lederbikini an und dazu rote Netzstrumpfhosen. Sie nimmt mich bei der Hand und führt mich zu einer der Kabinen. Ich habe keine Lust zu reden, also lasse ich es mit mir geschehen. Als ich sitze, sagt sie zu mir: »Hi! Ich tanze jetzt für dich, mein Süßer.«

Ich schaue auf und sehe ihr in die Augen. Sie ist höchstens zwanzig und wirklich hübsch. Ihr Aussehen erinnert mich an eine Indianerfrau aus einem Karl-May-Film. Nur dass sie am ganzen Körper Tätowierungen hat. An ihrem Hals ist ein Adler mit ausgebreiteten Schwingen zu sehen. Die Spannweite des Vogels ist riesig und die Flügel gehen fast einmal um den ganzen Hals herum. Eigentlich ist sie eher eine zierliche Person, aber die Tätowierungen verleihen ihr etwas Hartes. Ich habe zwar keine Lust dazu, aber ich muss trotzdem lächeln. Sie gefällt mir ganz gut. Ich nicke ihr zu, und sie fängt an zu tanzen. Vor mir ist eine Stange im Boden befestigt, an der sie sich beim Tanzen festhält. Sie fängt damit an, ihre Füße links und rechts von mir auf die Bank zu stellen und sich an der Stange abzustützen. Dann schiebt sie ihre Muschi direkt vor meinen Kopf und macht schlängelnde Bewegungen mit ihrem Körper, sodass ihre Muschi mir immer wieder ganz nahe kommt und sich dann wieder zurückzieht. Ich starre ihr in den

Schritt. Es hat beinahe etwas Meditatives. Sie hat noch ihren Slip an. Ich kann erkennen, dass auch an ihren Beinen eine Tätowierung gestochen ist. Ungefähr auf der Höhe ihres rechten Knies fängt eine Szene an. Ich kann wegen ihrer Bewegung aber nicht erkennen, was es ist. Die Szene, es sieht aus wie ein Hügel mit Menschen, reicht allerdings fast bis zu ihrem Bauchnabel. Dann nimmt sie die Füße von der Bank und dreht ihren Po zu mir. Sie beugt sich nach vorne, sodass ihre Beine durchgestreckt sind und ihr Oberkörper fast im rechten Winkel zu ihren Beinen ist. Ihr Po ist jetzt direkt vor meinen Augen. Sie zieht sich langsam ihren roten Ledertanga herunter, und ich sehe ihr Arschloch genau vor meinem Mund. Jetzt werde ich doch geil. Nach einer Weile tanzt sie wieder andersherum und ihre Muschi ist, dieses Mal nicht mehr bedeckt, wieder direkt vor meinem Gesicht. Die Tätowierung an ihrem Innenschenkel ist wirklich eine Art Gemälde. Ich kann aber immer noch nicht erkennen, was es darstellt. Es ist so gestochen, dass man es nur richtig betrachten kann, wenn sie auf dem Rücken liegt. Ihre Muschi hört auf, vor meinen Augen zu wackeln, und sie lächelt mich an. Dann legt sie ihre Hand ganz leicht auf die Auswölbung in meiner Hose und sagt: »Das war's, Süßer.«

Ich lächle zurück und sage: »Halt mal kurz still. Ich will sehen, was du auf dem Bein tätowiert hast.«

Sie stellt ihren rechten Fuß auf die Bank. Sie hat einen Hügel mit einer Menschenmasse und drei Kreuzen auf ihr Bein tätowiert. Das mittlere Kreuz ist größer als die anderen. Es überragt alles und ist so gestochen, dass der untere Teil des Kreuzes direkt neben ihrer Muschi anfängt. Der Querbalken des Kreuzes ist dort, wo sich der Hüftknochen unter der Haut abzeichnet. Und am Kreuz hängt ein Mann. Er sieht nicht so aus, wie man sich Jesus vorstellt. Das heißt, er sieht nicht so aus, wie Jesus sonst dargestellt ist. Er sieht aus wie ein Neger. Ein Neger, der nackt am Kreuz hängt. Aber es muss Jesus sein, wer sonst. Sie hat Golgatha auf ihrem Innenschenkel.

Ich sehe sie mit aufgerissenen Augen an und frage: »Wie heißt du?«

»Penelopez.«

Mein Gehirn spannt sich an.

»Warte hier, ich kaufe noch einen Private Dance.«

Ich gehe zur Bar. Ich habe kein Geld und bitte meinen Bruder, mir noch zwei Tokens zu kaufen. Er lacht und schaut mir in die Augen.

»Aber nicht verlieben. Das geht schneller, als du denkst, wenn so eine Muschi vor deinen Augen tanzt.«

Ich nehme die Tokens, sage nichts und gehe wieder zu Penelopez. Sie lächelt, als sie mich sieht, und ich gebe ihr einen der Tokens. Wieder fängt sie an zu tanzen. Doch dieses Mal finde ich es von Anfang an geil. Ich kann meinen Blick nicht von ihrer Muschi nehmen. Erst als sie mit dem Tanz fertig ist, schaue ich ihr wieder in die Augen und sehe auf einmal keine Stripteasetänzerin mehr. Ich sehe eine wunderschöne, brünette, indianerhafte junge Frau, die ehrlich in meine Augen blickt. Ich will meine Hand auf ihren Hinterkopf legen und sie zu mir ziehen, um sie zu küssen. Aber sie hebt ihre Hand und schüttelt ihren Zeigefinger. Selbst dabei lächelt sie so einnehmend, dass ich mir nichts Schlimmeres vorstellen kann, als jetzt zu den besoffenen Männern in die Bar zurückzumüssen.

Ich nehme schnell den zweiten Token aus meiner Tasche und halte ihn ihr hin. Sie freut sich und fängt wieder an zu tanzen. Dieses Mal schaue ich ihr die ganze Zeit in die Augen, und das macht sie nervös. Sie wirkt ein bisschen unsicher und lächelt mit dieser Unsicherheit in meine Augen. Sie tanzt dieses Mal nicht so lange wie die Male zuvor.

Als sie aufhört, sagt sie: »Was ist los?«

Ich lege meine Hand auf meinen Oberschenkel und sage: »Setz dich!« Sie setzt sich auf mein Bein und schaut mich fragend an. Ich sage nichts, sondern genieße es, dass sie so nahe ist. Dann schaue ich ihr ganz tief in die Augen und sage: »Ich will dich wiedersehen. Was machst du morgen? Lass uns spazieren gehen und ich lade dich zum Essen ein.«

»Das geht nicht. Du willst morgen sowieso nichts mehr von mir wissen.«

»Doch, bestimmt! Ich führe dich ganz fein zum Essen aus. Geld spielt keine Rolle!«

»Lass es bitte bleiben. Ich würde mir wünschen, es wäre wahr. Aber ich kenne die Männer. Sie verlieben sich nicht in mich, sondern in meinen Körper.«

»Ich bin aber nicht wie die Männer.«

»Das stimmt. Du bist viel hübscher. Ich sage dir, was wir machen können. Ich habe erst in zwei Stunden Feierabend, aber wenn du Roger, dem Barkeeper da hinten, etwas gibst, dann kann ich gleich gehen. Wir gehen zu mir und schlafen miteinander. Dann gehst du, und wir haben etwas, woran wir uns erinnern können.«

»Ich will dich nicht kaufen. Ich liebe dich!«

»Du liebst mich nicht. Und wenn du das jetzt nicht

weißt, dann weißt du es, wenn du wieder nüchtern bist. Komm!«

Sie nimmt mich bei der Hand, und wir gehen zur Bar. Sie sagt etwas zum Barkeeper, der schreibt etwas auf einen Zettel und gibt ihn mir. Ich schaue auf den Zettel. Es ist viel Geld. Dann gehe ich zu meinem Bruder, gebe ihm den Zettel und sage, ich möchte mit Penelopez gehen. Er lacht und bezahlt den Barkeeper. Mein Bruder sagt noch, dass ich aufpassen soll.

Als wir bei ihr waren und uns geküsst haben und sie vor mir lag mit gespreizten Beinen, konnte ich nicht. Ich hätte wahrscheinlich Analsex mit ihr haben können, aber das wollte ich nicht. Wir haben noch ein bisschen geredet, dann bin ich ins Apartment zurückgefahren. Ich habe lange überlegt, warum mir dieses Jesus-Tattoo auf ihrem Innenschenkel so sehr die Sinne vernebelt hat. Ich glaube, es ist eigentlich ganz einfach. Ich habe mal gelesen, Gott könne man eigentlich am besten mit der Muschi einer Frau vergleichen. Erst habe ich das nicht verstanden, dann habe ich darüber länger nachgedacht und glaube nun, es ist folgendermaßen gemeint: Wenn ein Mensch stirbt, dann ist das Leben für ihn zu Ende. Aber wenn er glaubt, dass Gott für ihn ein Leben nach dem Tod bereithält, dann geht das Leben für ihn weiter. Gott verspricht dem Menschen das ewige Leben. Der Tod ist nicht das Ende, weil Jesus Christus stellvertretend für uns gestorben ist. Was auch immer das heißen mag. Und deshalb ist eine Jesustätowierung neben einer Muschi völlig logisch, denn auch die Muschi einer Frau verspricht das Weitergehen des Lebens. Aus ihr kommt das Leben, es wird geboren. Und wenn ein Mensch stirbt, dann weiß er, dass das Leben in den Kindern weitergehen wird. Die Kinder der Welt sind die Zukunft der Welt. Und Gott ist wie die Muschi einer Frau das Versprechen des nicht endenden Lebens.

Ich bin mir natürlich überhaupt nicht sicher, ob das nicht totaler Blödsinn ist. Aber ich habe mir damit erklären können, warum ich dieses Tattoo so unglaublich fand und warum ich so angezogen war. Obwohl die Erklärung meines Bruders am nächsten Tag auch sehr überzeugend war. Er sagte mir, dass sich oft Männer in Striperinnen verlieben. Sie könnten dann nicht mehr unterscheiden zwischen Liebe und sexueller Attraktivität. Sie verlieben sich in die Muschi der Frau und denken, sie hätten sich in die Frau selbst verliebt. Ich habe mich in den nächsten Tagen, ich war noch eine Weile bei meinem Bruder, wieder gefangen. Ich habe auch weniger und schließlich gar nichts mehr getrunken und bin dann wieder nach Hause geflogen. Dann konnte ich wieder studieren und mein Leben weiterführen.

15

Eine Zeit lang habe ich gar keinen Sex gehabt. Es kann sein, dass das etwas mit der Abneigung und Verteufelung alles Körperlichen zu tun hat, die in der christlichen Religion verankert ist. Ich habe mich sogar geschämt, wenn ich mich selbst befriedigt habe. Ich hatte immer dieses latent schlechte Gewissen. Nicht dass ich dachte, Gott würde es nicht wollen. Im Gegenteil, ich habe mir sogar immer eingeredet, dass Gott ganz sicher will, dass ich Freude empfinde. Es hat nicht funktioniert. Ich habe zu dieser Zeit eigentlich jeden Abend gebetet. Es kam vor, dass ich dachte, ich könne nicht mit denselben Händen beten, mit denen ich mich gerade noch selbst befriedigt habe. Dann habe ich mich allerdings gezwungen, mit denselben Händen zu beten, weil ich diese Vorstellung so dumm fand und ich mich über mich selbst und meine Ansichten so geärgert habe, dass ich es mir nicht durchgehen lassen wollte. Manchmal habe ich sogar das Gebet unterbrochen und Gott im Gebet gesagt, dass ich mich jetzt selbst befriedigen werde, es getan und danach weiter gebetet. Ich bin das schlechte Gefühl nicht losgeworden, aber es nur auf das Christentum zu schieben, ist vielleicht zu einfach. Eine andere Erklärung, die ich gefunden habe, ist die, dass einem sexuelle Lust vielleicht die Sinne nimmt. Wenn man kurz vor dem Orgasmus ist, dann kann einen, ich sollte wahrscheinlich eher sagen, dann kann *mich* nichts stoppen. Alles andere wird egal. Ich verliere die Kontrolle, und alles vernünftige Denken findet ein Ende. Davor habe ich Angst. Ich möchte die Kontrolle und mein vernünftiges Denken nicht verlieren. Denn die Vernunft hindert mich daran, Dinge zu tun, die ich nicht tun will. Wenn ich mich zu sehr in den Strudel meines sexuellen Bedürfnisses hineinbegebe, dann vernachlässige ich alles andere. Selbst wenn ich in einer Beziehung bin und es nicht allein mein sexuelles Bedürfnis ist, sondern ein gemeinsames, dann lässt es uns doch den Rest der Welt vergessen. Sexuelles Bedürfnis ist ein Bedürfnis des Egoismus.

Und hier sind wir wieder beim Punkt. Wenn ich ungehemmt und lustbesessen das tue, was mich befriedigt, dann handle ich aus purem Egoismus. Und den Egoismus die Kontrolle über mich übernehmen zu lassen, das kann ich eigentlich nicht zulassen.

Die Zeit ohne Sex war aber schnell vorbei, denn zurück im Wilden Westen des Studentenlebens, war es für mich nicht schwer, mich wieder in die gewohnten Abläufe des Alltags einzufügen. Mein Colt war mein Penis, und ich war Marshall des National Hooking Corps. Ich habe mich auf die Jagd begeben. Die Outlaws waren Frauen, und das Kopfgeld der Sex.

Ja, ich weiß, dass das lächerlich ist, aber auch witzig, oder? Und mein Colt hat wirklich Beute verlangt. Gleichzeitig habe ich mich in der Meditation und der Bescheidenheit geübt. Es klingt komisch, ist aber wahr, und es hat sogar ganz gut funktioniert. Wenn ich in den heißen und überfüllten Clubs der Stadt jagen war, dann sehnte ich mich bald nach den leeren und kalten Räumen der Kirchen. Ich habe die Frauen nicht geliebt, ich habe die Frauen gefickt. Wenn sie auf ein Kondom bestanden haben, dann in den Po, wenn sie es auch ohne gemacht haben, dann konnte ich sie auch bald wieder normal ficken. Und zwischendurch kam immer wieder Sarah zu mir. Ich saß dann abends alleine in meiner Wohnung. Ich habe vielleicht ferngesehen oder ein Buch gelesen. Dann klingelte das Telefon, und als ich den Hörer abgenommen habe, habe ich nur das Freizeichen gehört. Ich dachte bei den ersten Malen immer, ich hätte mich geirrt, und das Telefon hätte gar nicht geklingelt. Aber dann habe ich Sarahs Stimme gehört. Sie hat mit mir gesprochen. Nicht durch das Telefon, sondern aus dem Nichts, so wie früher. Das Telefon hat sie nur benutzt, um auf sich aufmerksam zu machen.

Eine Zeit lang hat es bestimmt drei Mal in der Woche geklingelt, und ich bin fast verrückt geworden. Aber ihr gegenüber habe ich mich zusammengerissen. Ich wollte nicht gemein sein. In diesen Gesprächen hat sie mir erzählt, wie schlecht es ihr gehe, dass sie nichts hinbekomme ohne mich, und ich hatte immer ein schlechtes Gewissen nach jedem der Gespräche. Das Jenseits ist einsam. Ich habe dann wieder die Kirchen aufgesucht. Manchmal bin ich drei Mal am Tag in den Gottesdienst gegangen. Und weil die evangelischen Kirchen unter der Woche keinen Gottesdienst feiern und weil die wenigen anderen geistlichen Angebote der evangelischen Kirche meist mehr aus schlechtem Sermon bestehen als aus geistiger Erbauung, habe ich die katholischen Kirchen besucht. Es gibt Klöster in der Stadt, dort werden Messen im Rhythmus des monastischen Lebens gefeiert. Morgens im Anschluss an die Laudes wird eine Frühmesse gehalten. Abends im Anschluss an die Vesper eine Abendmesse. Zwischendurch wird aus den Psalmen gesungen. Diese Messen sind zwar, gerade weil sie jeden Tag gefeiert werden, nicht so feierlich wie die sonntäglichen Messen. Aber gerade die Routine, die in diesen Messen liegt, beruhigte und stärkte mich ungemein. Es gab keine Predigt, nur eine Lesung. Ich musste mich nicht den halb ausgegorenen Gedanken eines völlig ungeeigneten Pfarrers aussetzen. Ich hörte das Wort der Bibel. Die monotone und feierliche Art der Dominikanermönche, ihre Messe zu feiern, beruhigte und erbaute mich. Deshalb habe ich ihre Messe besonders häufig besucht – nachts jagte ich und morgens in der Kirche ließ ich meine Seele vom monotonen und schön klingenden monastischen Psalmgesang streicheln. Ich habe den Glauben genommen, alles, was daran unangenehm für mich war, abgetrennt und einen Kern herausgeschält, der mir Gottes Liebe und sein uneingeschränktes Annehmen meiner Person versprach.

Das Jagen war sehr erfolgreich. Wenn ich tatsächlich mit einer Flinte auf Tiere geschossen hätte, ich hätte die Wände meiner Wohnung mit Trophäen pflastern können. Aber als Frauenjäger blieben die Trophäen die Gedanken an stöhnende und nackte Frauenkörper, die unter mir lagen oder auf mir saßen. Die Gedanken an Schweiß, der an ihren Gesichtern herunterlief, und an Sperma, das ihre Kehlen benetzte. Diese Trophäen bleiben, niemand kann sie mir nehmen.

Ich war ein guter Jäger. Ich weiß nicht, was meine Jagd so erfolgreich gemacht hat. Aber vielleicht ist es dieses Selbstbewusstsein, das ich immer ausstrahle. Das wurde mir zumindest schon oft gesagt, dass ich so selbstbewusst wirke. Und das scheint wiederum auf die Frauen zu wirken. Ich gebe mich als der große Aufreißer. Ich weiß, dass ich oftmals über das Ziel hinausschieße mit meiner Selbstsicherheit, und sie ist oft auch nur gespielte Selbstsicherheit. Wobei das Wort gespielt auch nicht wirklich passt, denn es ist mehr eine wirkliche Selbstsicherheit, die irgendwann mal aus Selbstschutzgründen aufgebaut worden ist und sich nun festgesetzt hat. In der Philosophie unterscheidet man zwischen einem ideellen und einem objektiven Sachgehalt. Der ideelle Sachgehalt kommt der Idee von etwas zu, also nicht der Sache selbst, sondern der Vorstellung der Sache, die man sich im Verstand bildet. Der objektive Sachgehalt bezieht sich dann auf die Erscheinung der Idee in der Welt, also auf die konkrete Sache. So weit verstanden? Man könnte also sagen, der ideelle Sachgehalt meines Selbstbewusstseins ist gleich geblieben, aber der objektive Sachgehalt hat sich vergrößert. Was will ich euch sagen? Ich will euch sagen, dass ich ein guter Schauspieler bin, ein Schauspieler, der so gut schauspielt, dass ich selbst manchmal nicht weiß, ob es jetzt stimmt, was ich sage, oder ob es gespielt ist.

Ich glaube, das Leben auf der Pirsch kann einen schon eine gewisse Zeit befriedigen, aber nicht nachhaltig. Ich habe es an mir selbst erlebt. Erst macht es Spaß, dass man jagt, aber noch nicht die erhofften Erfolge hat. Man ist ja noch ein Anfänger. Mit der Erfahrung wird es einfacher, und der Erfolg setzt ein. Die Beute wird schöner, und die Befriedigung findet man nicht nur im Akt des Jagens und im Sex mit der Beute. Die Freude über die Schönheit der Beute und das Zunehmen des Gesamterfolges verleiht zusätzliche Genugtuung. Aber, so war es zumindest bei mir, dann kann irgendwann die Lust das Loch der seelischen Leere nicht mehr alleine stopfen. Ich musste das Abflachen des Jagdrauschs und Jagderfolgs mit anderem Rausch kompensieren. Der Rausch kann Sport sein. Das ist dann gut. Aber es kann eben auch der Drogenrausch sein, und es ist meistens auch der Drogenrausch. Auch ich stand an dieser Schwelle. Was sollte ich tun? Das Jagen war nicht mehr das, was es am Anfang und auf dem Höhepunkt war. Das Jagen wurde eintönig und wiederholte sich. Ich habe angefangen, mehr zu trinken und weniger zu jagen. Ich habe angefangen, mehr zu rauchen und weniger zu jagen, und ich habe angefangen, mehr zu Hause zu sitzen und zu grübeln als auszugehen.

Die Gottesdienste bei den Dominikanern wurden zu den Eckpunkten meines Lebens. Zu den Ereignissen, nach denen ich mich schon wieder sehnte, wenn sie gerade erst vergangen waren. Mit der Zeit lernte ich einige der Patres näher kennen. Wenn man öfter an ihren Veranstaltungen teilnimmt, und ich kam in dieser Zeit zweimal täglich, dann wird man nicht nur freundlich willkommen geheißen, sondern man erhält auch die Einladung zu einem persönlichen Gespräch. Das habe ich natürlich abgelehnt. Ich wollte mich nicht von einem weltfremden Mönch über den Glauben belehren lassen oder ihm meine Seele ausschütten.

Aber eines Abends, ich war noch zum Psalmsingen

nach der Abendmesse geblieben, steckte mir einer der Patres wieder eine Einladung zu. Ich nahm sie an und bedankte mich. Bei allem Hochmut sollte man stets die Form bewahren. Denn verlässt der Hochmütige die Form und verliert den Anstand, wird er den übertriebenen Stolz auch vor dem eigenen Gewissen nicht mehr rechtfertigen können. Die Einladung erging zu einem gemeinsamen Abendessen nach der Vesper an einem der Tage der nächsten Woche. Ich hatte wirklich nicht die geringste Lust, mit den anderen Gottesdienstbesuchern zu essen. Es waren viele alte Damen und junge Männer. Die Damen wahrscheinlich Witwen, die auf ihren Tod warteten, und die Männer wahrscheinlich Schwule, die auf ihre Erlösung vom fleischlichen Übel warteten. Nicht die Gesellschaft, die ich mir in diesen Tagen wünschte. Aber die Patres interessierten mich wirklich. Ich habe euch ja schon von meiner Faszination für das monastische Leben berichtet. Ich wollte wirklich mit ihnen reden, um zu erfahren, wie sie es machen, ein Leben ohne Sex und ohne Luxus und zu Ehren Gottes und für die bedürftigen Menschen zu führen. Ich muss sagen, ich habe es mir damals zwar nicht eingestanden, aber ich bewunderte die Herren sehr für ihre Disziplin.

Disziplin habe ich durchaus in manchen Momenten und Zeiten, ich halte sie aber niemals durch. Doch ich liebe die Disziplin. Ja, das muss ich euch kurz erklären. Die Disziplin hat für mich keine negativen Seiten. Wer diszipliniert ist, der ist der bessere Mensch. Davon bin ich überzeugt. Denn die Disziplin setzt Grenzen und öffnet gleichzeitig Horizonte an Möglichkeiten. Wer diszipliniert ist, der hat die Kraft, sich einer Sache ganz zu widmen. Sich einer Sache ganz zu widmen heißt, das Ganze dieser Sache zu erfahren und auszunutzen. Wenn ich es schaffen würde, ganz Theologe zu sein, dann hätte ich viel mehr davon als von diesem halben und unbefriedigenden Dasein als undisziplinierter Theologe, der zwar Abschlüsse und Scheine schafft, aber das auch nur, weil das Undisziplinierte die Regel ist und ein halbes Dasein normal. Die Disziplin würde mir als Grenze die Theologie setzen, sie würde mir als Horizont das ganze Feld der Theologie eröffnen. Ich könnte mich innerhalb dieser Grenze in alle Richtungen und mit allen Tricks bewegen.

Aber zurück zur Einladung zum Essen. Ich habe den Zettel an meinen Kühlschrank geheftet und jeden Tag betrachtet. Es zog mich hin, aber es stieß mich auch ab. Die Horde der seelisch Kranken war mir ein Graus. Die Horde der seelisch Disziplinierten aber eine Wonne. Ich habe mich dann entschieden, hinzugehen. Die Angst vor den anderen Gemeindemitgliedern war unbegründet. Die meisten Witwen sind nicht gekommen. Wahrscheinlich weil sie sich sonst gefühlt hätten, als würden sie Almosen annehmen. Als würden sie zu einer Armenspeisung gehen. Es war ja immerhin eine Einladung zum Essen. Es hat nichts gekostet, und man wurde auch nicht zum Spenden aufgefordert. Die Angst, durch das Annehmen von Geschenken die eigene Bedürftigkeit zu offenbaren, haben eben nur wirklich Bedürftige. Wer wohlhabend oder gar reich ist, der bekommt sowieso mehr geschenkt und nimmt alles an, ohne sich zu schämen. Die meisten der schwulen jungen Männer kamen wahrscheinlich nicht, weil sie das Einzelgespräch mit den

Patres vorzogen. Wir waren nur etwa zehn Leute, von denen fünf Patres waren. Ich saß neben Pater Sebastian. Er war ungefähr vierzig und der jüngste der anwesenden Dominikaner. Wir haben uns sehr gut unterhalten, und er hat es um die Ecke, nein, eher von hinten kommend, geschafft, mit mir ein theologisches Gespräch zu führen. Obwohl ich so etwas normalerweise strikt vermeide. Ich glaube, ich vermeide es, weil ich mich in der Öffentlichkeit auf eine gewisse Weise dafür schäme, dass ich gläubig bin. Ich habe das Gefühl, dass das als Schwäche aufgenommen wird, obwohl es ja, wie ich finde, eher eine Stärke ist. Der Gläubige ist dem Ungläubigen in vielem voraus. Daran lag es aber hier nicht, denn hier waren ja alle gläubig oder haben sich zumindest so gegeben. Ich fühle mich auch immer noch so, als ob ich wirklich gar nichts über all die Sachen weiß, und das, obwohl ich nun schon lange Theologie studiere. In einer theologischen Vorlesung habe ich manchmal das Bedürfnis, mich zu melden und zu sagen: Entschuldigen Sie! Können Sie das bitte noch mal erklären. Die ganze Sache mit Gott. Ich habe das noch nicht verstanden.

Aber Pater Sebastian hat es geschafft, mich in ein theologisches Gespräch zu verwickeln. Und es fiel mir gar nicht so schwer, und ich konnte auch Dinge beitragen, die ich sicher nur durch meine theologische Ausbildung wusste und nicht im Gefühl hatte. Ich weiß nicht, ob mir das mit einer anderen wissenschaftlichen Disziplin auch so ginge, aber in der Theologie habe ich immer Lust, ein Gespräch zu beenden, sobald jemand anfängt, mit seinen Gefühlen und seinem persönlichen Verständnis zu argumentieren. Dabei wäre es ja gerade in Sachen der

Religion besonders wichtig, die Gefühle der Menschen zu berücksichtigen und auch sprechen zu lassen – denn was ist Religion schon anderes als Gefühl. Das alles bestimmende Gefühl, gemacht und getragen zu sein. Und die Theologie als die Wissenschaft der christlichen Religion ist also nichts anderes als die Wissenschaft des christlichen Gefühls. Meine Abneigung gegen das Einbringen von Gefühlen in ein Gespräch rührt vielleicht eher daher, dass ich im Allgemeinen eine Abneigung gegen zu viel Gefühl eines anderen Menschen habe. Es macht mir Angst, zu viel über die Gefühlswelt des anderen zu wissen. Es könnte mich ja berühren. Andererseits hasse ich diese Eigenschaft, denn ich habe mich ja auch deswegen zur Theologie entschlossen, weil es mir die Pforten zu einem Beruf eröffnet, bei dem es eben nicht nur darum geht, am Monatsende genug Geld auf meinem Konto zu haben. Sondern bei dem es darum geht, mit den Menschen zu sein und mit ihnen zu arbeiten. Auch und besonders mit ihren Gefühlen.

Pater Sebastian hat es jedenfalls geschafft, diesen Krampf in mir zu lösen, den Krampf, mich nicht auf die Menschen einlassen zu können. Mit ihm zusammen konnte ich es. Er war wirklich sehr charmant und sah auch gut aus. Und wenn die Menschen nicht nur gut aussehen, sondern auch noch charmant und gebildet und zuvorkommend sind, dann bildet sich zwischenmenschliches Vertrauen viel leichter. Ich werde allerdings das Gefühl nicht los, dass Sebastian ganz gezielt und taktisch so auf mich zugegangen ist. Vielleicht dachte er, ich sei auch schwul und er würde mich so mit seinen durchaus vorhandenen Reizen um den Finger wickeln. Und obwohl ich nun wirklich nicht auf Männer stehe, hat es ja funktioniert. Am Ende des Abends kam er dann auf das zu sprechen, was er wahrscheinlich die ganze Zeit geplant hatte. Er hat mich gefragt, ob ich nicht einmal in der Woche beim Obdachlosencafé helfen könne. Sie bräuchten dringend Unterstützung, und ein so gebildeter, kräftiger – dabei fasste er mir an den Oberarm – und liebenswürdiger junger Mann wie ich wäre wirklich eine große Hilfe. Obwohl diese Einschleimerei so was von offensichtlich war, hat sie bei mir gewirkt. Ich habe gesagt, dass ich nächste Woche mitmachen und mich freuen würde.

16

Es ist Mittwoch, und Mittwoch ist der Tag, an dem ich im Obdachlosencafé arbeite. Ich mache das jetzt schon einige Wochen. Endlich kann ich einmal christlich handeln und nicht nur christlich denken. Die Arbeit macht mir wirklich Spaß. Und sie ist so einfach, wie sie auch kompliziert ist. Ich gebe Essen und Trinken an die Gäste aus: belegte Brötchen, Kaffee, Tee und Mineralwasser. Dass wir die Menschen, die kommen, Gäste nennen, ist uns wichtig, denn sie sollen sich fühlen wie in einem normalen Café. Wenn alles Essen ausgegeben ist, dann laufe ich durch den kleinen Raum und unterhalte mich mit den Gästen. Meist ist es eher ein Zuhören als ein Gespräch, aber es tut gut, für einen anderen Menschen da zu sein. Gott sei Dank, obwohl das vielleicht hier nicht angebracht ist, haben wir eine Türpolitik. Es kommt nur rein, wer nicht stinkt. Das ist natürlich relativ, und jeder empfindet es anders, ob jemand stinkt oder nicht, aber es hält die schlimmen Stinker auf jeden Fall draußen. Es gibt zusätzlich noch eine Waschküche. Mit der habe ich nichts zu tun, aber ich bin sehr froh, dass es sie gibt. Sie ist immer dienstags geöffnet. Dort können die Gäste hingehen und sich und ihre Sachen waschen. Wenn sie das dienstags gemacht haben, dann ist es auch kein Problem, am Mittwoch zu uns zu kommen. Es ist ein kleiner Raum, und wenn er voll ist, dann können wir auch niemanden mehr hereinlassen. Pater Sebastian und ich machen die Arbeit alleine. Ich habe den Eindruck, dass wir ein gutes Team sind. Wir sind richtiggehend Freunde geworden. Er ist immer noch genauso charmant wie am ersten Tag, und er hat das Obdachlosencafé fest in seiner Hand. Alles läuft, wie er es geplant hat, und er hat es super geplant. Dabei ist es ja nur ein Bruchteil seiner Arbeit. Wegen des Priestermangels in der katholischen Kirche ist er außerdem Seelsorger und Gemeindepfarrer. Er macht Beerdigungen und Taufen, letztere allerdings seltener. Auch in den theologischen Gesprächen, die wir führen, kommen wir gut miteinander aus. Er hat es nämlich geschafft, meine innere Abneigung gegen diese Gespräche immer weiter verschwinden zu lassen. Sicher sind wir manchmal unterschiedlicher Meinung, aber er hat immer gute und schlüssige Argumente. Bessere und schlüssigere als ich meistens. Aber es ist sicher auch und ganz besonders diese einnehmende Art, die er hat, die mich locker und offen sein lässt. Wenn ich komme, dann lächelt er verschmitzt und umarmt mich herzlich. Er sieht in seiner Kutte so gut aus, wie es in einer Kutte nur möglich ist. Sie sitzt perfekt. Vielleicht hat er heimliche und unauffällige Veränderungen daran vorgenommen. Vielleicht hat er sie sich tailliert. Ich würde es ihm zutrauen. Und er riecht immer nach einem Parfüm, das ich zwar nicht kenne, das ich aber, wenn er es nicht benutzen würde, sofort selbst verwenden würde, so gut riecht es. Seine strahlend blonden Haare trägt er relativ kurz, und sie stehen immer ein wenig wild durch die Gegend. Aber diese Wildheit ist beabsichtigt, da bin ich mir sicher. In dieser ganzen etwas geschniegelten Art ist er aber überhaupt nicht schmierig. Er ist, im Gegenteil, voll bei der Sache, und wenn einem der Gäste ein Kaffee umfällt, kniet er sich auf den Boden und wischt alles auf. Oder wenn einer der Gäste zu streng riecht, um hineingelassen zu werden, dann geht Sebastian vor die Tür, legt den Arm um ihn und redet mit ernsten, aber bestimmten Worten darüber, dass es wichtig sei, Regeln zu haben und einzuhalten, und dass es nichts mit der Wertschätzung für den Menschen zu tun habe, sondern nur mit der Form des Zusammenlebens, die man eben einhalten müsse. Er schaut das Gegenüber mit seinen kristallklaren blauen Augen an und erklärt, dass die anderen Gäste sich auch gewaschen haben und es ungerecht wäre, jemanden hereinzulassen, der so streng riecht. Dann erzählt er noch mal von der Waschküche am Dienstag, und wenn jemand besonders elend aussieht, dann schließt er sie ihm auch auf und lässt ihn sich waschen, damit er noch hereinkommen kann. Manchmal kommt er mir wirklich vor wie ein Engel. Er ist immer gut gelaunt, und wenn er mir beim Reden die Hand auf die Schulter legt oder beim gemeinsamen Beten meine Hände in seinen hält, dann wird mir ganz warm, und ich fühle mich viel besser und sicherer als zuvor. Ich bewundere Sebastian.

Heute ist unser Café voll besetzt. Die Gäste sind irgendwie unruhig. Schon zweimal ist ein Teller heruntergefallen. Ein Gast, der nicht hereinkommen durfte, hat sich wahnsinnig aufgeregt. Er hat vor der Tür einen Blumenkübel umgetreten und geschrien und gezetert.

Aber Sebastian war jedes Mal zur Stelle und hat alles geregelt. Ich stehe trotzdem sehr unter Anspannung. Ich schwitze und renne von einem Tisch zum anderen. Ich fühle mich nicht stark, aber ich möchte unbedingt alles richtig und gut machen. Eigentlich genieße ich es, endlich etwas Richtiges und Gutes zu tun. Ich schalte die Kaffeemaschine wieder ein. Wir brauchen noch mehr Kaffee. Heute wird viel mehr getrunken als sonst. Als ich die Kanne in die Maschine stelle, fällt sie mir herunter. Es klirrt, die Scherben springen durch die kleine Küchenzeile, die nur durch einen Tresen vom Rest des Raumes getrennt ist.

Ich schreie: »Scheiße!«

Die Gäste lachen und schauen mich an.

»Hey! Alles ist in Ordnung. Nichts ist passiert. Beruhige dich.« Es ist Sebastian. Er ist von hinten an mich herangetreten und hat seine Hände auf meine Schultern gelegt. Ich fühle mich gleich ruhiger und drehe mich um. Ich schaue ihm direkt in seine Augen. Er lächelt mich an, nimmt meine Hand und zieht mich in den Flur. Es ist niemand außer uns dort. Er steht vor mir und überragt mich um einen Kopf. Er beugt sich in meine Richtung und küsst mich auf meine Stirn. Dann legt er seine starken Arme um mich und drückt mich nicht zu fest und nicht zu sanft an sich. »Ich habe schon die ganze Zeit gespürt, dass es dir heute nicht gut geht. Beruhige dich, du machst das alles super. Zu Gottes Ehren und zum Wohl der Menschen. Gott ist bei dir. Nichts kann passieren.«

Seine Umarmung und auch sein Kuss haben sich warm und gut angefühlt. Ich bin plötzlich ganz entspannt, und der Stress der letzten Stunden ist von mir abgefallen.

Ich sage: »Danke, Sebastian, es ist wieder gut. Lass uns wieder reingehen.«

Wir gehen zurück ins Café. Die Gäste sind immer noch genauso unruhig und aufgekratzt wie zuvor. Sebastian müsste sie alle küssen und umarmen, denke ich. Doch dann bin ich schon wieder mitten im Geschehen. Irgendwo bricht ein Streit aus. Jemand schreit laut herum. Es ist Regina. Sie ist eine der Stammgäste, und heute ist sie sehr traurig. Sie weint, schon seit sie gekommen ist. Und sie hat heute schon sehr viel getrunken. Normalerweise ist Regina eine der Ruhigen. Sie ist auch nicht wirklich eine Obdachlose. Sie wohnt in einer kleinen Wohnung in der Nähe, hat aber niemanden und sitzt immer irgendwo draußen und trinkt. Wenigstens ist sie eine Biertrinkerin. Das Bier macht sie zwar sehr betrunken, aber es lässt sie nicht völlig ihre Kontrolle verlieren. Heute ist es anders. Sie schreit die anderen an und fängt wegen jeder Kleinigkeit einen Streit an. Und dazu weint sie die ganze Zeit. Auch jetzt wieder. Ihr Sitznachbar hat sich die restliche Butter auf sein Brötchen geschmiert. Es waren eigentlich noch vier Portionen. Weil unsere Gäste Butter besonders lieben, schneiden wir die Butter immer in Brötchenportionen. Trotzdem kommt es oft vor, dass sich einer der Gäste so viel Butter auf sein Brötchen schmiert, dass es bei jemandem, der sich seine Butter selber kaufen kann, für einen ganzen Laib Brot reichen würde. Butter ist hier noch ein Symbol für Wohlstand.

»Du Schwein, du nimmst dir alles, und ich bekomme nichts. Gib es wieder her.« Regina greift ihrem Nachbarn auf den Teller. Er schlägt ihre Hand weg.

»Du Fotze. Alte hässliche Fotze.«

Ich schaue mich um. Sebastian ist nirgends zu sehen. Das Schlichten von Streitigkeiten ist eigentlich seine Aufgabe. Ich renne zum Tisch, stelle mich vor Reginas Nachbarn, der aufgestanden ist, um auf sie loszugehen. Er richtet eine Gabel auf sie. Ich lege meinen Arm auf seine Schulter und sage zu ihm, er solle sich beruhigen und sofort die Gabel hinlegen. Sonst dürfe er nie wiederkommen.

»Die alte Fotze will mein Brötchen stehlen.«

»Ja, das habe ich gesehen. Und das war nicht in Ordnung. Ich werde gleich mit ihr sprechen. Aber erst setzt du dich und legst die Gabel weg.«

Er folgt meiner Anweisung. Ich bin erleichtert. Als ich mich zu Regina umdrehe, weint sie wieder.

Sebastian, wo ist Sebastian?, denke ich. Ich will gerade anfangen mit Regina zu sprechen, da kommt er in den Raum. Seine Haare sind ein wenig mehr zerzaust als sonst. Aber er ist sofort Herr der Lage, geht auf mich zu, fragt, was los ist. Ich erkläre es ihm, und er sagt, er würde sich darum kümmern. Ich gehe zurück zur Küchenzeile. Als ich mich wieder umdrehe, sehe ich, wie Sebastian sich einen Stuhl nimmt, sich zwischen Regina und ihren Streitpartner setzt, ihre Hände ineinander legt und ruhig und klar auf sie einspricht. Wie macht er das? Wenn ich das machen würde, es würde nicht funktionieren, denke ich.

Die übrige Cafézeit vergeht ruhiger. Als alle Gäste weg sind, räumen Sebastian und ich zusammen auf. Wir schweigen die meiste Zeit.

»Kann ich dich alleine lassen?«, fragt Sebastian nach einer Weile. »Ich muss noch was Wichtiges erledigen.«

»Klar, kein Problem. Ich räume noch fertig auf, und dann ziehe ich die Tür einfach von außen zu.«

Er lächelt mich an, drückt mich zu Abschied, wünscht mir Gottes Segen und geht in Richtung des Wohntraktes der Patres. Ich räume alles auf und putze besonders gründlich. Sebastians Tatendrang und seine Lust am Arbeiten beflügeln mich. Ich bin fertig und setze mich noch eine Weile auf einen der Stühle. Ich denke über das Leben im Kloster nach und darüber, wie sehr ich Sebastian bewundere. Als ich auf die Uhr schaue, ist es schon recht spät. Ich habe das Bedürfnis, noch mal mit Sebastian zu sprechen.

Ich bin dann in den Wohnbereich der Dominikaner gegangen. Eigentlich durften nur die Mönche in diesen Trakt, aber Sebastian hatte mir erzählt, dass alle anderen im Moment nicht da seien. Ich habe komische Geräusche gehört und bin ihnen gefolgt. In der Bibliothek habe ich Sascha, einen der jüngeren Stammgäste unseres Cafés, gesehen. Er stöhnte und sah glücklich aus. Hinter ihm stand Sebastian und hat ihn in den Po gefickt. Er machte das mit der gleichen fröhlichen und herzlichen Selbstverständlichkeit, mit der er besoffenen und stinkenden Obdachlosen erklärte, warum sie nicht ins Café kommen konnten. Ich musste weinen. Ich habe mich nie wieder bei Sebastian gemeldet und bin nie wieder zu den Dominikanern gegangen.

17

Sebastian versuchte mehrmals, mit mir Kontakt aufzunehmen. Er hat mich angerufen und ist sogar bei mir vorbeigekommen. Ich habe aber weder das Telefon abgenommen noch die Tür geöffnet. Schließlich hat er mir sogar einen Brief geschrieben. Er wisse nicht, was los sei, und er mache sich Sorgen. Natürlich wusste er nicht, was los war. Er hat mich ja nicht gesehen, als ich an der Bibliothekstür stand. Ich habe den Brief nicht beantwortet. Heute bereue ich es. Er hat ja nichts Verwerfliches gemacht. Zumindest nicht mehr als andere Menschen, mit denen ich weiterhin geredet habe. Ich habe nicht mehr über ihn nachdenken wollen, denn es hat mir wahnsinnig wehgetan. Ich habe ihn bewundert, und das ist etwas, was ich sonst nie tue. Ich weiß nicht, wen ich jemals außer Sebastian bewundert habe. Ich glaube niemanden.

Eigentlich hätte mich diese Sache mit Sebastian wieder ins Chaos stürzen können. Aber es kam anders. Mir ging es so gut wie seit Jahren nicht mehr. Die Gottesdienste und all die anderen Besuche bei den Dominikanern brauchte ich in den folgenden Monaten nicht mehr, um mich in der Spur zu halten. Nur eine Person. Und diese Person war Christina.

Christina und ich, das war für mich ein Traum, den ich zwar noch nie geträumt hatte, den ich aber, so habe ich es damals empfunden, hätte träumen müssen. Eigentlich will ich euch nicht mit solchen Begriffen nerven, aber was ich erlebt habe, war Selbsttranszendenz. Das heißt, alles, was ich getan habe, habe ich unmittelbar und ohne darüber in einem größeren Kontext nachzudenken getan. Ich habe in jedem Moment so gefühlt, wie ich mich gefühlt habe, und bin nicht auf die Idee gekommen, irgendetwas daran sei falsch.

Das Zweifeln und Ringen habe ich einfach vergessen. Ich schreibe euch ja fast die ganze Zeit davon, dass ich nicht mit den zwei Seiten und den starken Widersprüchen in mir umzugehen weiß. In diesen Monaten, von denen ich euch gleich erzählen werde, habe ich sie nicht gefühlt. Vielleicht ist eben nicht die Selbstverwirklichung, sondern das Selbstvergessen das Glück an sich. Aber das ist eben auch gefährlich. So wie ich beim Sex im Moment des Orgasmus nichts anderes höre und nichts anderes denke als mein eigenes Lustempfinden, so habe ich in den Monaten mit Christina an nichts anderes gedacht als an mein Glück, und dass es nicht aufhören soll. Selbst eine Mutter, die ihr Kind liebt und auf Händen trägt, wird sein Schreien im Moment des Orgasmus nicht hören wollen. Sie wird denken: Weiter, weiter, weiter, schneller, schneller, schneller – und wenn sie gekommen ist, dann wird sie aufstehen und nach dem Kind schauen, aber nicht vorher. Die Selbsttranszendenz ist ein Rausch, und wie jeder Rausch vernebelt sie die Sinne. Aber ich muss euch erst mehr und genauer von Christina und mir erzählen, damit ihr versteht, was ich meine.

Als wir uns kennengelernt haben, war ich noch sehr traurig, weil ich Sebastian verloren hatte. Außerdem bekam ich wieder Anrufe von Sarah, was in der Zeit, in der ich mit Sebastian gearbeitet hatte, nie passiert war. Sie wollte, dass ich mich mit ihr beschäftige und dass ich mich nicht verschließe. Alle meine Bemühungen, ihr klarzumachen, dass eine Trennung eine Zeit braucht, in der sich jeder auf sich selbst konzentrieren kann und in der der Kontakt unterbrochen ist, stießen nur auf Unverständnis und Ablehnung. Wir stritten uns sogar einige Male.

An diesem Abend war ich mit Kommilitonen in einer Bar, sie war nicht allzu weit von meiner Wohnung entfernt, sodass ich nach Hause laufen konnte. Ich ging am Fluss entlang, das Wetter war schrecklich. Es war kalt und nass, obwohl es noch gar nicht die Jahreszeit dafür war. Weil ich mir so besser gefiel, trug ich nur ein Tweedjackett und keine dickere Jacke. Der Wind blies mir ins Gesicht, und obwohl ich das eigentlich gerne mag, habe ich die Stadt, den Fluss und meine Idee, zu Fuß nach Hause zu gehen, verflucht. Als ich gerade wieder von einer nassen Windböe fast umgeweht wurde, sah ich vor mir eine Frau und zwei Männer. Sie waren noch ein ganzes Stück weit weg, aber nah genug, dass ich erkennen konnte, was geschah.

Die beiden Männer hatten die Frau in die Enge getrieben. Sie stand mit dem Rücken zur Wand des Bahndamms. Einer der Männer hielt etwas in der Hand. Es sah aus wie ein Messer. Aber genau konnte ich es nicht erkennen. Die Frau sagte nichts. Sie war völlig eingeschüchtert und außer Atmen. Wahrscheinlich war sie erst weggerannt, jetzt aber eingeholt worden. Ich blieb stehen. Stellte mich hinter einen Baum und fing an zu zittern. Erst wollte ich einfach wegrennen. Aber dann habe ich mich zusammengerissen und mir ins Gedächtnis gerufen, dass ich mich so verhalten sollte, dass ich mich nicht mein restliches Leben dafür schämen muss. Aber was sollte ich tun? Sie waren zwei und ich ein unsportlicher Kopfmensch, der noch nie jemanden außer seinen eigenen Bruder geschlagen hatte. Ich nahm zwei Steine auf, die am Rande des Uferwegs lagen, und trat hinter meinem Baum hervor. Dann schrie ich so laut und männlich, wie ich konnte.

»Ey, verpisst euch, ihr Wichser, lasst die Frau in Ruhe. Die Polizei ist schon verständigt.«

Im gleichen Moment fiel mir ein, dass ich genau das nicht gemacht hatte. Die Kerle drehten sich um, schauten in meine Richtung und lachten. Dann kam einer der beiden auf mich zu. Nicht schnell, sondern langsam. Ich schaute auf den Stein in meiner Hand und auf den wirklich nicht sehr ansehnlichen Angreifer. Er war fett und sicher viel jünger, als er aussah. Er trat gerade unter eine Laterne, und ich konnte sehen, wie bösartig sein Blick war. Ich begann den Mut zu verlieren, wollte wegrennen, aber dann riss ich mich zusammen und konzentrierte mich auf eines der wenigen sportlichen Dinge, die ich immer gut konnte: Werfen. Einmal habe ich bei den Bundesjugendspielen eine Ehrenurkunde nur wegen des Werfens bekommen. Meine Finger schlossen sich fester um den Stein, ich holte aus und schmiss ihn dem fetten Kerl genau in seinen Schritt. Er heulte auf und sackte zusammen.

»Ich habe gesagt, ihr sollt euch verpissen. Der nächste Stein trifft den Kopf und dann stehst du nie wieder auf.«

Der Kumpel des Fetten fing an zu rennen und ließ ihn allein. Ich bin langsam auf den Fetten zugegangen, den Stein wie einen Bogen im Anschlag. Als ich an ihm vorbei war, bin ich zu der Frau gerannt, die immer noch wie gelähmt an der Wand des Bahndamms stand. Ich habe den Arm um sie gelegt und bin mit ihr schnell weggegangen.

Wir gingen in die Bar eines nahe gelegenen Hotels. Dort ließ ich sie am Eingang stehen, lief sofort an die Theke und bestellte mir einen Wodka. Als ich ihn trank, habe ich fast die Hälfte verschüttet. Erst dann war ich in der Lage, mit ihr zu reden. Ich habe sie gefragt, wie sie heißt.

Sie hat gesagt: »Christina«.

So haben wir uns kennengelernt.

Es war eines der wenigen Male, dass ich mich exakt so verhalten habe, wie ich es mir auch im Nachhinein noch wünsche. Die Umstände unseres Treffens und der Stolz, den ich wegen meines Verhaltens spürte, haben dazu beigetragen, dass unsere Begegnung für mich wie ein Zeichen war. Sie war nicht eine der Frauen, die ich beim Jagen kennengelernt hatte, sie war nicht eine der Frauen, die ich nur deshalb kennengelernt hatte, weil ich sie ficken wollte. Sie war die Frau, die ich vor den Bösen und Fetten, den Stinkenden und Ungewaschenen, den Hirn- und Skrupellosen gerettet hatte. Sie war aber auch die Frau, die trotz dieses Schocks und trotz der albtraumhaften Situation die ganze restliche Nacht mit mir in der Bar verbracht und einen Wodka nach dem anderen getrunken hat. Wir haben immer wieder auf die Steine des Weges angestoßen und uns gefreut. Es hat unglaublichen Spaß gemacht. Wodka um Wodka.

Christina war – wobei, sie ist es wahrscheinlich immer noch, aber ich habe sie ja schon seit einigen Monaten nicht mehr gesehen, deshalb bleibe ich lieber beim war –, also Christina war nicht sehr groß, vielleicht einen Meter sechzig. Sie war aber sehr schlank und sehr schmal, sodass sie einen schön proportionierten Körper hatte. Ihre Brüste waren klein, lagen aber gut in der Hand, und ihre Brustwarzen waren wunderbar. Sie waren ungefähr so groß wie ein Weihnachtsplätzchen, und genau so verführerisch haben sie auf mich gewirkt. Ich konnte nicht genug von ihnen bekommen. Sie waren so gefärbt, dass sie nicht zu sehr im Kontrast zum Rest der Haut standen. Wenn man an ihnen gesaugt und sie zwischen die Finger genommen hat, dann haben sie sich sofort zusammengezogen und standen beinahe im rechten Winkel nach vorne. Ihr Po war vielleicht ein bisschen zu groß für den Geschmack der Masse, aber in meinen Augen war er perfekt. Und er war prall und fest. Ich habe es geliebt, ihr im Vorbeigehen einen Klaps auf den Hintern zu geben. Ihre Haare waren fast immer zu einem strengen Pferdeschwanz nach hinten gebunden, und sie waren rot. Ich hätte niemals gedacht, dass ich eine Frau mit roten Haaren attraktiv finden würde, aber bei ihr hat mich schon die Vorstellung, dass sie auch rote Schamhaare haben könnte, verrückt gemacht. Wie es sich für eine richtige Rothaarige gehört, hatte sie helle Haut und viele Sommersprossen im Gesicht. In dieser ersten Nacht habe ich mich schon in sie verliebt. Aber es war ein anderes Verlieben, als ich es mir vorgestellt hatte. Ich war ja seit Sarah in niemanden mehr richtig verliebt gewesen. Es war nicht so, dass ich dachte, Christina sei die Zukunft, aber ich wollte nicht sofort mit ihr ins Bett. Ich war zwar im ersten Moment nach der Aufregung und dem gedanklichen Orgasmus, den ich von meiner Heldentat bekommen hatte, sexuell von ihr angezogen. Aber ich hätte nicht mit ihr geschlafen, selbst wenn sich die Möglichkeit ergeben hätte. Und vielleicht hätte es die Möglichkeit gegeben. Ich bin mir nicht mehr sicher. Jedenfalls habe ich es auch nicht versucht. Wir haben am Morgen, als es schon wieder gedämmert hat, unsere Telefonnummern ausgetauscht und uns zum Abschied umarmt. Als ich in meinem Bett lag und nicht einschlafen konnte, weil mein Herz so schnell geschlagen hat, es kann der Alkohol gewesen sein oder die Begeisterung über die neue Bekanntschaft, habe ich mir ihre grünen Rehaugen vorgestellt und mir wurde ganz heiß. Aber ich habe mich nicht befriedigt.

Nach dieser Nacht haben wir angefangen, uns regelmäßig zu sehen. Wir haben uns erst per Messenger verabredet und dann auch immer häufiger telefoniert. An einem Abend passierte etwas, was symbolisch für den weiteren Verlauf unserer Beziehung war. Christina und ich waren jetzt zwar schon häufiger mittags essen gegangen, aber nicht abends. Zur gleichen Zeit war mein Freund Fritz zu Besuch und auch eine gute Freundin von Christina, sie hieß Sina. Wir beide wollten unserem Besuch natürlich ein gutes Programm bieten, also machten wir aus, etwas zusammen zu unternehmen. Fritz und ich haben bei mir zu Hause vorgeglüht.

Als Christina und Sina ankamen, waren Fritz und ich schon angetrunken, und die Flasche Wodka stand auf dem Wohnzimmertisch. Christina und Sina ließen sich nicht zweimal einladen, also tranken auch sie schnell und viel. Christina gefiel mir so gut wie seit Jahren keine mehr. Sie hatte an diesem Abend die für sie typische Frisur, den straff nach hinten gebundenen Pferdeschwanz. Das machte einen strengen Eindruck und sah sehr gut aus. Dazu hatte sie ein grünes Oberteil an, das vorne mit einem bunten Schmetterling bestickt war. Es saß recht eng, und Christinas schmaler Oberkörper und die Form ihrer kleinen und festen Brüste waren gut zu erkennen. Außerdem war sie bester Laune und hat ihren gesamten Charme versprüht. Es war eine Art unschüchterne Schüchternheit, sie wirkte zurückhaltend und vorpreschend zugleich. Ich wusste nach jedem Schluck Wodka sicherer, dass ich sie wollte. Aber es war auch jetzt kein einfaches sexuelles Verlangen, es war ein Streben nach Nähe, ich wollte sie berühren und küssen, sie spüren und halten, ich wollte mehr über sie erfahren, als ich bisher wusste. Nicht nur über ihren Körper, auch über ihr Leben und alles, was dazu gehört.

Fritz, der mich schon seit dem Kindergarten kennt, fragte mich gleich, als wir beide kurz alleine in der Küche waren, ob Christina nicht etwas für mich sei. Wir waren alle sehr lustig. Christina und ich hatten schon im Vorhinein darüber gesprochen, dass wir später noch auf ein Straßenfest gehen könnten, das an diesem Tag in der Stadt war. Der Weg war nicht weit, trotzdem habe ich die ganze Zeit davon gesprochen, dass wir ein Taxi nehmen sollten. Geld spiele sowieso keine Rolle.

Immerzu muss ich angeben und so tun, als sei Geld im Überfluss vorhanden, wenn ich betrunken bin. An diesem Abend oder besser in dieser Nacht war ich jedoch so betrunken, dass das Angeben gar keine Grenzen mehr hatte. Und was dann geschehen ist, das kann ich mir nicht so genau erklären. Auch die anderen wussten es am nächsten Tag nicht völlig aufzuklären. Betrunkene Gruppen haben ja ab einem bestimmten Promillegehalt eine gewisse Eigendynamik und wabern hin und her, und jeder redet hier mit jemandem, und dort mit jemand anderem, und am Ende verliert man sich aus den Augen.

Wir haben uns in dieser Nacht ziemlich schnell aus den Augen verloren. Was ich noch aus eigener Erinnerung weiß, ist, dass ich mit Sina verschwunden bin, wir haben uns geküsst, und ich habe nicht aufgehört, davon zu reden, dass ich das teuerste Zimmer im teuersten Hotel mieten und dort mit ihr die Nacht bei Champagner und Austern verbringen würde. Wenn ich daran denke, wie verliebt ich in Christina war, als ich noch nüchtern oder zumindest halbwegs nüchtern war, weiß ich nicht, was mit mir los war. Wie gerne würde ich sagen, es war der Teufel. An diesem Punkt hört meine eigene Erinnerung auf.

Sie setzt am nächsten Morgen wieder ein. Ich bin aufgewacht und lag in einem Zimmer des teuersten Hotels der Stadt. Außer mir war niemand da. Es lagen aufgerissene Kondompackungen neben dem Bett, aufgerissen, aber ungebraucht. Das Bettlaken hatte Flecken. Sie waren rötlich-braun.

Offiziell endete der Abend damit, dass Sina ihr Handy verloren hatte, völlig aufgelöst war, ewig gesucht hat und schließlich irgendwann morgens bei Christina angekommen ist. Ich hätte ihr erst beim Suchen geholfen, wäre dann aber irgendwann verschwunden. Sina und ich hätten uns zwar geküsst, aber sonst sei nichts passiert. Diese Geschichte habe ich später erfahren.

Aber der Reihe nach. Als ich aufgewacht bin, habe ich erst einmal Fritz angerufen und gefragt, was passiert ist. Er hat gesagt, ich sei irgendwann verschwunden und nicht mehr an mein Handy gegangen. Mehr wusste er auch nicht. Ich hatte ein schreckliches Gefühl. Normalerweise, wenn ich trinke, dann bereue ich es nicht. Auch wenn ich einen Kater habe. Ich denke dann immer, ich hatte einen tollen Abend, und diese Stunden kann mir niemand mehr nehmen. Aber an diesem Morgen hätte ich alles dafür gegeben, die Zeit zurückzudrehen.

Aus den wenigen Erinnerungen, die ich hatte, reimte ich mir drei Möglichkeiten zusammen. Sie waren alle nicht schön. Eine war wenigstens besser als die anderen beiden, nur leider auch die am wenigsten wahrscheinliche. Diese Möglichkeit war, dass ich irgendwann alle anderen verloren habe, irgendjemand anderen kennengelernt habe und mit dieser Person hierher ins Hotel gefahren bin. Wir hatten Sex, und sie ist gegangen, bevor ich aufgewacht bin. Warum auch immer. Das wäre zwar unangenehm und peinlich, aber da ich nicht wüsste, wer es war, und es auch nie erfahren würde, wäre ich nun die einzige Person, die damit klarkommen müsste.

Die zweite, schon wesentlich unangenehmere Vorstellung war, dass ich mit Sina hierher gegangen bin und sie gefickt habe, und dass sie, als sie aufgewacht ist, vor mir und der Situation geflohen ist. Sie würde alles Christina erzählen, und Christina, da war ich mir in diesem

Fall sicher, würde mich nicht einmal mehr wahrnehmen wollen. Geschweige denn mit mir ausgehen und sich in mich verlieben.

Die dritte Möglichkeit war, dass ich Christina mit ins Hotel genommen habe. Das hatte zwar den Reiz, dass ich schon Sex mit Christina gehabt hätte, aber leider den Haken, dass sie weggelaufen wäre und mich hier, ohne etwas zu sagen, zurückgelassen hätte. Das heißt, sie würde es bereuen und nichts mehr mit mir zu tun haben wollen.

Als ich über die drei Möglichkeiten nachdachte, fiel mir ein, dass ich Christina früher am Abend angeboten hatte, ihr beim Aufbauen eines Schrankes zu helfen. Ich hatte also eine gute Begründung sie anzurufen. Das habe ich dann gemacht. Sie hat mir die offizielle Geschichte erzählt. Ich habe so getan, als wäre es mir wahnsinnig peinlich, was es eigentlich auch war, aber ich war auch überglücklich und erleichtert, dass es tatsächlich die erste und am wenigsten schlimme der drei Möglichkeiten war. Christina war gar nicht sauer, dass ich mit Sina geknutscht hatte. Sondern ganz locker, oder sie tat zumindest so. Wir haben ausgemacht, dass ich später vorbeikommen und ihr beim Aufbauen des Schrankes helfen würde. Ich bin aufgestanden und musste erst mal auf den Teppichboden des Zimmers kotzen. Ich war noch betrunken genug, um zu denken, dass es dem Kackhotel recht geschieht, wenn es schon so teuer ist. Ich habe geduscht, bin in die Lobby gegangen und habe dort die Rechnung mit Kreditkarte bezahlt. Als ich das Hotel verließ, dachte ich, ich würde nie erfahren, wer mit mir im Hotel war. Dann habe ich mir die Rechnung näher angesehen, sie war auf eine Sina Siemann ausgestellt. Erst bin ich wahnsinnig erschrocken, aber dann dachte ich, sie wird es einfach nicht erzählt haben, weil es ihr selbst peinlich war. Wahrscheinlich hatte Christina ihr erzählt, dass sie mich interessant fand oder gar, dass sie verliebt in mich sei, und es war Sina deshalb zu unangenehm, zu erzählen, was wirklich passiert ist. Meine Laune besserte sich im selben Moment.

Später standen wir zusammen in Christinas Wohnung. Ich hatte den Schrank mit Christinas Hilfe schon fast fertig aufgebaut. An einer Stelle, dort, wo man die Seitenwand mit dem Unterteil des Schrankes verbindet, war es leichter, wenn vier Hände festhielten und drückten. Als wir die beiden Teile des Schranks zusammengefügt haben, haben sich Christinas und meine Hände berührt. Eigentlich nichts Besonderes, könnte man meinen, aber für mich war es sehr besonders. Ich habe die Wärme von Christinas Körper zum ersten Mal wirklich gespürt. Und es war ein richtiges erstes Mal. Ihre Haut auf meiner Haut und nichts dazwischen. Ich war richtig enttäuscht, als wir fertig mit dem Schrankteil waren und sie ihre Hände wieder zurückgezogen hat.

18

Ich war verliebt und glaubte, alles versaut zu haben. Ich war zwar erleichtert, nachdem ich herausgefunden hatte, dass Sina mit mir ins Hotel gegangen ist, aber nichts davon weitererzählt hat. Dennoch hatte ich das Gefühl, dass Christina und ich uns wieder ein Stück voneinander entfernt haben an diesem Tag.

Ich wollte nicht aufgeben. Ich schwärmte jede freie Minute von ihr, und auch in den Minuten, in denen ich eigentlich nicht frei hatte, während Vorlesungen oder während des Lesens von theologischen Texten, ging Christina in meinem Kopf spazieren. Das Schwärmen für sie war ein Rausch. Es hat meine Gedanken voll und ganz eingenommen. Dank meines Selbstbewusstseins hatte ich auch nicht zu geringe Hoffnungen, dass es noch etwas werden könnte zwischen uns beiden. Alles Schlechte und Dunkle verschwand aus meiner Gedankenwelt. Sebastian spielte keine Rolle mehr, Sarah hat mich nicht mehr angerufen.

Aber – und hier kommt wieder die Einschränkung, es muss für euch deprimierend sein, das immer wieder zu lesen, doch für mich ist es umso deprimierender, das lasst euch gesagt sein, die Einschränkungen immer wieder in sich selbst zu entdecken –, aber ich hatte trotzdem noch diese andere Seite in mir. Ich habe sie zwar nicht wahrgenommen, und ich habe sie auch überhaupt nicht im Zusammenhang mit Christina gesehen. Aber sie war doch da. Wenn ich auf der Straße lief und eine wirklich attraktive Frau an mir vorbeiging, dann habe ich mich umgedreht und ihr nachgeschaut. Obwohl ich die Stunden vorher und die Stunden danach nur damit beschäftigt war, an Christina zu denken. Wenn ich abends alleine in meinem Bett lag und mich selbst befriedigt habe, dann habe ich an diese Frau gedacht, an die Frau, die ich nicht kannte und die ich wahrscheinlich nicht einmal wiedererkennen würde, würde ich sie auf der Straße treffen. Sie hat mich gereizt, und auf sie wollte ich mir einen runterholen.

Christina war das Ziel meiner Träume, aber nicht das Ziel meiner Begierde. Obwohl ich das eigentlich nicht so sagen kann, denn ich habe schon davon geträumt, mit ihr Sex zu haben, aber ich habe mich diesen Träumen nicht hingegeben. Die Trennung zwischen Christina und Sex, die Gedankenbarriere, die ich selbst errichtet hatte, hat sich dann aber sehr schnell aufgelöst. Es war an einem sehr frühen Sonntagmorgen. Christina war innerhalb der Stadt umgezogen und feierte eine Einweihungsparty.

Ich war als Erster da, denn ich wollte nicht, dass Christina lange alleine zu Hause sitzen und warten muss, ob und wann die oder der Erste kommt. Dieses Gefühl habe ich immer gehasst, wenn ich selbst Partys gefeiert habe. Ich habe dann vermutet, es würde gar niemand kommen. Deshalb war ich bereits fünf Minuten nach der Uhrzeit da, zu der Christina eingeladen hatte. Ich hatte das Gefühl, dass sie sich darüber gefreut hat. Ungefähr eine halbe Stunde nach mir kamen die nächsten Gäste. Christina hat dann tatsächlich zu mir gesagt, sie freue sich darüber, dass ich schon so früh gekommen bin, denn sonst hätte sie sich bestimmt sonst was für Gedanken gemacht, bis die Ersten gekommen wären.

Es ist kurz nach Mitternacht, und die meisten der erwarteten Gäste sind schon da, aber es sind nicht viele nette Leute da. Das finde ich meistens, wenn es nicht meine Party ist, sondern die von jemand anderem. Ich stehe auf dem kleinen Balkon und rede mit Christina. Es ist allerdings nicht die Gastgeberin. Christina ist eine Bekannte von Christina aus Schultagen. Sie ist jetzt auch in die Stadt gezogen und kennt noch nicht viele Menschen, das hat sie mir gerade erzählt. Ich denke, schlau ist sie nicht gerade, aber – ich will nicht denken, was ich gerade denken wollte. Christina erzählt von ihrer Arbeit in einem Zahntechniklabor und dass ihre Chefin wirklich sehr nett ist, aber auch sehr anstrengend, weil sie immer diese Gruppenbesprechungen haben. Da kommen dann alle Mitarbeiter zusammen und müssen sich mindestens eine halbe Stunde über ihre Probleme und Gedanken in Bezug auf die Arbeit unterhalten. Und das tatsächlich jeden Tag. Ich sage irgendetwas Verständnisvolles. Christina schaut mich so intensiv an. Was will sie nur? Ich sage irgendetwas, sie nickt. Dann ist kurz Stille. Wir sind die Einzigen auf dem Balkon. Ihr Blick geht wirklich durch die Haut, oder zumindest durch die Kleider. Ihre Anwesenheit macht mich geil. Ich muss meinen Blick von ihr nehmen, sonst bekomme ich eine Erektion, und dann muss ich die die ganze Zeit verstecken. Dazu habe ich keine Lust.

Ich blicke durch die Balkontür nach drinnen. Einer der Gäste trinkt mit Christina, also mit *meiner* Christina, gerade einen Schnaps und sie umarmen sich danach. Ich werde eifersüchtig. Die Balkon-Christina habe ich schon wieder vergessen. Ich gehe rein und auf Christina zu. Sie ist schon sehr betrunken und will auch mit mir einen Schnaps trinken. Wir trinken einen Wodka, und sie umarmt auch mich danach. Ich fühle mich besser.

Ich schaue auf die Uhr, es ist schon kurz vor vier, und die Party hat sich bereits geleert. Es sind außer Christina, Christina und mir nur noch drei von Christinas Arbeitskollegen aus einer anderen Stadt da, die zwar nicht extra angereist sind wegen der Party, die aber einen Tag an ihren Besuch drangehängt haben, um zur Party zu kommen. Damit sich das auch lohnt, haben sie sehr ordentlich getrunken. Sie wollen gerade aufbrechen, und Christina erklärt ihnen, wie sie zur nächsten U-Bahn-Station kommen. Sie sind nicht in der Lage, zu verstehen, wie sie dort hinkommen. Ich sitze auf dem Sofa und halte Christinas Hand. Mir ist unglaublich warm ums Herz. Ich kann noch gar nicht glauben, dass das wahr ist. Aber Christina hat vorhin, als sie sichtlich genervt und auch sichtlich betrunken zum was-weiß-ich-wievielten Mal versucht hat, den Weg zu erklären, einfach meine Hand genommen. Völlig nebensächlich hat sie es aussehen lassen. Aber für mich ist es natürlich die Hauptsache. Ich kann gar nicht aufhören, mich zu freuen, und drücke ihre Hand ab und zu, um zu prüfen, ob ihre Hand auch wirklich noch da ist. Mein Herz schlägt mir im Hals. Ich bin im siebten Christinahimmel. Aber da oben ist nicht nur die eine, meine Christina, da ist auch die andere Christina, sie sitzt rechts von mir und fängt auf einmal an, mit mir zu füßeln. Nicht im selben Moment, in dem Christina meine Hand genommen hat, aber kurz danach hat sie ihren Fuß nach vorne geschoben und angefangen, meinen Fuß zu streicheln. Erst will ich meinen Fuß erschrocken zurückziehen, aber dann merke ich, dass die anderen unsere Füße nicht sehen können, denn sie sind unter einem Couchtisch versteckt. Es gefällt mir, also ziehe ich meinen Fuß nicht zurück. Es verwirrt mich ein wenig, aber komischerweise nicht zu sehr. Meine Gefühle gelten nur meiner Christina, meine Begierde beiden Christinas. Links von mir stöhnt meine Christina genervt auf.

»Jungs, ich komme einfach kurz mit und zeige euch, wo diese Station ist. So schwierig ist es nicht. Man läuft nicht mal zehn Minuten.«

Sie nicken zustimmend, stehen auf und ziehen ihre Jacken an. Christina steht auch auf und schaut mich mit diesen Augen, von denen ich jetzt schon so viel geträumt habe, ganz tief an.

»Kommst du mit und bringst mich danach wieder zurück?«

»Klar!«, sage ich und springe auf. Sie hat gefragt, ob ich sie danach wieder zurückbringe. Das heißt, sie will nicht, dass ich gehe. Dann schaut meine Christina zu Christina zwei herunter, die immer noch auf ihrem Sessel sitzt. Sie ist schon … – ich unterdrücke den Gedanken.

Meine Christina sagt zu ihr: »Wie kommst du denn nach Hause?«

»Ich habe mir gerade ein Taxi bestellt, es dauert aber noch zehn Minuten, bis es hier ist.«

Christina zwei schaut mich an und sagt: »Vielleicht kannst du ja noch mit mir hier warten. Es ist so kalt draußen.«

Ich überlege und sage dann: »Ich würde die anderen auch zur Bahn bringen, aber ich weiß den Weg selbst nicht so genau.«

»Nicht so schlimm«, sagt meine Christina, »dann wartest du einfach noch, bis das Taxi kommt, und dann, bis ich wiederkomme!« Sie lächelt mich an und schaut mir so in die Augen. Die anderen drei stehen schon in der Tür, und Christina geht mit ihnen nach draußen.

Kaum ist die Tür ins Schloss gefallen, springt Christina zwei auf, läuft auf mich zu, kniet sich vor mir hin und macht den Reißverschluss meiner Hose auf. Ich bekomme sofort einen Ständer. Sie zieht die Hose runter und meine Boxershorts gleich mit. Dann nimmt sie meinen Penis in den Mund. Ich kann an nichts anderes mehr denken. Alle Gedanken an die andere, an meine Christina sind verschwunden. Ich spüre nur noch die Lippen und die Zunge, die meinen Penis bearbeiten, und Christinas Hand, die angefangen hat, meine Hoden zu massieren. Sie hört aber schon wieder auf, stellt sich vor mich und sagt: »Wir haben nur zehn Minuten.«

Im ersten Moment bin ich völlig überrascht und weiß gar nicht, was sie meint. Dann fällt es mir ein, und einen winzigen Bruchteil einer Sekunde überlege ich, ihr zu sagen, dass ich keinen Sex mit ihr möchte, weil ich in meine Christina verliebt bin. Aber der Gedanke ist so schnell verschwunden, wie er gekommen ist. Ich nicke und reiße an ihrem Hosenbund. Ich ziehe sie runter, dann fasse ich ihr in den Schritt und höre, wie sie stöhnt. Ich drücke meinen Finger durch ihre Unterhose in sie hinein. Sie stöhnt wieder. Dann ziehe ich auch die Unterhose runter und drücke Christina zwei nach vorne, sodass sie sich mit den Händen an der Wand abstützen muss, und schon bin ich von hinten in sie eingedrungen. Sie stöhnt jetzt immer lauter. Wir ficken ziemlich heftig, und sie stöhnt so laut, dass es alle Nachbarn hören müssen. Schon nach kurzer Zeit habe ich das Gefühl, sie sei gekommen. Sie stellt sich aufrecht, sodass ich aus ihr herausrutsche. Dann kniet sie sich wieder vor mich und nimmt meinen Penis in den Mund. Sie saugt und leckt heftig. Gleichzeitig reibt sie mit ihren Händen an meinem Penis entlang. Ich komme sehr schnell in ihren Mund. Sie schluckt alles und stellt sich vor mich. Sie will mich küssen, aber da hören wir, wie eine Tür aufgeschlossen wird. Es ist die Haustür, nicht die Wohnungstür, aber meine Christina wohnt im Erdgeschoss, sodass es nur wenige Schritte von der einen zur anderen Tür sind. Ich reiße meine Hose hoch, und auch Christina zwei zieht sich schnell an. Dann eilt sie zum Balkon, winkt mich zu sich, und wir stehen kurz gemeinsam draußen. Wir hören, wie die zweite Tür aufgeschlossen wird. Christina küsst mich, nimmt eine Zigarette, steckt sie mir in den Mund, gibt mir Feuer und springt vom Balkon in den Garten. Als die Balkontür aufgeht und meine Christina herauskommt, ist Christina zwei schon nicht mehr zu sehen.

Christina lächelt mich an und sagt: »Schön, dass du noch geblieben bist. Und danke, dass du mit Christina zusammen gewartet hast.«

Ich nehme einen Zug von meiner Zigarette und lächle. Die andere Christina ist in dem Moment, in dem sie nicht mehr zu sehen war, aus meinen Gedanken verschwunden, und in dem Moment, in dem ich nun mit meiner Christina auf dem Balkon stehe, gibt es nur noch sie.

Ich werfe die Zigarette in den Garten und nehme ihre Hand. Aber ich bin noch immer schüchtern ihr gegenüber und traue mich nicht, sie zu küssen. Sie übernimmt den Anfang für mich. Wir küssen uns auf dem Balkon, lange und sehr intensiv. Sie löst sich langsam von meinen Lippen, öffnet die Balkontür.

»Komm!«, sagt sie und nimmt mich mit in ihre Wohnung.

Dieses »Komm« war für mich nicht nur die Aufforderung, mit ihr zu schlafen und mit ihr die ganze Nacht, oder besser den restlichen Morgen und den folgenden Tag, zu verbringen. Es war auch eine Aufforderung, in ihr Leben zu treten. Als Hauptperson. Als Zielpunkt und Projektionsfläche ihrer Wünsche. Es war beinahe wie ein offizieller Akt der Genehmigung von Zukunftsträumen.

Und ich habe sie geträumt. Stunde um Stunde, Tag um Tag habe ich mir vorgestellt, wie es sein wird, mit ihr in einem Haus zu wohnen, wie ich die Kinder nennen würde, wie ich mich damit arrangieren würde, dass sie einmal mehr verdient als ich. Ich konnte mir ausmalen, mit ihr in einem Reihenhaus in einer Vorstadt zu wohnen, einen Hund zu haben, einen Kombi zu fahren und mit meinen Kindern an einem Samstag oder Sonntag zu den Wettkämpfen zu gehen, die sie in den Sportarten auszufechten haben, zu deren Training ich sie unter der

Woche immer bringe. Es bedrückte oder lähmte mich nicht, es beförderte nicht den Drang in mir, von ihr wegzulaufen. Es machte mich glücklich, und ich wollte die Zeit am liebsten einholen, um all das sofort zu erleben, was mir wegen ihres Lächelns, ihrer Augen und ihrer Art, mit den Dingen des Alltages umzugehen, vorkam wie das Paradies auf Erden.

In den nächsten Wochen haben wir uns anfänglich zwei bis drei Mal in der Woche gesehen, dann wurde es häufiger. Jeden Tag, an dem wir uns nicht gesehen haben, haben wir telefoniert und viele unsinnige Nachrichten geschrieben. Ich habe nur an sie gedacht und nur an sie denken wollen. Wenn ich meine Eltern besucht habe und dazu in den Süden geflogen bin, dann habe ich nicht wie sonst furchtlos im Flugzeug gesessen. Sondern ich habe innerlich gezittert. Ich wollte um keinen Preis abstürzen, denn das hätte bedeutet, meine Träume mit Christina zu begraben und Christina nie wiederzusehen. Saß ich also im Flugzeug und es gab eine winzige Turbulenz, hat sich alles in mir zusammengezogen und Christinas Bild erschien vor meinen Augen. Ich habe mir natürlich nichts anmerken lassen. Meistens habe ich den Serviceknopf gedrückt und mir einen Tomatensaft mir Wodka bestellt. Vorher war es mir immer egal gewesen, dass mein Vater Business-Class-Tickets für mich gekauft hat, aber in diesen Momenten war ich dankbar dafür, denn dort gibt es auch schon morgens Schnaps.

Meine Gefühle für Christina haben mich wirklich überwältigt, und ich habe nichts Negatives an ihr gesehen. Wenn ich heute daran zurückdenke, dann fällt mir ein, dass sie öfter mal nicht gut aus dem Mund gerochen hat, dass sie eine Art hatte, ihre Wohnung einzurichten, die mir überhaupt nicht gefiel, dass sie mit Geld eher sparsam und manchmal sogar geizig umging, dass sie eigentlich immer schlecht gekleidet war und auch sonst in fast allen Dingen nicht dem entsprach, was ich eigentlich an Frauen toll fand. Es hat mich nicht gestört, und es hat mich nicht interessiert. Es gab nur Christina in meiner Welt, und nur sie wollte ich haben. Zumindest so lange, bis ich betrunken war und sie nicht in der Nähe.

Denke ich heute darüber nach, dann treibt es mir die Tränen in die Augen. Selbst meine Verdauung fängt an, verrückt zu spielen. Ich habe diese Frau geliebt – trotz all der Punkte, die ich, hätte ich nur darüber nachgedacht, auch damals schon hätte aufzählen können. Ich hätte sie niemals so opfern dürfen, ich hätte niemals so mit ihr spielen dürfen.

Als ich einmal bei meinen Eltern war, bin ich am Abend mit Freunden von mir ausgegangen. Wir haben erst viel getrunken und dann viel getanzt. Aber einer der Freunde wollte unbedingt noch Sex haben. Seine Anmachversuche waren nicht besonders erfolgreich, und so haben wir uns ins Taxi gesetzt und uns ins nächste gute Puff fahren lassen. So haben wir es zum Fahrer gesagt: »Wir wollen bitte ins nächste gute Puff.«

Das nächste gute Puff war anscheinend ziemlich weit draußen. Wir sind nämlich recht lange mit dem Taxi gefahren. Aber egal, ob der Fahrer eine Provision dafür bekommt, seine Gäste dort abzusetzen oder nicht, seinen Auftrag, uns in ein gutes Puff zu fahren, hat er erledigt. Man kam hinein und stand in einem rot beleuchteten Barraum. Die Bar war in der Mitte und machte aus dem

Gastraum ein U. Alles war mit rotem und schwarzem Samt überzogen, die Frauen waren ausnahmslos sehr hübsch und gut gelaunt. Schon nach kurzer Zeit sind meine beiden Freunde mit ihren Auserwählten verschwunden. Ich stand also alleine an der Bar.

Ich gehe allgemein gerne in Puffs. Ich mag die Atmosphäre, die durch die Kombination aus lüsternen Männer und leicht bekleideten Frauen entsteht. Die Frauen spielen mit den Männern, und in guten Puffs haben sie auch ihren Spaß daran. Deswegen mag ich eben auch nur gute Puffs. Besonders mag ich die Huren. Allerdings auch hier nur die guten. Sie sind für mich Beispiele eines Lebensvollzugs, den ich sehr bewundere. Sie schaffen es, ihren Körper als ihr Kapital zu verwenden, ohne dabei traurig oder verbittert zu sein. Sie schaffen es, die Sexualität als etwas Selbstverständliches und nicht Verruchtes und Negatives zu verstehen. Wenn mehr Menschen auf dieser Welt wie die guten Huren wären, sie wäre eine friedlichere und freundlichere Welt. Eine gute Hure kann man natürlich nur dann sein, wenn man gute Bedingungen vorfindet. Nicht, dass ihr mich falsch versteht. Ich finde nichts schlimmer und verwerflicher als das Erzwingen von sexuellen Leistungen. Dabei bleibt es ja auch nicht, dazu kommt der Menschenhandel und unfassbares Leid, das ich mir wirklich nicht ausmalen kann.

Aber eine gute Hure, die sich ihren Beruf selbst ausgesucht hat und ihn freiwillig und mit Freude ausübt, ist fast immer ein guter Mensch. Was ist schon der Unterschied zwischen einem aufstrebenden Geschäftsmann, der sich regelmäßig ficken lässt, damit er an gute Geschäfte herankommt, und eben einer Hure? Es gibt keinen, außer dass der eine sich seelisch und die andere sich körperlich ficken lässt. Nur wer eine schiefe Sicht auf diese Welt hat, wird sagen, das eine ist verwerflich, das andere aber nicht. Diese Huren haben es verstanden, und sie leben gut davon. Bestimmt sitzen sie manchmal abends zu Hause und denken sich, das war heute ein Scheißtag. Und sicher bekommen sie manchmal Krankheiten wegen ihrer Arbeit. Aber eine Geschlechtskrankheit ist leichter zu behandeln als ein Burnout oder eine Depression. Das ist dann doch der Vorteil des körperlichen Ficks vor dem seelischen. Den Körper haben die Menschen schon besser erforscht und können ihn so besser kurieren.

Ich stehe also allein an der Bar und habe ein Bier in meiner Hand. Ich bin noch nicht sehr betrunken und muss an Christina denken. Ein Lächeln erscheint auf meinem Mund. Auf einmal ruft jemand meinen Namen, und ich sehe einen alten Bekannten von mir. Er hat mit mir zusammen die Schule besucht, nach dem Abitur den direkten Karriereweg eingeschlagen, und nun verdient er schon seit Jahren so viel, wie ich wahrscheinlich niemals verdienen werde. Ich trinke einige Schnäpse mit ihm, bevor er sagt, er müsse jetzt noch erledigen, wozu er eigentlich hierhergekommen sei, bevor es zu spät ist. Als er das sagt, zeigt er auf die leeren Schnapsgläser vor uns. Er verschwindet dann mit einer der Huren, die er sich entweder schon vorher ausgesucht hat oder völlig wahllos an der Hand nimmt.

Wieder stehe ich alleine an der Bar, und wieder nicht besonders lange. Ich sehe, wie eine Frau aus den Hinterräumen kommt. Sie zieht ihre Korsage zurecht und richtet ihre Strapse noch ein wenig. Man kann erkennen, dass sie sich gerade erst wieder angezogen hat. Sie ist höchstens zwanzig und wirklich hübsch. Ihr Aussehen erinnert mich an eine Indianerfrau aus einem Karl-May-Film. Nur dass sie am ganzen Körper Tätowierungen hat. Sie erinnert mich aber noch an jemand anderen. Ich weiß aber nicht an wen. Ich schaue sie an, sie schaut mich an. In ihren Augen kann ich lesen, dass sie mich sympathisch und hübsch findet. Und sie kann in meinen Augen lesen, dass ich dasselbe denke. Sie kommt zu mir herüber, stellt sich neben mich an die Bar und sagt: »Hey, ich bin Manu. Wer bist du?«

Ich stelle mich ihr vor und möchte gerade etwas zu trinken für uns beide bestellen. Sie legt ihre Hand auf meinen zum Bestellen erhobenen Arm und schaut mir ganz tief in die Augen.

»Spar dir das Geld lieber für ein paar Extrawünsche«, sagt sie.

Ich muss grinsen und nicke ihr zu. Sie nimmt mich an der Hand, und wir verschwinden in dem Gang, aus dem sie gerade erst gekommen ist. Wir laufen an einem bulligen Aufpasser vorbei, der in einer dunklen Ecke des Flures sitzt.

»Wie lange werdet ihr ungefähr brauchen, Manu?«, fragt er.

»Bestimmt länger als mein Freund hier denkt«, lacht sie mich an.

Es ist ein wunderschönes Lachen. Ihre dunkelroten Lippen und ihre rötlich-braune Haut und dazu schneeweiße Zähne und Tätowierungen am Hals, das ist wirklich ein zauberhaftes Bild. Wir gehen weiter in eines der

Zimmer. Hier setzen wir uns aufs Bett. Sie hält immer noch meine Hand, und ich spüre ihren Pulsschlag. Ich kann meinen Blick gar nicht von ihr nehmen. Wir sitzen so da. Die Zeit vergeht, und wir tun nichts, außer uns anzusehen und unsere Hände zu halten. Wir lassen uns rückwärts aufs Bett fallen, und ich lege meinen Arm um sie. Wieder verharren wir so.

»Du musst übrigens für jede Minute, die wir hier zusammen liegen, bezahlen.« Sie lächelt wieder ihr schönes Indianerlächeln.

»Ich weiß, aber es ist mir jeden Cent wert. Auch wenn ich noch gar nicht gefragt habe, wie viel es überhaupt kostet.«

»Es kostet …«

»Stopp! Ich möchte es gar nicht wissen. Das verdirbt die Stimmung. Genießt du es auch?«

»Ja, ich genieße es auch. Was machst du?«

»Wie meinst du das?«

»Was machst du sonst so, wenn du nicht ins Puff gehst?« Wieder dieses Indianerlächeln.

»Ich studiere Theologie.«

»Theologie? Was willst du denn damit?« Sie rückt ein wenig von mir ab. »Katholische Theologie?«

»Nein, Evangelische Theologie. Und ich will damit wahrscheinlich Pfarrer werden.«

»Ein Pfarrer, der ins Puff geht.« Sie fängt an zu lachen. »Wenigstens sagst du es offen und ehrlich. Ich hasse die Kirche. Das ist alles Lug und Trug.«

»Was hast du denn mit der Kirche zu tun? Und warum alles Lug und Trug?«

»Mein Vater ist sehr katholisch, meine Mutter muss

tun, was er sagt, und ist es also auch. Meine Brüder finden es toll, das Katholischsein, weil es ihnen erlaubt, sich als Männer wichtiger zu fühlen – und ich, ich durfte zwar in die Schule gehen und lernen, aber auch nur gerade so, und als Beruf, da war schon von Geburt an Hausfrau vorgesehen.«

»Aber das hat ja nichts mit der Kirche zu tun.«

»Nichts mit der Kirche zu tun? Was glaubst du denn, wo mein Vater das alles her hat?«

»Das ist eine seltsame und falsche Tradition, die sich die Kirche und die Religion als Grundlage sucht. Aber die Kirche und die Religion geben das gar nicht her. Da liegt der Fehler. Wenn sich diese seltsame Tradition nicht an die Kirche halten könnte, dann würde sie sich etwas anderes suchen. Dein Vater möchte gerne ewiggestrigen Werten nacheifern, und deine Brüder auch. Und wenn sie das nicht in der Amtskirche tun könnten, würden sie es woanders tun …«

»Hausfrau und Mutter wäre ich ja vielleicht noch geworden, aber dass ich ficken wollte, das hat alles kaputt gemacht. Dabei ist mein Vater selber immer ins Puff gegangen. Meine Mutter hat er aber nicht gefickt. Und ich habe eben schon als Kind gerne gefickt.«

»Als Kind?«

»Egal, halt mit zwölf habe ich angefangen, und es hat mir Spaß gemacht. Mein Körper war bereit, und ich wollte ihn ausprobieren. Seitdem habe ich nicht mehr aufgehört, und weil ich so am leichtesten an viele Männer komme, mache ich das hier nebenbei. Was ist falsch daran?«

»Hmmm, nichts, würde ich sagen. Aber die Kirche hat

mit all dem nichts zu tun. Was aber sicher etwas damit zu tun hat, ist das, was wir Kirche nennen. Nämlich die Institution. Der Papst und die Bischöfe.«

»Aber das ist doch die Kirche!«

»Für mich nicht. Die Kirche ist die Gemeinschaft der Menschen, die glauben. Die glauben, dass Jesus Christus und die Bibel etwas mit ihrem Leben zu tun haben. Die fühlen, dass es mehr gibt als das, was mir mein Vater und meine Mutter beibringen, und mehr als die Menschen und Tiere und Pflanzen und alles, was wir sehen. Was das ist, das kann ich dir nicht sagen. Die Botschaft muss man fühlen und finden wollen, indem man sich durchliest oder erzählen lässt, was Jesus getan hat, und was die Bibel sagt. Und da geht es sicher nicht um eine längst veraltete Moral, wie sie dein Vater vielleicht für christlich hält. Es geht um Toleranz, das ist der Kern. Jeder soll die anderen so sein lassen, wie sie sein möchten.«

»Also kann ich so viel ficken, wie ich will, ohne dass mich die Kirche dafür kritisieren darf?«

»Ja.«

»Lass uns ficken!«

Wir machen alles, was mir einfällt, und sie fickt wirklich großartig. Da diese Häuser auf ihre Rechnungen nicht schreiben, was sie für eine Firma sind, kann ich alles mit Kreditkarte bezahlen. Ich verlasse das Puff, als es schon hell ist und die Sonne über die friedlichen Straßen scheint. Es ist Sonntag und noch ist so gut wie keiner unterwegs. Durch den ganzen Sex habe ich fast allen Alkohol wieder herausgeschwitzt. Ich fühle mich quicklebendig, frisch und fröhlich. Direkt neben dem Puff steht eine Kirche. Der Morgengottesdienst beginnt gerade. Ich gehe hinein, setze mich etwas abseits, damit ich nicht auffalle, und genieße die Liturgie. Der Pfarrer ist gut, er beherrscht die Symbolik, aber auch die Homilie. Er redet über die Nächstenliebe und darüber, dass Jesus ein Vorbild war für ein Engagement, ohne eine Gegenleistung zu erwarten. Als die Gemeinde sich versammelt, um das Abendmahl zu feiern, bleibe ich sitzen. Ich überlege, aufzustehen und zu gehen, aber den Segen möchte ich nicht verpassen.

»Der Herr segne und behüte dich, der Herr lasse sein Angesicht leuchten über dir und sei dir gnädig, der Herr erhebe sein Angesicht über dich und gebe dir Frieden«, spricht der Pfarrer, und ich fühle das Leuchten und die Gnade und den Frieden. Das muss die Nähe Gottes sein.

Nach dem Gottesdienst musste ich mich beeilen, um nicht zu spät zu meinem Rückflug zu kommen. Ich musste vorher noch bei meinen Eltern vorbei und meine Sachen holen. Im Taxi zum Flughafen habe ich Christina geschrieben, ob sie mich abholen kommt. Sie hat sofort mit *Ja* geantwortet. Manu und meine Erlebnisse aus der Nacht waren mir noch sehr gut in Erinnerung, aber sie haben mir meine Freude auf Christina nicht im Geringsten vermiest. Alles war gut, ich hatte eine tolle Nacht, habe eine tolle Frau kennengelernt, tollen Sex mit ihr gehabt und danach einen außergewöhnlich schönen Gottesdienst besucht. Jetzt war ich auf dem Weg zu der Frau, die ich liebte.

Ja, genau, in diesem Taxi und auf dieser Taxifahrt ist mir klar geworden, dass ich Christina liebe. Ich musste lachen und habe mich gefreut. Ich glaube, ich habe sogar ein kleines Dankgebet gesprochen. Dann habe ich mich zum Taxifahrer nach vorne gebeugt und ihm gesagt, er solle sich bitte nicht wundern, ich müsse es einfach gerade jemandem sagen: »Ich liebe meine Freundin. Sie ist so toll.«

Er hat gelacht, und gerade als ich ihn fragen wollte, warum, habe ich im Rückspiegel erkannt, dass es derselbe Taxifahrer war, der uns nachts ins Puff gefahren hatte. Ich habe ihm kein Trinkgeld gegeben.

19

Noch am gleichen Tag sind wir gemeinsam zu einer Industrieruine gelaufen. Dort konnte man durch den Zaun und dann auf einen Fabrikturm klettern. Es war nicht sehr warm, und die Sonne ging schon langsam unter. Aber wir haben unsere Hände gehalten. Als wir oben auf dem Turm angekommen sind, hat Christina einen Backstein aus der Wand gelöst und ihn vom Turm auf das nächste Haus geschmissen. Er hat eine zwar schon gesprungene, aber noch im Rahmen hängende Fensterscheibe getroffen und sie in tausend Stücke geschlagen. Es hat laut gekracht, und wir haben gejubelt. Es waren schon viele vor uns dort oben gewesen, und irgendwer hatte sich die Mühe gemacht, eine gestohlene Parkbank mit nach oben zu nehmen. Wir haben uns auf die Bank gesetzt, uns umarmt und den Sonnenuntergang betrachtet.

Dann habe ich ihr gesagt, dass ich sie liebe. Sie hat mich angesehen und mit einem Kuss geantwortet. Der Kuss hat sehr lange gedauert, und es war einer der schönsten Küsse meines Lebens. Als sich unsere Lippen wieder voneinander gelöst haben, hat sie gesagt, dass sie mich auch liebt.

Jetzt haltet ihr das sicher für romantisch bis kitschig,

aber ich sage euch, es war genauso, wie es sich anhört. Wir saßen noch eine Weile dort oben, dann hat sie mir einen geblasen und das Sperma nicht geschluckt, sondern im Mund gesammelt und in einem hohen Bogen vom Turm gespuckt. Es war ein Moment absoluter Glückseligkeit.

Wir liebten uns und hatten das Gefühl, dass die Welt uns auch liebt. Wenn ich nun jedoch daran zurückdenke, dann kommt es mir vor wie eine Lüge. Wie die größte Lüge, die jemals irgendwer und irgendetwas mir gegenüber hervorgebracht hat. Nur kann ich nicht genau sagen, wer es war, der mich angelogen hat. Dass ich es war, der Christina angelogen hat, das ist klar. Aber ob auch ich es war, der mich angelogen hat, bin ich mir nicht sicher. Ich glaube nicht, dass ich mich so sehr unter Kontrolle hatte. Das mag jetzt wie eine Entschuldigung und eine Ausrede oder lächerlich und realitätsfern rüberkommen – wie die letzte Bitte eines zum Tode Verurteilten, man möge ihn nicht töten. Aber ich kann mir einfach nicht vorstellen, dass ich mich so sehr und offensichtlich selbst belogen und es nicht gemerkt habe.

Mir kommen die Tränen, während ich das für euch aufschreibe. Nicht weil ich dem Moment und dem empfundenen Glück nachtrauere. Das habe ich überwunden. Ich trauere um das Vertrauen, das ich mal hatte und das mich diesen Moment so hat empfinden lassen. Das Vertrauen in die eigene Wahrnehmung, das Vertrauen, dass das eigene Gefühl das widerspiegelt, was man wirklich fühlt. Versteht ihr, ich hatte noch keine 24 Stunden vor diesem Treffen Sex mit einer anderen Frau, die ich atemberaubend schön und aufregend fremdartig fand. Wäre jemand im Puff in Manus Zimmer gekommen und hätte gefragt, wer Christina sei, ich hätte ihm die Tür vor der Nase zugeschlagen und weiter genossen. Wäre die gleiche Person später auf dem Turm erschienen und hätte mich gefragt, wer denn eigentlich Manu sei, ich hätte geantwortet, ich wüsste es nicht. Und wenn er weiter und hartnäckig darauf bestanden hätte, dass ich sie kenne, wer weiß, ob ich ihn nicht vom Turm gestoßen hätte.

Auch jetzt, wenn ich mich daran erinnere, verschieben sich die Grenzen von Realität und Einbildung. Habe ich Christina wirklich geliebt oder habe ich es mir eingebildet? Stimmt es, dass die Liebe etwas Gutes ist? *Es bleiben Glaube, Liebe, Hoffnung, diese drei; aber die Liebe ist die größte unter ihnen.* Ist die Liebe wirklich so einmalig, dass sie positiv heraussticht aus diesem Dreierpack? Ich habe es nicht so erlebt, mir hat die Liebe die Augen verschlossen und mich blind sein lassen gegenüber den Gefühlen der anderen und auch gegenüber meinen Gefühlen. Und was soll mir eine Liebe bringen, die mich dazu anregt, zu verletzen und zu zerstören und zu lügen? Warum ist sie größer als der Glaube? Der Glaube daran, dass es eine Gott gibt, die mich liebt und die mich hält, die Zuversicht, dass ich nicht tiefer fallen kann als in die Hand Gottes, regt mich nicht dazu an, zu lügen und zu verletzen. Die Liebe hat mich angeregt, mich selbst zu belügen. Warum soll sie größer sein als die Hoffnung? Die Hoffnung, dass das Leben es gut mit mir meint und dass selbst der Tod mir nichts anhaben kann, lässt mich milde und ruhig werden. Nicht so die Liebe.

Was soll das überhaupt sein, die Liebe? Ist es die alles in den Schatten stellende Zuneigung zu einer Person, zu einem Ding, zu einem Ziel? Und beinhaltet das Lieben einer Sache oder einer Person nicht immer auch das Ablehnen einer anderen? Natürlich kann ich euch keine dieser Fragen beantworten, das haben schon ganz andere Menschen vor mir versucht, Menschen, die nicht – so wie ich – verzweifelt und traurig sind über die Liebe und was sie mit einem macht. Vielleicht bin ich auch nur die eine Ausnahme, die die Regel bestätigt.

Aber ich erzähle euch trotzdem davon, was ich von der Liebe halte, denn ihr habt es bis hierher mit mir ausgehalten, dann werdet ihr mir bestimmt auch noch bis zum Ende folgen. So. Die Liebe ist eine Lüge. Das Konzept der Liebe baut auf einer Fälschung. Der Fälschung, dass die Liebe etwas Gutes und etwas Positives ist. Und dass die Liebe etwas von Dauer sein kann. Alle Menschen streben nach der Liebe, weil ihnen eingeredet wird, wie unbeschreiblich großartig und unvergleichlich wunderbar sie sei. Und dabei führt die Liebe viel öfter in die Enttäuschung. Mein Glaube, der sich auf etwas hinter dieser Welt richtet und sich in meinem Inneren abspielt, ist ein Gefühl der Geborgenheit, das mir niemand nehmen kann. Und wenn jemand zu mir kommt und sagt, der Glaube, den du hast, der ist unlogisch, der ist irrational, der ist altmodisch und unwissenschaftlich und außerdem unbeweisbar, dann kann er mir meinen Glauben trotzdem nicht nehmen. Mein Glaube ist mein Glaube und bleibt mein Glaube, egal was die Welt mit mir anstellt. Nur deswegen gibt es so viele Märtyrer, die es ausgehalten haben, für ihren Glauben zu sterben, weil der Glaube, selbst wenn der Rest der Welt etwas anderes glaubt, nicht widerlegbar ist. Und die Hoffnung, die Hoffnung, die ich habe, sie stirbt schon sprichwörtlich zuletzt. Und auch sie kann mir keiner nehmen, niemand kann mir sagen, meine Hoffnung hat keine Berechtigung. Denn auch die Hoffnung geht von mir aus und richtet sich auf etwas. Nur ich kann die Hoffnung sterben lassen, denn nur ich bringe sie hervor. Aber die Liebe – die Liebe kann ich zwar einseitig geben, aber jeder, der das einmal getan hat, weiß, dass es nichts Positives ist, einseitige Liebe zu empfinden. Die Liebe muss immer von irgendwem empfangen werden, damit sie mir gut tut. Und sie kann mir einfach genommen werden.

Die Liebe, die einem genommen wurde, und die eigene Liebe, die ins Leere läuft, sind schlimmer als alles andere. Wenn mir die Liebe entzogen wurde, dann hilft nur noch der Glaube daran, dass sie zurückkommt, und die Hoffnung, dass der Glaube stimmt.

Es bleiben nur Glaube, Hoffnung und Liebe; und die Liebe ist garantiert nicht die größte unter ihnen!

20

Es ist gar nicht so einfach, euch meine Geschichte ab diesem Punkt weiterzuerzählen. Denn ich bin schon fast im Jetzt angelangt. Natürlich fehlen noch einige Monate Beziehung mit Christina, aber diese Monate unterscheiden sich kaum von dem Beginn. Ich habe sie sehr geliebt oder es mir zumindest eingebildet und jede Möglichkeit genutzt, um sie zu hintergehen. Ich könnte euch von meinem Geburtstag erzählen, an dem ich nicht zu Hause war, sondern Fritz besucht habe, und an dem ich sehr viel getrunken habe, mich übergeben musste, mich von Christina am Telefon habe trösten lassen und danach noch Sex mit zwei fremden Frauen hatte. Oder ich könnte euch davon erzählen, wie ich ein anderes und noch ein weiteres Mal in einer anderen Stadt war und mit anderen Frauen geschlafen habe. Es lief aber jedes Mal gleich; ich hatte, wenn überhaupt, nur für einen kurzen Moment ein schlechtes Gewissen, zweifelte aber keinen Moment daran, dass ich Christina liebte. Ich war fest davon überzeugt, dass ich diesen Spagat zwischen Betrügen und Lieben, Beziehungsleben und Singledasein, zwischen emotionaler Nähe und Wärme und emotionaler Ferne und Kälte hinbekomme, dass auch sie nicht darunter zu leiden hätte. Ich war genauso davon überzeugt, dass Christina niemals etwas davon erfahren würde. Davon bin ich einfach ausgegangen.

Erst jetzt, einige Monate später, wenn ich über das nachdenke, was mich hierher gebracht hat, erst jetzt verstehe ich, wie ich gedacht haben muss. Aber Verstehen trifft nicht den Kern dessen, was ich meine. Ich kann es eher nachvollziehen und nicht eigentlich verstehen. Und wenn ich mein Ich von damals nachvollziehe, dann staune ich. Ich staune darüber, dass es das gleiche Ich ist, das das alles getan hat, dass es mein Ich ist. Denn es ist ja das eine, zu sehen, was man getan hat und was man daran nicht mehr gut findet. Jeder Mensch hat das Recht, seine Meinung zu ändern. Und jeder Mensch wird seine Meinung in seinem Leben hoffentlich viele Male ändern, denn sonst wäre es ein armseliges und langweiliges Leben. Aber selbst wenn ich jetzt scheiße finde, was ich früher getan habe, selbst wenn ich mich noch so sehr versuche, von meinem früheren Ich zu distanzieren, trotz anderer Meinung und trotz Reue und Schmerz, trotz Demut und dem Vorhaben, es wieder gut und besser zu machen – das Du, das Ich, das Er und Sie ändern sich nicht. Ich bleibe Ich, und alles, was ich getan habe, haftet an mir wie eine Narbe. Und auch wenn es die anderen Menschen nicht sehen können, bleiben die Taten und das Bewusstsein dieser Taten ein Pranger. Wir stehen am Pranger vor uns selbst, und niemand befreit uns daraus und jagt uns aus der Stadt, damit die Tat abgegolten ist. Die Tat bleibt und bleibt und bleibt, solange auch wir bleiben. Selbst wenn ein anderer sagt, ich habe dir verziehen, deine Tat und das, was du mir damit angetan hast, ich bin dir deswegen nicht böse und vergebe dir, selbst dann sind wir nicht befreit von der Last der Tat. Die Person, die das alles getan hat, bleibt immer noch dieselbe, und diese Person sind wir, bin ich, seid ihr, bist du.

Ich habe es getan, unabhängig davon, ob es mir niemand mehr übel nimmt. Die Tat bleibt bestehen, und in der Zeit, in der sie getan wurde, existiert sie weiter. Und der Schmerz, der mit ihr und durch sie ausgelöst wurde, wird auch nicht mehr rückgängig gemacht. Ich bin und bleibe dafür verantwortlich.

Die christliche Vorstellung von der Hölle mag archaisch und schrecklich und armselig naiv anmuten, aber wer sich bewusst macht, dass sich mit der Meinung und der Zeit und all dem das eigene Ich und die Verantwortlichkeit nicht ändern, der versteht, was die Hölle ist. Die Hölle ist nicht die Alternative zum Himmel, sondern die Hölle ist das Gewissen, das immer vorhanden und immer bereit ist, um den Finger in die Wunden der eigenen Taten zu legen. Die Hölle beginnt nicht nach dem Leben auf dieser Erde, und nicht Gott ist es, der uns in sie hineinschmeißt und uns am Eingangstor grinsend nachwinkt. Wir selbst schmeißen uns hinein. Und wir selbst winken uns nach. Gott ist es, der uns erlöst von der Qual dieser Hölle. Denn jetzt, meine lieben Freunde – ich möchte euch Freunde nennen, um euch zu danken, für das Lesen dieser Seiten und für eure Antwort, die ihr mir hoffentlich bald schickt –, denn jetzt, meine lieben Freunde, frage ich euch, wer kann mich von meiner Person lösen, wenn nicht Gott?

Bitte schreibt mir, wenn ihr das alles für dumm und

veraltet haltet. Oder wenn ihr einen anderen Weg wisst. Ich kenne kein Konzept, kein Konstrukt, das mir einen anderen Weg aus den Schmerzen aufzeigt, als der Weg zu Gott. Denn wenn es etwas gibt, das mich von meiner Person und somit auch von meinen Taten lösen kann, dann ist es doch das, was mich zu meiner Person und meinen Taten gemacht und gebracht hat. Es ist Gott, der oder die mich in diese Welt gesetzt hat. Nur Gott kann mich auch wieder von dieser Person lösen. Unabhängig davon, wer und was Gott in meiner Vorstellung ist.

Aber wie macht Gott das? Wie geht es vonstatten? Gott kommt sicherlich nicht mit einem Messer, löst alles Fleisch von meinen Knochen und sagt, jetzt bist du nur noch Gerippe, deine Person hat sich aufgelöst. Dein Körper, deine Arme und Beine, deine Füße und Hände, dein Hirn und dein Geschlecht haben die Taten verübt, sie sind weg, du bist frei. So funktioniert es nicht. Ich kann nicht auf den Tod warten. Der Tod ist das Ende, und was danach kommt, weiß ich nicht. Wie soll ich darin Trost finden?

Gott muss es in dieser Welt tun. In dieser Welt und in diesem, meinem höchstpersönlichen Leben. Ich glaube, und da bin ich schon beim richtigen Wort angelangt, ich glaube, es sind nur Glaube und Hoffnung, die es vermögen, mich von dieser Person zu lösen. Und nein, ich meine nicht, dass es ein gedanklicher Prozess ist. Es ist viel mehr als das. Es ist der Glaube daran, dass Gott mich, meinen Kern, das, was vor diesen ganzen Taten war, aufnimmt und bei sich festhält. Die Taten spielen dann keine Rolle mehr, denn sie sind ja in der Zwischenzeit geschehen. Und der Glaube daran ist mehr als ein gedanklicher Prozess. Es ist ein absolutes und unwiderrufliches Annehmen dieser Idee, dieser Vorstellung. Ich nehme diese Idee, und die ist wie eine Hülle ohne Inhalt, wie ein Overall ohne Mensch, der ihn trägt, ich nehme diese Idee, diese Hülle, diesen Overall und steige hinein. Sobald ich den Reißverschluss geschlossen habe, sobald ich mit der Hülle eins geworden bin, bin ich zwar noch ich, bin ich zwar noch die Taten, die ich begangen habe – aber ich bin eine andere Person. Ich bin eine Person, die die Hülle des Angenommenseins um sich trägt, eine Person, die den Overall von Gottes Kraft anhat.

Bestimmt denkt ihr jetzt: *Was schreibt er hier eigentlich, was soll der ganze Mist, er versucht doch nur, einen Ausweg aus der miserablen Situation zu finden, in die er sich selbst hineingezogen hat. Und weil er den Ausweg in der Welt nicht findet, sucht er ihn eben außerhalb der Welt.* Und wahrscheinlich habt ihr recht. Denn braucht ein Mensch, der nicht mit solchen Taten hadert, überhaupt einen Gott? Ist die Suche nach Gott und die Suche nach Vergebung nicht nur die Suche des Schuldigen, der sein Leben versaut hat und nicht mehr damit umzugehen weiß? Wahrscheinlich ist es so. Und ich habe mein Leben wirklich versaut.

Ich habe euch nämlich noch nicht alles erzählt. Das dicke Ende kommt noch, sagt man ja. Ich habe es aufgehoben. Und zwar nicht, weil ich die Spannung für euch hochhalten wollte, sondern weil ich es noch nicht übers Herz gebracht habe, es auszusprechen. Der Gedanke daran ruht noch in mir und ist so schwer und so schrecklich, dass ich ihn noch nicht schreiben konnte. Aber zum Glück gibt es ja noch einen Zwischenschritt, etwas, was noch vor dem Ende passiert ist. Und das Ende, das sagt ja nun mal schon der Name, das kommt immer erst am Ende. Also erst der Zwischenschritt.

Ich bin guter Laune, und die gute Laune hält schon seit Tagen an. Ich freue mich über das schöne Wetter, es ist wieder Sommer. Ich freue mich über das schöne Leben und die schöne Freundin, die ich habe. Heute sind Christina und ich nicht verabredet. Das kann mir meine gute Laune zwar nicht verderben, aber ich finde diese Tage, an denen wir uns nicht sehen, immer ein wenig dunkler als die anderen. Das Gute daran ist jedoch die Vorfreude auf den nächsten Tag und das nächste Treffen. Ich sitze bei mir in der Wohnung und überlege, ob ich mich noch mit einem Freund verabreden soll. Mein Handy zeigt eine neue Nachricht an. Sie ist von Christina. Sie möchte sich mit mir treffen. Erst freue ich mich, dann fällt mir ein, dass es eher merkwürdig ist. Normalerweise ist sie nicht so spontan. Sie möchte immer gerne Verabredungen treffen, und diese sind dann fest und werden nicht mehr verschoben, außer es kommt irgendetwas Wichtiges dazwischen. Nicht dass sie völlig unflexibel ist, aber ein gewisses Maß an deutscher Planungsverliebtheit hat sie ganz sicher.

Jetzt möchte sie sich mit mir treffen, obwohl wir erst vor ein paar Stunden telefoniert und uns für morgen verabredet haben. Sie vermisst mich wahrscheinlich ganz einfach und möchte mich sehen. Ich schreibe ihr zurück, dass wir uns gerne treffen können. Ich schreibe sogar, dass wir uns *sehr* gerne treffen können. Sie antwortet sofort. Sie schreibt: *Ich komme mit dem Auto*, und schlägt vor, dass wir uns in einem Café bei mir in der Nähe treffen.

Ihre Nachrichten sind so kurz und bestimmt, ich mache mir doch Sorgen. Vorhin am Telefon war alles wie immer. Sie war nicht traurig oder sauer. Aber sie war sowieso noch nie sauer auf mich. Das stimmt, wir haben uns nie richtig gestritten. Sie hat sich zwar manchmal über Dinge beschwert, aber das ist dann immer sehr schnell wieder vorbei gewesen, und es war auch nicht so, dass wir noch mal darüber geredet hätten. Ich schreibe zurück, dass ich einverstanden bin, und *Alles okay?* dahinter. Sie schreibt: *Wir reden gleich.*

Jetzt bin ich richtig nervös. Habe ich irgendetwas verpasst, irgendetwas übersehen, sie irgendwie beleidigt oder verletzt? Vielleicht ist zwischen uns auch alles in Ordnung, und sie will nur etwas mit mir besprechen, was sie beschäftigt, aber nichts mit mir zu tun hat. Aber das könnte sie ja auch sagen. Ich fange an zu schwitzen. Es ist wirklich heiß heute. In ungefähr zehn Minuten wird sie im Café sein. Mein Herz schlägt schneller und meine Kehle wird trocken. Was ist, wenn sie wirklich sauer ist und ich nicht verstehe warum. Ich bin sehr schlecht im Streiten. Wenn jemand mit mir streiten will, dann reagiere ich meistens nicht darauf. Ich wundere mich immer über die Leute, die mir erzählen, sie hätten sich mit einem Freund oder einer Freundin gestritten. Ich streite mich nie. Ich bin einfach nicht der Typ zum Streiten. Hoffentlich ist es etwas, das ich verstehe. Ich rede mir ein, mich auf jeden Fall auf das einzulassen, was sie von mir möchte, und nicht zuzumachen und Unverständnis zu zeigen. Ich schwitze so stark, dass ich beschließe, noch schnell zu duschen. Ich komme aus der Dusche, und es ist schon sehr spät. Ich muss mich beeilen, damit ich nicht viel zu spät komme. Ich bin aber wieder ruhiger. Das Wasser hat mir die Sorgen aus dem Kopf gewaschen. Es wird sicher etwas sein, das mit ihrer Familie oder ihrer Arbeit zu tun hat, und nichts, was mit mir zu tun hat. Wir haben uns ja noch nie gestritten, warum sollte sie mich jetzt in dieses Café bestellen, um zu ersten Mal mit mir zu streiten. Ich habe zwar immer gewusst, dass wir uns irgendwann streiten werden, aber warum jetzt.

Ich komme in das Café. Christina sitzt schon an einem Ecktisch. Sie sieht traurig aus und schaut sehr ernst. Als sie mich sieht, lächelt sie aber und winkt mir zu.

»Hey du! Gib mir erst mal einen Kuss!«, sage ich.

Sie gibt mir einen ganz leichten und nicht herzlichen Kuss. Es ist kein abweisender Kuss, so küsst eher jemand, der nachdenklich ist und nicht bei der Sache. Ich setze mich neben sie, und sie lächelt schüchtern.

»Was gibt es denn? Los, raus damit, du hast mich ehrlich gesagt ein bisschen nervös gemacht.«

»Ich weiß nicht, wie ich anfangen soll. Aber du hast es doch auch gespürt.«

»Was gespürt?«

»Gespürt, was zwischen uns ist. Dass es nicht mehr so ist, wie es war.«

»Jetzt bin ich richtig nervös. Auf was willst du hinaus?«

»Hast du es gespürt oder nicht? Du musst doch auch gespürt haben, dass es nicht mehr so ist.«

»Ich weiß nicht, was du meinst. Ich habe nichts gespürt, außer dass ich dich liebe. Ich liebe dich. Auf was willst du hinaus?«

»Schau mal, immer wenn ich mit dir reden will über das, was mich bewegt, dann blockst du ab. Wir haben uns nicht ein einziges Mal gestritten. Man kann sich mit dir nicht streiten. Das wäre ja vielleicht zu tiefgehend. Dann müsstest du dich ja auf mich und meine Gefühle einlassen … darauf will ich hinaus. Ich liebe dich auch. Das hat damit gar nichts zu tun.«

»Puh, immerhin das. Das beruhigt mich ein wenig. Ich dachte schon, du willst mit mir Schluss machen. Aber ich weiß wirklich nicht, was du meinst.« Ich muss mich auf sie einlassen. Was meint sie mit gespürt, dass es nicht mehr so ist, wie es war? Ich sollte ganz ruhig bleiben. Wegen so etwas müssen wir uns nicht streiten. Wegen so einem Blödsinn streite ich mich nicht. Ich rutsche ein bisschen näher an sie heran. Will ihr meine Hand auf ihr Bein legen. Aber sie rückt weg.

»Kannst du jetzt bitte mal mit mir reden! Ich will deine Hand nicht auf meinem Bein haben. Wenn du nicht mit mir redest, dann …« Sie hört auf zu reden und schaut mich an. Mir wird kalt, und ich merke, wie mir die Tränen in die Augen schießen wollen. Ich kann sie aber noch unterdrücken. Dieser, ihr Blick, er ist entschlossen. Aber wozu?

»Du willst doch nicht mit mir Schluss machen?«

»Doch, genau das will ich.« Sie schluckt und schaut in die Ecke. Ich will ihr in die Augen sehen, aber es geht nicht. Die Tränen drücken noch stärker. »Es ist aus. Es hat keinen Sinn mehr. Ich spüre, dass es sein muss.«

»Du hast gerade gesagt, du liebst mich.«

»Lieben ist nicht alles. Ich kann dich lieben, und trotzdem will ich nicht mit dir zusammen sein. Ich komme nicht an dich ran, und du hast kein Interesse, an mich heranzukommen. Das, was ich gerade gesagt habe, dass du dich nicht streiten kannst. Schau mal.« Sie hat Tränen in den Augen. »Das ist so typisch. Man streitet sich nur mit Menschen, die einem sehr nahe stehen, richtig? Menschen, die einem egal sind, mit denen streitet man sich nicht. Man schreit sie vielleicht an oder pöbelt sie an, weil man aggressiv ist. Aber einen Streit, bei dem es darum geht, sich mit dem anderen wirklich auseinanderzusetzen, den führt man nur mit jemandem, den man mag oder der einem wenigstens wichtig ist.«

»Das stimmt nicht. Ich streite mich nie. Auch nicht mit den Menschen, die ich mag. Nicht mit meiner Mama, nicht mit meinem Papa, nicht mit meinem Bruder, nicht mit Fritz, mit niemandem. Dafür bin ich nicht der Typ. Das hat nichts damit zu tun, dass ich dich liebe!« Jetzt wird ihr Gesichtsausdruck verkrampfter. Sie atmet schneller. »Es geht nicht um das Lieben. Ich weiß, dass du mich liebst, und trotzdem ist es besser, dass wir uns trennen.« Sie hört auf zu reden und schaut wieder in die Ecke. Meine Kehle ist trocken, und ich fühle mich so, als würde jemand hinter mir stehen, seine Hände auf meine Schultern legen und fest nach unten drücken. Christina fängt wieder zu sprechen an: »Wir müssen auch nicht mehr reden. Es ist auch schon zu spät zum Reden.« Ich kann meine Tränen nicht mehr halten, sie rinnen meine Wangen runter. Ich schaue sie an.

»Was machst du nur? Du machst etwas kaputt, was so schön war, ich dachte, es würde niemals kaputtgehen.

Ich liebe dich, Christina, ich liebe dich, Christina, ich liebe dich, Christina! Ich liebe dich!«

Ich nehme ihren Arm in meine beiden Hände und will sie zu mir ziehen. Sie macht sich los.

»Lass uns mal hier rausgehen. Das ist mir unangenehm vor den ganzen Leuten.«

»Ich liebe dich, Christina!«

»Ich weiß, das hat damit nichts zu tun. Lass uns mal hier rausgehen.« Sie steht auf und geht voraus.

Es ist dann noch eine Weile so weitergegangen. Wir sind am Fluss entlanggelaufen, und wir haben uns auch dieses Mal nicht wirklich gestritten. Sie hat gesagt, sie liebt mich, ich habe gesagt, ich liebe sie, sie hat gesagt, das hat damit nichts zu tun, ich habe gesagt, das verstehe ich nicht. Zum Abschied haben wir uns geküsst.

Ich bin an der Stelle, an der wir uns geküsst haben, noch eine Ewigkeit stehen geblieben. Ich habe es gar nicht fassen können. Am Ende des Gespräches habe ich mich nicht mehr gewehrt. Ich habe zu ihr gesagt, sie solle jetzt besser gehen. Christina wollte vorher schon die ganze Zeit gehen und hat es nicht übers Herz gebracht. Erst als wir uns dann noch einmal lange geküsst und umarmt haben, habe ich gespürt, dass sie jetzt gehen kann. Ich habe gesagt, es müsse ja vielleicht nicht das letzte Mal gewesen sein, dass wir miteinander gesprochen haben. Christina hat sich umgedreht und ist losgegangen. Ich stand noch am Fluss und habe ihr hinterhergesehen, und auch sie hat sich alle paar Meter umgedreht. Ich habe geweint und war fassungslos.

Warum sie mit mir Schluss gemacht hat, das habe ich

in den nächsten Tagen erst langsam realisiert. Christina hat das einzig Richtige getan, sie hatte mit allem recht, was sie über mich gesagt hat. Besonders mit dem, was sie über das Streiten gesagt hat. Ich streite mich wirklich nie mit jemandem, und ich glaube heute, dass es tatsächlich daran liegt, dass ich mich mit der anderen Person und ihrer Ansicht oder ihrem Problem oder ihrem Anliegen nicht auseinandersetzen will. Ich habe Angst, durch die ganze Nähe, die durch einen Streit entsteht, in die persönlichen Angelegenheiten und vor allem das persönliche Elend des anderen verwickelt zu werden. Soll er oder soll sie machen, was sie will, solange ich damit nicht seelisch behelligt werde.

21

So. Der Rest, den ich euch jetzt noch erzähle, ist eigentlich noch gar nicht richtig vergangen. Die Erinnerung macht mir vor, alles wäre gerade eben passiert und würde noch immer passieren. In einem gewissen Sinne stimmt das auch. Denn nur weil etwas schon passiert ist, heißt es ja nicht, dass es nicht weiter passiert. In meinem Fall, von dem ich euch jetzt erzähle, stimmt es sogar besonders. Denn der Schaden, den ich angerichtet habe, verschwindet nicht, nur weil die Zeiger auf irgendwelchen Uhren sich weiterdrehen. Die Schmerzen, die ich zugefügt habe, sind so immens, dass erst der Tod diese Wunde heilen wird, wenn der Tod überhaupt etwas heilen kann.

Der Tod wird nämlich kommen, und ich bin daran schuld. Der Tod wird meinetwegen kommen und die Zeit beenden; zumindest für mich und zumindest für einige andere Menschen. Menschen, die ich geliebt habe und noch heute liebe. Und für diese Menschen werden die Schmerzen dann vorüber sein, der Tod wird ihre Wunden heilen, aber nicht die Wunden der Menschen, die zurückbleiben und die Toten vermissen werden. Insofern werden die Wunden, die ich geschlagen habe, nicht geheilt, noch nicht einmal durch den Tod.

Aber ich möchte euch erzählen, warum ich geflohen bin. Geflohen aus meiner Heimat und von den Menschen, die ich liebe, und den Menschen, die mich lieben. Wenigstens meine Eltern und mein Bruder lieben mich, aber auch vor ihnen bin ich geflohen.

Ich habe Christina nicht mehr gesehen, seit sie mit mir Schluss gemacht hat. Ich bin an diesem Tag nach Hause gegangen, habe mich ins Bett gelegt und geweint. Ich habe geweint und geweint und geweint, so lange, bis ich nicht mehr weinen konnte, weil ich keine Tränen mehr hatte. In den ersten Tagen habe ich alle Anrufe ignoriert. Ich wollte mit niemandem sprechen. Nach einer Woche habe ich meinen eigenen Mundgeruch nicht mehr ausgehalten. Meine Zähne waren belegt und meine Zunge schwer und säuerlich im Geschmack. Es war zum Kotzen. Und das habe ich dann auch gemacht. Ich habe mich ins Bad geschleppt und die kümmerlichen Reste meiner seit Tagen nur aus Tiefkühlpizza und Salzstangen bestehenden Diät herausgekotzt. Als ich mich vom Bett in Richtung Bad erhoben hatte, wurde es gerade Tag. Das konnte ich durch die Fensterscheibe erkennen. Als ich mich vom Bad wieder ins Bett bewegt habe, war es schon wieder dunkel. Ich weiß nicht mehr genau, ob ich auf der Klobrille oder auf dem Badezimmerboden geschlafen habe, aber ich weiß noch, dass ich ein ums andere Mal wieder anfangen musste zu würgen und gelblichen, bitteren Saft hervorgewürgt habe. Zwar habe ich mich nach diesen Stunden des Kotzens wieder ins Bett gelegt, aber ich habe wieder einen Willen gefühlt, der gesagt hat, ich will nicht länger nur vegetieren, ich will wieder leben. Der Wille war anfangs noch schwach, aber der Wille ist dann stärker geworden, und als ich das nächste Mal aufgewacht bin – es war zwar noch dunkel, aber schon sehr früh am Morgen –, bin ich aufgestanden, habe mich geduscht, meine Zähne geputzt und mich rasiert. Als ich zum Bäcker gehen wollte, habe ich in meinem Portemonnaie nachgesehen, ob ich noch genug Geld hatte. Hatte ich natürlich nicht, aber das war nicht der Punkt. Ich habe ein Foto von Christina gesehen. Es steckte zwischen den Kreditkarten, und sie lächelte mich an, als wäre nichts gewesen. Ich habe eine Weile auf das Foto gestarrt. Dann habe ich es rausgezogen und fallengelassen und gleich wieder aufgehoben und wieder ins Portemonnaie gesteckt. Ich habe schon wieder die Tränen kommen gespürt.

Ich gehe ins Treppenhaus und die Stufen hinunter in den Hof. An der Ecke ist ein Geldautomat, und genau gegenüber eine dieser Kneipen, von denen ich dachte, ich würde sie höchstens einmal betreten, um mir die armen Kerle anzusehen, die sich hier täglich betrinken. Ich öffne die Tür der Kneipe. Es ist noch wirklich sehr früh am Morgen, aber die Kneipe ist offen und nicht leer. Ob die Gäste schon oder noch da sind, kann man nicht erkennen. Ich bestelle ein Pils und frage nach Zigaretten. Die Luft ist so dick, dass man eigentlich gar nicht rauchen müsste. Aber wer raucht schon wegen des Nikotins? Ich rauche jedenfalls wegen des Rauchens, weil ich eine Zigarette in der Hand halten und daran ziehen will. Ich bestelle noch ein Pils und einen Korn. Ich bestelle noch ein Pils und einen Korn, ich bestelle noch ein Pils und zwei Korn. Es ist noch nicht viel Zeit vergangen.

Ich bestelle noch ein Bier und noch einen Korn und noch einen Korn. Es ist immer noch nicht viel Zeit vergangen, seit ich die Kneipe betreten habe, aber ich fühle mich schon zugehörig. Die alten und vom Leben und dem dazugehörigen Trinken gezeichneten Männer, die sich an ihrem Bier festhalten, versuchen, es nicht zu schnell auszutrinken, nicht, weil sie keine Lust hätten, aber weil, wenn man so viel Bier trinkt wie sie, selbst das billigste irgendwann teuer wird. Ich fühle mich auch alt und ich fühle mich auch vom Leben gezeichnet. Ich bestelle noch einen Korn, denn das ist der Unterschied zwischen mir und den Alten, denke ich, sie wollen nicht so schnell trinken, ich will umso schneller trinken. Die Höhe der Rechnung ist mir egal. Langsam passe ich mich nicht nur vom Gefühl her, sondern auch vom Promillegehalt den Stammgästen an. Ich torkele leicht nach links und rechts, als ich auf die Toilette gehe.

Die Uhr zeigt elf Uhr vormittags. Draußen vor der Tür sind die Menschen in ihre Büros gegangen, draußen vor der Tür haben die Eltern ihre Kinder in den Kindergarten und die Schule gebracht. Ich verstehe die Männer – es sind wirklich nur Männer, bloß die Wirtin ist eine Frau –, die hier sitzen und nichts von der Welt wissen wollen. Zum Glück sind die Fenster so klein, das Licht so schummrig und der Zigarettenqualm so dicht, dass man nicht sieht, dass die Menschen da draußen lachen, rennen, weinen, streiten, lieben, leben. Ich schließe die Augen, und eine Träne rinnt mir die Wange herunter. Irgendwie verlasse ich gedanklich kurz die Kneipe. Und schon kommt mir das ganze hier, also mein Dasein, so wie es jetzt ist, schlecht vor. Es gefällt mir nicht. Auf einmal ekele ich mich vor mir selbst. Dieser Mann, ich kann es nicht anders sagen, auch wenn ich mich gerne noch einen Jungen nennen würde, dieser Mann, der seine Freundin betrügt, sich nicht um Geld schert, weil es einfach genug davon gibt, dieser Mann, der nur auf sich achtet und nichts will, außer das eigene Glück, er ekelt mich an, dieser Mann.

Ich werde diese Kneipe jetzt verlassen, den anderen ist nicht mehr zu helfen, aber ich bin jung und ich bin noch unverbraucht genug, dass ich den Absprung, den Sprung auf die andere Seite, die Seite der Guten, noch schaffen kann. Nicht die Seite der Erfolgreichen, nicht die Seite der Angesehenen, nicht die Seite der Reichen und der Schönen. Die Seite der Guten, der Menschen, die sich in einem Abhängigkeitsverhältnis zu dieser Welt wissen, das sie niemals werden überwinden können. In einem Abhängigkeitsverhältnis, mit dem sie klarkommen müssen. In einem Abhängigkeitsverhältnis zu einer größeren Macht, die eine Forderung an den Menschen stellt, und diese Forderung ist, sie nicht zu vergessen. Das Verhältnis fordert mich unmittelbar dazu auf, zu handeln. Das Leben ist kein Vegetieren, das Leben ist kein Warten, das Leben ist ein Handeln, ein Handeln im Verhältnis zu den anderen. Ich werde diese Kneipe jetzt verlassen und zu den Guten gehen. Aber vorher trinke ich noch ein Korn. Ich bestelle den Schnaps, der wievielte es ist, kann ich nicht mehr zählen, aber die Rechnung sagt mir, dass es viele waren. Der Schnaps ist leer, und ich wanke zur Tür. Draußen angekommen, höre ich einen Schrei, ein Quietschen, und dann ist es schwarz vor meinen Augen.

Ich wache auf und bin in einem weißen Raum. Es gibt keine Bilder an der Wand, nur zwei leuchtende Röhren. Ich merke, dass ich an eine Decke starre. Ich liege auf dem Rücken, und das Neonlicht blendet mich. Ich versuche, mich aufzurichten, und spüre Schmerz. Von wo der Schmerz kommt, das merke ich nicht, er kommt von überall. Mein Kopf ist klebrig, und meine Kleidung ist blutverschmiert. Ich bin in einem Krankenhaus, aber es scheint sich noch niemand um mich gekümmert zu haben. Dann geht die Tür auf und ein junger Mann kommt herein.

»Na, aufgewacht? Sie sind ganz schön voll. Aber keine Angst, es ist nichts Schlimmes passiert. Nur Platz- und Schürfwunden. Ich werde sie jetzt desinfizieren und verbinden, und dann können Sie noch ein bisschen liegen bleiben.«

Der Mann hat eine sehr sympathische Ausstrahlung, er ist blond und groß und schön. Seine Haare sind relativ kurz, sie stehen ein wenig wild durch die Gegend. Er kann nicht viel älter als ich sein.

»Was ist denn überhaupt passiert?«

»Sie sind vor ein Fahrrad gelaufen. Dem anderen ist aber nichts passiert, also keine Sorge.«

Warum denkt er, ich würde mir Sorgen um den anderen machen? Plötzlich mache ich mir Sorgen um den anderen.

»Was ist mit dem Fahrrad? Alles noch ganz, oder ist es kaputt gegangen?«

Er schaut mir intensiv in die Augen, dann lächelt er. »Keine Sorge, habe ich gesagt. So, und jetzt wieder ruhig hinlegen, ich muss ein wenig an Ihnen rumwerkeln.« Er möchte gerade meine Stirn berühren, da zieht er plötzlich seine Arme zurück. »Fast hätte ich die Handschuhe vergessen. Nicht dass ich denke, dass Sie was haben, aber es ist Pflicht.«

»Aids meinen Sie?«

»Nicht Aids, aber HIV, ja, das ist der Hauptgrund für diese Dinger.«

Ich schaue ihn an und erinnere mich plötzlich an die letzten Minuten in der Kneipe. Ich hatte beschlossen, zu den Guten zu wechseln, und zwar endgültig und richtig. Nicht so verwässert und halbherzig, wie ich es bisher versucht hatte.

»Ich glaube auch nicht, dass ich was habe, aber gut, dass Sie die Handschuhe haben, denn ich weiß es nicht.«

Er fängt an, mir mit einem Wattestück die Stirn zu säubern. »Na ja, das kann man heutzutage ganz schnell rausfinden. Sie gehen einfach zu einer Aids-Beratungsstelle und machen einen Schnelltest. Fünfzehn Minuten später können Sie wieder besser schlafen.«

»Wieso besser schlafen?« Sofort, nachdem ich die Frage gestellt habe, fühle ich mich dumm.

Er lächelt nur und sagt: »Na weil Sie dann wissen, dass Sie gesund sind und dass Sie nicht aufpassen müssen, jemand anderen anzustecken.«

Er lächelt immer noch und lässt mich nicht spüren, dass ich eine dumme Frage gestellt habe. Ich fühle mich sehr wohl bei ihm.

»Wissen Sie, wo es so eine Stelle gibt?«

Er erklärt mir, dass es eine direkt neben dem Krankenhaus gebe und dass man dort hingehen könne, ohne sich angemeldet zu haben. Er ist wirklich ausgesprochen nett.

»Entschuldigen Sie, wie heißen Sie denn?«

»Sie können Sebastian zu mir sagen.«

Ich bin fertig im Krankenhaus. Sebastian hat mich verbunden, und ich musste unterschreiben, dass ich gehe, obwohl ich nicht entlassen worden bin. Ich bin zwar ein wenig wackelig auf den Beinen, aber sonst fühle ich mich ganz gut. Sebastian hat mir gut getan. Ich gehe aus dem Krankenhaus direkt in das Gebäude der Aidshilfe. Am Empfangsschalter sitzt eine ältere Dame, sie ist bestimmt siebzig. Sie lächelt sehr freundlich und erklärt mir, dass ich eine Nummer bekomme, denn hier sei alles anonym. Dann solle ich einen Fragebogen ausfüllen und Platz nehmen. Ein Berater werde dann ein Gespräch mit mir führen, um abzuklären, ob eine Risikosituation stattgefunden hat und ob ein HIV-Test sinnvoll wäre. Den Test könne ich dann sofort beim Berater machen, er würde allerdings 22 Euro kosten.

Ich nehme den Fragebogen und setze mich.

Sind Sie HIV-positiv?

Ja □ *Nein* □ *Weiß nicht* □

Das ist die erste Frage. Ich schaue auf den Fragebogen und denke nach. Ich weiß es nicht, das habe ich ja vorhin auch zu Sebastian gesagt. Aber da ging mir das so einfach über die Lippen. Hier in dieser Situation bekommt die Aussage ein ganz anderes Potenzial. Ich weiß es nicht. Ich starre weiter auf meinen Fragebogen. Vielleicht sollte ich doch besser gehen. Solange ich es nicht weiß, kann es mir auch nichts anhaben. Es dauert ja Jahre, bis das Virus ausbricht. Bis dahin kann ich also auf jeden Fall noch normal leben, wenn ich den Test nicht mache und weiterhin nicht weiß, ob ich HIV-positiv bin. Aber ich möchte zu den Guten. Ich kann nicht bei den Guten sein und darüber nicht Bescheid wissen. Ich könnte andere anstecken und sie krank machen. Ich starre weiter.

Ein Mann legt seine Hand auf meine Schulter. Ich schrecke hoch.

»Sind Sie die 10044?«

»Wie bitte?«

»Sind Sie die Nummer 10044? Dann sind Sie jetzt dran.«

Ich schaue auf meine Nummer. Es ist die 10044. Ich nicke, und der Mann geht voraus in ein kleines Büro. Auf dem Tisch, an den wir uns setzen, liegen hygienisch verpackte Spritzen. Ich hasse Spritzen.

Wir setzen uns, und der Mann bittet mich, ihm den Fragebogen zu geben. Ich habe aber keine der Fragen ausgefüllt. Das mache nichts, sagt er, und wir fangen an, über mein Sexleben zu reden. Er kommt zu dem Schluss, dass eine Ansteckung nicht sehr wahrscheinlich, aber natürlich möglich ist, ein Test also angebracht wäre. Ich stimme zu. Er nimmt eine Art Stift und setzt einen frischen Aufsatz auf die Spitze. Dann drückt er den Stift auf die Kuppe meines rechten Zeigefingers, und eine kleine Nadel kommt herausgeschossen und bringt mich zum Bluten. Er nimmt ein dünnes, durchsichtiges Plastikröhrchen und drückt es auf die blutende Stelle. Es saugt sich voll mit Blut.

»Sie dürfen jetzt bitte noch bei mir bezahlen, und in ungefähr fünfzehn Minuten rufe ich Sie wieder, dann haben wir das Ergebnis.«

22

Wie das Ergebnis war, das könnt ihr euch sicher denken. Bitte schreibt mir schnell. Ich zähle auf euch!

Ich möchte nicht einfach leben und sterben. Das machen ja alle.